南科人文学术系列

20世纪中国科幻小说史

HISTORY OF CHINESE SCIENCE FICTION IN THE 20TH CENTURY

吴岩　主编

图书在版编目（CIP）数据

20世纪中国科幻小说史 / 吴岩主编 . — 北京：北京大学出版社，2022.1
ISBN 978-7-301-32685-5

Ⅰ . ①2… Ⅱ . ①吴… Ⅲ . ①幻想小说 – 小说史 – 研究 – 中国 – 20世纪 Ⅳ . ① I207.409

中国版本图书馆CIP数据核字（2021）第216527号

书　　名	20世纪中国科幻小说史 20 SHIJI ZHONGGUO KEHUAN XIAOSHUOSHI
著作责任者	吴　岩　主编
责任编辑	朱房煦
标准书号	ISBN 978-7-301-32685-5
出版发行	北京大学出版社
地　　址	北京市海淀区成府路205号　100871
网　　址	http://www.pup.cn　　新浪微博：@北京大学出版社
电子信箱	zhufangxu@pup.cn
电　　话	邮购部 010-62752015　发行部 010-62750672 编辑部 010-62754382
印 刷 者	大厂回族自治县彩虹印刷有限公司
经 销 者	新华书店
	720毫米×1020毫米　16开本　15.5印张　225千字
	2022年1月第1版　2022年1月第1次印刷
定　　价	68.00元

总 序

出版这个系列是我近年的重要心愿!

2016 年，本人届满卸任北大中文系系主任职务，随即应陈十一校长之邀，离开北大来到南方科技大学工作。在谋划人文科学中心发展规划之时，陆续引进的唐克扬、吴岩和李蓝几位教授都赞同要出版两套书，一套是“南科人文学术系列”，另一套是“南科人文通识教材系列”。如今 4 年过去，人文科学中心在快速发展过程中已经与其他 4 个中心整合成了颇具规模的人文社会科学学院，人文科学中心成了其中的系一级机构之一，新的学院楼宇也已经竣工并投入使用。在繁忙的建系建院和教学科研活动中，通过大伙儿不懈努力，这两套书的第一批著述，终于在南方科技大学校庆 10 周年之际出版，想想还真是有点成就感，也特别令人高兴。

“南科人文学术系列”的定位，与人文科学中心的定位完全一致，那就是尽量不走一般综合性大学文史哲为中心的传统发展道路，而是要根据南方科技大学“扎根中国大地，建设世界一流研究型大学”的目标和“创智、创新、创业”的定位，规划办成具有“科技人文”和“跨学科”学科结构特色的“新文科”院系。因此，这个系列就不再是收入一般文史哲领域常见的学科著述——说实话这些著作眼下实在已经太多——而是打算出一批具有新型文科专业方向和跨界研究性质的、具有学科前沿特征的学术著述。此刻看看眼前这第一辑书稿——《“关键词”：绘制当代建筑学的地图》（唐克扬著）、《中国科幻文论精选》（吴岩、姜振宇主编）、《解码深圳：粤港澳大湾区青年创新文化研究》（马中红主编）、《20世纪中国科幻小说史》（吴岩主编），心里多少觉得欣慰，因为都符合了当初的设想预期。

《“关键词”：绘制当代建筑学的地图》在唐克扬的众多著述中，我敢肯定是很有特色的一本。他此前的作品，无论是钩沉北大校园历史的《从废园到燕园》，还是书写古城建筑的系列如《洛阳在最后的时光里》《访古寻城》等，都已经成为学界注目的佳作，而对当代建筑学“关键词”做全景式透析的这本新作，我们有理由期待会得到来自学界和读者的关注和更好的评价。《20世纪中国科幻小说史》以及《中国科幻文论精选》，是吴岩教授主持的国家社科基金重点项目课题“20世纪中国科幻小说史”的成果，参与写作的人都是当前年轻有为的文学工作者。课题带头人吴岩既是科幻作家又是学者，他多年推进中国的科幻研究和创新教育，今年被美国科幻研究协会颁发了“克拉里森奖”。我不仅期待这两本书出版后获得国内认可，也对书的海外版权输出抱有较高期待。至于《解码深圳：粤港澳大湾区青年创新文化研究》，这本书所关联的研究项目由我主持，自然和我有些关系，但主要还是国内知名传播学和青年亚文化研究学者马中红教授及其研究团队的成果。他们花费两年时间，在深圳的南国盛夏，顶着酷暑和台风，展开大量城市田野调查之后集体撰述结集。在这一领域，写青年、写创新、写文化都不乏著述，但是把青年创新文化融为一体，对特区数代青年在创业创新成长过程中所面临的种种文化和心理状况展开全景与个案结合研究的，这本书恐怕还是第一部。本书出版之前，相关部分章节在报刊和会议上一发表就引起关注。这次全书完整出版，读者不妨通过仔细完整的了解，把握深圳的几代青年创业者曾经的心路历程，未来面临的挑战和问题，以及大湾区和深圳青年创新文化提升发展的思考路径。

需要说明的是，上述项目的研究和著述的完成，都得到了广东省这些年在南方科技大学设立的高水平理工大学人文项目和冲刺双一流大学建设项目的支持。经费和政策的有力保障，使得项目得以顺利实施，著述得以成功结集。同时，这些著述和众多学术成果一起，也成为学院所属“空间与媒体实验室”“科学与人类想象力研究中心”以及“计算人文学研究中心”研究成果的重要组成部分，有力地支撑了跨学科的“科技人文研究”创新思路的现实价值和未来意义！

本系列的著作能够顺利出版，无论是循例还是感恩，都应该表达对下列同事和朋友们的感谢之情。首先要感谢的是4本书的著者、主编以及他们的作者团队。著述本来就不容易，何况是在一所新办的理工科大学从事新人文研究，无疑需要以筚路蓝缕的精神去克服种种困难，才有可能完成有时候看似不可能完成的任务。其次是要感谢作为本辑执行主编的吴岩教授。他的教学科研已经够忙，可依旧腾出时间做了许多联络编辑的事务。再次要感谢我的老朋友，北大出版社的张冰主任。在学术图书出版如此艰难的今天，感谢她的全力担当、慧眼识珠和倾力帮助，帮助解决了出版过程中的许多难题。当然，尤其是要感谢本辑编辑朱房煦女史，大量联络和编务工作都是由她来组织完成的，十分不容易。最后我觉得我得感谢一下我自己的勇气，都这把年纪了，还要疯疯癫癫地跑来南方科技大学搞什么科技人文新文科！做这种基本无对标参照的学科创新的事情，各种风险都是可想而知的。我虽有思想准备，可一旦行动起来才知道有多么艰难！

不过，既然已经启程出发，开弓没有回头箭，就让我们一直走下去吧！

陈跃红

国庆中秋双节于深圳南科大九山一水校园

2020年10月1日

目　录

序 言

《20世纪中国科幻小说史》是我于2012年申请国家社会科学基金同名重点课题（12AZW009）的最终成果。该课题于2017年结束并通过验收，评定为良好。参加课题的成员包括任冬梅、王瑶、高寒凝、贾立元、林健群、梁华和姜振宇。

2015年11月27日至29日，在项目第一稿完成之际，北京师范大学教育学部和文学院联合中国科普作家协会科学文艺委员会共同为此项目举办了研讨会。来自全国各地的40余位专家学者参加了会议。会议由我做总体汇报，贾立元、任冬梅、高寒凝、梁华、王瑶等就自己撰写的部分进行了分项汇报。李怡、王泉根、刘兵、王逢振、舒伟教授，以及田松、黎婵、陈朗、徐文培、欧翔英、黄秀敏、严蓬、吕超、丁子承和董仁威、姚海军等高校内外的专家，就各个章节中出现的问题进行了讨论。与会者高度评价"20世纪中国科幻小说史"第一稿，认为这个项目的文稿应尽快修改和结题出版。

但作为课题主持人，我还是感到不满意。第一稿对一些问题的追寻和讨论仍然不够透彻，关键区域的史料也还是不够丰富。于是，在提交结题的同时，我又组织了新一轮的补充研究和补充撰写。

现在大家看到的成果，已经在第一稿的基础上进行了大幅度的调整，同时作者团队也因故发生了一些变化。最终的撰稿者包括：贾立元（负责晚清部分），任冬梅（负责民国时期部分），肖汉（负责共和国早期部分），姜振宇（负责新时期部分），王瑶（负责世纪之交部分）。我本人则对稿子进行了统筹修订，并参与了部分章节的撰写，以便全书更好地借助史料来传达观点。

中国科幻小说在20世纪经历了跌宕起伏的发源、演变、转型并最终走向成熟的漫长历史过程。在此期间，文类从无到有，作家队伍从小到大，作品从稀缺到难以穷尽，社会影响更发生了繁复的变化。面对如此众多的现象，怎么从中进行抽取和表征，去粗取精、去伪存真，是每一个研究者都必须面对的问题。

我们所坚持的，是让史料来说话。对各种不清晰、不明确、有疑问的说法，都依据史料，放在历史语境中进行检验。在这个意义上，当前给出的这个版本仍非最终固定不变的成果，我们期待大家指出其中的错漏，并且希望每隔三五年进行重新修订，让这段历史跟急速变化着的各种研究成果相互吻合。

南方科技大学人文科学中心主任陈跃红教授作为我现在工作的领导，对这本历史著作的编写特别关注。他还欣然决定将这本著作跟《中国科幻文论精选》一起纳入“南科人文学术系列”。北京大学出版社张冰主任和朱房煦女士给我们在编校和出版方面提供了大力支持。我原先所在的北京师范大学教育学部和文学院对我的课题立项和执行过程进行了有效的支持和管理。四川大学文学与新闻学院姜振宇和北京师范大学文学院肖汉老师协助我做了大量编辑工作。在此谨对以上个人和单位给予衷心感谢。我还要感谢前前后后几轮参加撰写的专家、作家和博硕士学生，没有他们的努力，没有这本专著。

回到文学史的编纂。我一直认为，史料的挖掘可能比提出这样那样的理论更加具有意义。但对史料的解释却需要有足够的文学与文化常识，需要有缀合事件与过程的良好逻辑素养，以及我们对历史的含义和过程本身的真知灼见。希望《20世纪中国科幻小说史》能激发出更多科幻研究者的热情，与我们在共同的道路上并肩前行。

吴岩

于南方科技大学

2020年12月31日

第一章　晚清科幻的发展（1900—1911）

导言

中国文学自古就有幻想的传统，但科幻小说的诞生还是在近代以后。作为一种对全球现代化过程的回应，科幻文学在中华土地上的诞生，跟列强对殖民地进行的残酷征服与掠夺，以及古老文明的亡国灭种危机直接相关。激烈的社会和文化变革呼之欲出，而以现代科学为基础去改造国民的人生观、世界观、宇宙观成了重要任务。此时，小说的功用被突然拔高，科幻小说则更是引起了先觉者的关注。通过对外国科幻作品的翻译和模仿，中国的第一批科幻作家开始书写他们对未来的焦虑和憧憬。这是一个描绘民族独立、国家富强、人类进步的通向梦想的旅程。

第一节　创作背景

1　生存压力与文化革新

近代中国面临的生存压力及其引发的文化革新诉求，是中国科幻出现的根本动力。

19 世纪最令人瞩目的现象之一是民族国家的崛起。在资本主义迅猛发展的驱动下，列强为在全球范围内寻求市场与殖民地展开了激烈的竞争，彻底重塑了世界格局。科学在其中扮演了重要角色。新的科技成就极大地提高了人类控制自然的能力，为征服者提供了明显的优势，也为现代科学赢得了威望，改变了人们的思想意识。科学的整套理性态度、方法、观念向社会和人文领域延伸并得到借鉴和仿效，成为理想的思维方式甚至生活方式。某一学科领域的阶段性认知，常被特定时代的大众视作可靠的定论来接受，并在传播的过程中遭到过度阐释乃至滥用。特别是由达尔文生物演化理论变异而来的社会达尔文主义、对人群进行“科学”分类以解释不同人种差异并给予优劣评判的人种学等，帮助殖民者建立起一套“文明—野蛮”的叙事逻辑。“前现代的”“专制的”“野蛮的”“蒙昧的”东方帝国，顺理成章地成为“现代的”“民主的”“文明的”“科学的”西方国家有待启蒙或征服的对象。

在坚船利炮的护送下，西方的文明观在殖民地和半殖民地激起回响。晚清的开明之士，逐渐意识到中国从“天下”之核心沦为了“万国”之一员。与被圣人视为道德沦丧之乱世的战国时代不同，“新战国时代”是以民族国家为单位的“正当”竞争。曾被视为“夷狄”的西方人，如今成了“文明”的代表，礼仪之邦反倒沦为“野蛮”国度，焦虑和希望的情绪油然而生。面对世界的日新月异和西方的日进无疆，岌岌可危的中国必须亡羊补牢，通过自强摆脱覆灭之灾，在未来与白种人平分秋色。

随着对西方世界了解的深入，人们逐渐认识到，科技强大的背后有着深层次的文化和制度原因。于是，制度变革和文化革新的呼声随之高涨，知识界对社会科学和人文读物的译介也逐渐超过自然科学和应用科学。救亡图存的人们如饥似渴地汲取西学，改变了对时空的认知，产生了对未来的想象，为科幻小说的萌发提供了适宜的文化氛围。

2 新知传播与想象转轨

西学新知的传播及其对国人想象力的引导，是中国科幻出现的重要前提。

“科学幻想”的本质是现代科学对想象力的激发与引导，这一过程在中国的发生起源于近代“科学救国”的思潮。起初，对西方科技的学习较多地停留在技术层面，缺乏系统、全面的认知。庚子国难后，清政府于 1901 年揭开新政序幕，推动新式学堂建设。1906 年，科举制度被正式废除。此后，接受正规、系统的现代教育的学子数量快速增长，数以百计的译书机构雨后春笋般涌现，西学输入的广度和深度都明显增加。据统计，1896—1911 年间，西学书籍的译介超过晚清此前译书的两倍。得力于新式教科书的编译，像八大行星、地层构造、化学元素、万有引力等知识在 20 世纪初即已进入童蒙教科书，成为任何一个有文化的人都必须了解的内容。新知识开始塑造新的眼光，中国人的想象力逐渐转入新的轨道。

首先是宇宙观的变革。1618 年，第一架新式望远镜传入中国。此后，各式西洋奇“镜”不断震撼国人的眼球，前所未见的奇观令本土的神话传说黯然失色。乾嘉大儒阮元就曾作《望远镜中望月歌》，指出“广寒玉兔”已成空话，他还遥想月球上的人类也在用望远镜望向地球。1885 年，康有为也通过望远镜观看火星，领悟诸星上有诸多文明，生出“天游”之想。随着现代天文知识的普及，过去带有神明色彩的天上宫阙，演变成了凡人可以企及的物理实体。越来越多的人认识到地球只是宇宙中的沧海一粟，“中国”只是地球上的“万国”之一。“天朝上国”思想随之瓦解，对尚未被西方探险家发现的未知地域的渴望，乃至对地外广袤太空的探索之心随之产生。

其次是“未来”观的出现。古典时代的中国人所向往的理想世界，或是已然失落的过去，或是时间静止的世外桃源。在进化论被视为“公理”之后，“未来”在线性时间观中浮现了，技术发明的层出不穷让物质富足的世俗乌托邦呼之欲出。1891 年，爱德华·贝拉米的乌托邦名著《回顾——公元 2000—1887 年》被译成中文，并于 1894 年以《百年一觉》为名出版单行本。小说描绘了资本主义竞争消亡、社会实现公平正义的 2000 年，令晚清思想界备受鼓舞。很快，康有为也在《大同书》中为人类规划了消泯国界与种界、高度自动化、科学发达、医学昌明、道德完备、太平康乐并可在宇宙中翱翔驰骋的大同美景。尽管这部奇书在晚清没有公开出版，但其中对科技乌托邦的乐观期待亦可视为一种“科学幻想”。

最后是“身心”观的革新。一方面，现代生理学与卫生学改变了人们对身体结构和病因病理的理解，西医在外科手术方面的技巧、显微镜对于微生物的发现、X 光对于人体内部病情的诊视，令妙手回春、长生不老的梦想有了科学的根据。另一方面，作为对科学和物质文明的反动，主张精神力量能够超越物质的诸多学说也披着“新科学”的外衣登场。例如，传教士傅兰雅翻译的《治心免病法》（1896）原本是教导信众通过信仰战胜疾病的宗教手册，却以卫生学教科书的面目在中国出现。书中的“以太”观念让谭嗣同深感共鸣，被后者在《仁学》中发展成沟通天地万物的关键：通过物理学提供的这种无所不在的假想介质，人们的“脑电”可以彼此沟通，最诚挚的意志可以感动他人，消解隔膜，拯救苍生。与这种形而上的蓝图相比，陶成章、蔡元培等人对作为一种新兴医疗手段出现的催眠术怀有更切实的期待，认为可以通过操控受术者的心智，实现治愈生理疾病、戒除不良嗜好、改造人格乃至进行革命暗杀的目的。尽管路径不同，但谭嗣同和革命党人都以先进的西方知识为依据，制订了管理、救治国人身心的科学幻想式方案。

总之，正是“科学”的探照灯，让古老的梦幻开始动摇、褪色、瓦解，被新的现代梦幻所吸收、转化和替代。换言之，在晚清，科学幻想不仅仅是某一类虚构故事，而首先是想象力的转轨，是人们对世界、真理、命运的探索方式之一。在新的轨道上，人们发挥想象，尝试去解决数千年来从未面临过的困境。

3　小说新民与出版繁荣

小说地位的上升及出版界的繁荣为中国科幻的生长提供了充足空间。

在19世纪末的西方及日本，流行着关于国家的生物学伦理修辞：“国”是由“民”构成的有机体，国民的身体和精神的腐败或强健，是国家衰弱或富强的根源。这种修辞顺利地被晚清学人接受，如何教育、管理国民的身心日益成为启蒙者的关注重点。不论是鼓动民众的公共意识以增进爱国思想、要求废除科举以鼓励学子学习实用学问，还是普及科学知识以破除迷信、反对女子缠足鼓励女学等，皆以保国保种为宗旨和目的。

在中国传统的文化体系中原本地位不高的小说，也在这种背景下受到了启蒙者的重视。随着印刷技术的更新换代，近代报刊出版迎来了繁荣。刊载小说成为吸引读者的普遍做法，小说对民众的亲和力与影响力日益突出。甲午之后，康有为、梁启超、严复、夏曾佑等人都主张，小说对于欧、美、日等强国的进步有重要帮助，小说影响民众之力胜过经史、可用之于教化的主张也愈发增多。1902 年，流亡日本的梁启超创办了《新民丛报》并连载《新民说》，同年又创办《新小说》并发表了著名的《论小说与群治之关系》，极力宣传小说的魅力，称道德、宗教、政治、风俗、学艺、人格等皆受其影响，“欲新一国之民，不可不先新一国之小说”。这一应时而生的有力论述，迅速激起广泛而强烈的反响，促使小说的译介和创作在晚清最后十年迎来了高潮。据陈大康（《中国近代小说编年史》导言）统计，自道光二十年（1840）至宣统三年（1911）的七十余年间，报刊所载小说 4202 种，其中自著 3431 种，翻译 771 种；单行本小说共计 1393 种（161 种先在报刊连载），其中自著 821 种，翻译 572 种。其中，1902 年正是数量激增的起点。此后十年，出现了花样繁多的类型标签：侦探、侠情、政治、立宪、哲理、理想、历史、虚无党、军事、写情、苦情……这既反映出小说出版的繁荣，又表达了人们对小说社会功能细化的期待，比如，“军事小说”可以培养尚武精神，“冒险小说”可以激励冒险精神，等等。

需要注意的是，这些标签的使用非常随意，同一作品经常被贴上不同的标签。所以，尽管当时尚无“科学幻想”一词，但不少“科学小说”“理想小说”“政治小说”“哲理小说”的内容，都说明晚清小说家已经在进行本土科幻创作的尝试。这种尝试的本质，就是以科学破除迷信，重塑国民理想，服务“新民”大计。对此，《论科学之发达可以辟旧小说之荒谬思想》说得十分清楚：“思想犹光线也。无数之光线，范以聚光镜，则汇于一点；若以麤劣之质承之，则散漫而无归宿。科学者，思想之聚光镜也。……循公例，明界说，精诚所至，金石可开。否则，以好奇之心，发为不规则之谬想，横溢无际，泛滥无归，如我国旧小说之所演述者，诚不足当格致之士一噱也。”

功利化的小说观与想象力的科学转轨相汇合，让科幻小说在中国登上历史舞台，并担负起了以其趣味性情节吸引民众以普及科学知识的重任。

4 幻想土壤与域外移植

将域外科幻作品移植到本土幻想土壤，成为中国科幻创作发生的直接诱因。

中国有着悠久的幻想文学传统。女娲补天、大禹治水、夸父逐日、共工怒触不周之山、后羿射日等神话传说，反映了先民们对宇宙的瑰丽想象，歌颂了人类与命运抗争的精神；《列子·汤问》中的偃师造人、《酉阳杂俎》中的鲁班制造木鸢、《夷坚志》中的下颚移植术、《梦溪笔谈》中返老还童之药等故事，流露出世人对能工巧匠、妙手神医帮助人类摆脱疾苦的期待；老子的“小国寡民”、陶渊明的世外桃源，投射出逃避现实、寻求安宁的理想社会的渴望；《博物志》中的奇肱国“飞车”、《拾遗记》里的神秘飞翔机械“贯月槎”，反映了对域外乃至天外文明的好奇或恐惧。古典小说四大名著亦不乏幻想色彩：《红楼梦》是补天石的红尘幻梦，《西游记》是石猿得道的心路历程，《三国演义》里的木牛流马和《水浒传》中的呼风唤雨都令读者回味无穷。

到了晚明，耶稣会教士带来了望远镜、自鸣钟、地球仪、三棱镜等西洋发明，勾起了人们的好奇。小说中的幻想元素随之扩展。明代李渔《十二楼》中的《夏宜楼》，不但让望远镜成为主人公获取情报并巧妙实现心愿的重要工具，还对显微镜、焚香镜、端容镜、取火镜、千里镜做了介绍。不过，这只是现代科技在中国文学中偶然的出现。《红楼梦》里刘姥姥在贾府看见自鸣钟时的惊愕，反映出西洋器物在当时仍只是宫廷和上流社会赏玩的奇技淫巧，不足以对社会生活和文学艺术产生强大的冲击力。

近代以来，西洋元素更多地被融入小说中。由俞万春所作、刊于

1853 年的《荡寇志》让白人武器发明家成为宋江手下的干将，为梁山好汉打造了众多新式战器（如类似于坦克的“奔雷车”、相当于潜水艇的“沉螺舟”等），别有一番风味。王韬于 1884—1887 年间在《点石斋画报》上连载的《淞隐漫录》，则将蒲松龄式的狐仙精怪推上全球化的新舞台。其中的《海外美人》（1885），将“画皮”的故事植入地理大发现的背景中，为古老的人造人主题引入现代意韵。1899 年刊刻的《平金川全传》，让神仙法术与军事技术的狂想杂糅共处。这些作品虽非“科学幻想”，却呼应了富国强兵、开眼看世界的时代思潮，预告了现代科学对中国文学的深度渗透。

随着西学的加速涌入，前科学时代的不羁“幻想”开始被科学精神、实证主义、理性主义、进化论史观等现代思想牵引，转向新的轨道。在这个过程中，域外科幻作品成为重要的刺激物与参照系。

目前所见，最早介绍到中国的科幻作品当属前已述及的《百年一觉》。戊戌之后，以科学为主要内容或想象基础的域外小说陆续进入中国，特别是在明治时期的日本颇受欢迎的法国作家凡尔纳的小说，更是被追捧。1900 年，被译者薛绍徽、陈绎如视作学习西学的浅近之书的《八十日环游记》由经世文社出版，开启了凡尔纳小说在中国的“旅行”。该书以英译本为蓝本。此后凡尔纳的作品更多经日译本转译。1901 年，梁启超根据森田思轩的日译本《十五少年》翻译的《十五小豪杰》开始连载，书中的少年冒险精神正符合梁氏《少年中国说》所期待的青春气象。1902 年，《新小说》创刊号又推出了《海底旅行》（即《海底两万里》），成为目前所见在汉语中第一部与“科学小说”一词对标的作品。至此，“科学小说”正式成为“小说界革命”的一个努力方向，并被视作文明世界的先导、普及科学的利器，许多重要人物都积极介入对“科学小说”的翻译中，其中最为后世熟知的是当时正在日本留学的青年周树人。作为《新小说》的热情读者，怀有科学救国梦想的他先后翻译了四部科幻小说：《月界旅行》（1903）、《地底旅行》（1903）、《北极旅行》（未出版，今已遗失）和《造人术》（1906），前三种原作者均为凡尔纳。在他看来，科学小说"经以科学，纬以人情"，能让普通读者在愉悦中"获一斑之智识，破遗传之迷信，改良思想，补助文明"，中国传统小说在这方面十分薄弱，"故苟欲弥今日译界之缺点，导中国人群以进行，必自科学小说始！"（《〈月界旅行〉辨言》）

周树人的译本在当时并未产生多少影响，但他的观点反映了知识界对于引进科学小说的积极态度。在他之前，《铁世界》（凡尔纳）的译者包天笑、《空中飞艇》（押川春浪）的译者"海天独啸子"等人都发表过类似的言论。知识界的鼓吹必然引起读者的好奇，带动市场的需求，推动更多译介。据统计，1896—1916 年间出版的域外小说中，数量前五的有两位科幻作家：凡尔纳（第三）与押川春浪（第五）。不过，凡尔纳作品的中译本署名五花八门，当时的读者恐怕很难意识到它们出自一人之手，就连译介者也未必有准确认识：1902 年《新民丛报》17 号上提到的《海底旅行》作者"法国欧露世"，到了《新小说》第 1 号上又变成了"英国肖鲁士"；周树人译《月界旅行》和《地底旅行》，因日译本之误而将作者分别标为"美国培伦"和"英国威男"。因此，令晚清读者为之倾倒的大概不是法国作家凡尔纳，而是出色的科学冒险故事本身，它们也为晚清小说家带来了重要的启发。

首先是对"未来"的热情。在这方面，《百年一觉》以及荷兰科学家达爱斯克洛提斯的《梦游二十一世纪》（1903）、押川春浪的《千年后之世界》（1904）等作品让中国读者产生强烈的对比感："我国谓极盛之世在已往，泰西谓极盛之世在未来。已往则不可复见，而志气因以不振；未来则亟欲其至，而希望因以愈浓。此中西强弱之中判也。"（广告《新译各种书籍》，《新民丛报》，1903 年第 30 期）受到影响的晚清小说家，也开始大量书写符合中国人理想的世界大同美景。如梁启超的《新中国未来记》（1902）、蔡元培的《新年梦》（1904）、"旅生"的《痴人说梦记》（1904）、吴趼人的《新石头记》（1908）、许指严的《电世界》（1909）、陆士谔的《新中国》（1910）、王钝根的《痴人梦》（1911）等，都寄托了作者对富强中国的期待。这类故事有的直接进入几十年乃至上百年后的未来，有的在结尾说明只是一场美梦。但与过去“黄粱一梦”式的人生空幻不同，“梦”如今已成为通往美好未来的便捷法门，不少小说在题目里直接出现“梦”字。

其次是内容与形式上的变化。域外科幻为中国文学展示了新的主题（乌托邦、高科技战争、星球殖民、世界末日等）、新的人物形象（科学家）、新的时空环境（云端、海底、地心、太空、外星等）、情节驱动的新道具（气球、潜艇、X 光等）以及新的形式与技巧（通过昏睡躲过衰老和死亡而抵达“未来”、以问答体解说新世界等），为读者带来了新的审美体验：《百年一觉》曾让孙宝瑄心醉神迷；《世界末日记》（1902）中百万年后地球衰颓、人类灭绝的景象，为中国文学所少有，令黄遵宪击节赞叹；未曾刊完的《十五小豪杰》让周作人半个世纪后还念念不忘，也曾给年少的端木蕻良带来了闯荡世界的勇气和对未来的信心。

最后，也是最重要的，是展现出“幻想”朝“科学”转轨的时代要求与基本规范。庚子国难之后，不少人将愚民轻信怪力乱神归罪于旧小说好言神怪之事。与之对比，凡尔纳的《海底旅行》《铁世界》则令读者心生崇拜，感慨“使吾国民而皆有李梦之科学、忍毗之艺术，中国国民之伟大力可想也”（金松岑《论写情小说于新社会之关系》）。在这种反差中，晚清小说家若要名正言顺地书写奇谭怪想，必须托“科学”之威名，加入更多的科学名词与科技发明。例如，“碧荷馆主人”的《新纪元》（1908）虽然套用神魔小说斗法模式描写未来的世界大战，却一定要给登场的每一种法宝（“洞九渊”“如意艮止圈”“追魂砂”等）给出一番身世说明，指出其源于西国某科学大家的发明，还在广告中特意提醒读者：所有法宝均有科学来历，绝非“王禅老祖与黎山老母之法宝”。“治逸”所著的《新七侠五义》（1909）同样为大侠们配上了“汽船”“电光剑”“电光石”等先进装备，大概非如此不足以让新时代的英雄惩奸除恶、树立威名，而这一切“皆从生、光、化、电各科学中所发明者，吾中国将来科学进步，发明各种器具，安知不与此书吻合”。“亚东破佛”（彭俞）的《双灵魂》（1907）讲的是一人有二魂之事，明显是寓言之作，作者却编出一套“电学”理论来解释“魂魄”及天堂地狱。可以说，正是这种对“科学”的尊崇以及对科学话语的模仿，成为中国科幻小说诞生的重要标志。

第二节　基本面貌

1　总体情况

1902年，《新小说》创刊号发表了三部科幻作品：梁启超创作的“政治小说”《新中国未来记》（详见本章第三节）和他翻译的法国天文学家弗拉马利翁的“哲理小说”《世界末日记》以及凡尔纳的“科学小说”《海底旅行》，使该刊成为中国科幻的标志性起点。此后，知识界与诸多出版机构纷纷跟进，中国科幻在清朝的最后十年间进入了第一轮发展期。

根据前人整理的多种书目可初步统计出如下数据：晚清科幻小说总计大约两百种，其中翻译百余种，创作则不足百种。具体而言，报刊所载的约130种（翻译约60种，创作约70种），单行本约70种（翻译近50种，创作20余种）。由于相关作品的发掘与研究工作仍在进行，以上数据难以完全准确，但与陈大康对近代小说的统计数据对照（见本章第一节），大致可以判断晚清科幻小说的一些总体情况。

第一，总量少，占比不到近代小说的十分之一。当然，每种小说体量各异，短则数百字，长则数十万字，种数比例仅具一定参考性，但科幻在数量上远比不上侦探、言情类等小说这一点应该无误。相比译介作品，本土创作能力尤其薄弱，平均每年发表不足 10 种（单行本仅 2 种）。

第二，分布广。《新小说》《绣像小说》《月月小说》《小说林》等专门性的小说类期刊，《科学世界》《科学一斑》《教育杂志》《女子世界》等科学与教育类期刊以及《新民丛报》《申报》《时报》等综合类报刊都时有科幻作品登载。其中最多者为《月月小说》《小说时报》《时报》（均超过 10 种），商务印书馆和小说林社是出版的主要推动者（各 15 种），这正与它们在近代小说出版领域的领军地位相一致。

第三，许多作品有始无终。晚清报刊虽多，但停刊、中途易主、编辑队伍更换、出版延期之事屡有发生。就清末涌现的近二十家以“小说”为标榜的专门性报刊而言，除了最后出现的《小说时报》与《小说月报》生存时间较长外，其余能坚持一年以上的仅 7 家，最长的《绣像小说》也不过 4 年而已。这给小说连载造成了麻烦。如凡尔纳的《海底旅行》就因《新小说》停刊而未能载完。至于原创科幻，也有约四分之一未能写完，其中最长的是《绣像小说》所载《月球殖民地小说》，连载至 35 回约 13 万字；最短的如《绍兴医药学报》所载《医林外史》，只发表 1 回便中断。“萧然郁生”的《乌托邦游记》于《月月小说》连载 2 期 4 回后，才被粗心的主编发现与期刊宗旨不合而停载，反映出当时出版工作的粗疏草率以及思想斗争的激烈性。但像这样清楚交代缘由的仍属少数，其余作品的夭折原因则难以实证。大体而言，无外乎期刊连载不稳定、作者仓促落笔继而才思枯竭或忙于他事而无暇顾及等。凡此种种，不但令读者无奈，也影响到作品本身的性质，如“悔学子”（吕思勉）载于《绣像小说》的《未来教育史》，只写了4回沉闷的现实便中断，完全没有写出“未来”景观，难称科幻作品，但也投射出小说家勾描未来时的力有未逮。

第四，章回体和非章回体并存。即便是翻译作品，尤其是篇幅较长者，中文译本也常采用章回体式，如《十五小豪杰》《蝴蝶书生漫游记》《月界旅行》等；自创作品中，有约三分之一采用传统章回体，其中又有三分之二超过10回，即约四分之一的创作篇幅可观。余者或不分章节，或分章节而以单句、词组为回目乃至无回目，较为自由。不过，章回体科幻创作中，接近一半均未能完成。

第五，语言以浅近文言或文白参半为主。梁启超译《十五小豪杰》、周树人译《月界旅行》时，都使用文白参半的语言。他们虽意识到白话之于启蒙的重要性，却惯于用文言写作，骤然改用纯白话，便觉冗繁拖沓、费时费力，遂采用折中之法。

第六，除小说外，还出现了科幻戏剧。如《绣像小说》所载的《维新梦传奇》（1903）、近代戏曲家洪炳文所作的传奇《电球游》（1906）等，科幻戏剧数量虽少，却是可贵的尝试。考虑到时人对“小说”的理解与今日不同，小说与戏剧之间并非泾渭分明，小说杂志刊发戏剧并非罕见，这些戏剧亦可视为“晚清科幻小说”的一部分。

第七，“创作”与“翻译”之间，没有绝对界限。晚清的小说译者或因外语水平有限，或为照顾中国读者的阅读习惯，或为借他人故事抒怀己意，常根据需要而自由删改原文，改外国地名人名为中国名，重新分割章节以成章回体，增加回目、批注乃至添加情节等。科幻翻译也不例外：周树人译《月界旅行》时，就将28章的日译本改为14回；海天独啸子译《空中飞艇》也有所增删；《电术奇谈》的原作为英文小说，经菊池幽芳译成日文，再由中国人方庆周译成6回文言体，又经吴趼人之手衍义成24回的白话体，抹除原书人名、地名而改中国名，并附以周桂笙的点评呈现给读者，以增加趣味。这样的“翻译”已带有创作成分。更有甚者，则是以译当作或以作当译，如署名“卓呆”的“科学小说”《秘密室》并非徐卓呆的创作，而是有日文原本，原作为美国小说；“编译者李伯元”的《冰山雪海》（1906）则很可能就是盗用李伯元之名的原创小说。此外，还存在一部作品多人合写，或多人翻译，或一人翻译、一人润笔、一人点评等复杂情况。如《维新梦传奇》，分别由“惜秋”（欧阳钜源）、“鲫生”“旅生”“遁生”四人接续完成；《新世界小说社报》所载《新魔术》署“钱塘吴梼、山阴金为同演”；《海底旅行》署“南海卢藉东译意，东越红溪生润文，披发生批”；商务印书馆出版的《新飞艇》等干脆隐去译者名姓，只署“商务印书馆编译所”。

第八，从译作者身份来看，以男性为主，且多为传统教育出身。蔡元培为进士，梁启超为举人；徐念慈、包天笑年轻时都中过秀才，后习外语，亦译亦著；许指严和彭俞皆出生于官宦之家，幼承家学；等等。他们多有投身教育、讲授新学、编纂知识类书报的经历，证明了凭借个人努力可以对西学有相当了解，但科学总归并非专攻。当然，也有周桂笙与周树人这样早年即接受新式教育的，前者曾入广方言馆、中法学堂，后者曾入南京矿业学堂、仙台医学专门学校，不过两者对科幻作品的兴趣都限于翻译，而不曾自创。此外，也出现了一些女性译者（详见本章第三节），另有部分译作者真实身份不详，如《月球殖民地小说》作者“荒江钓叟”、《新纪元》作者“碧荷馆主人”、《空中飞艇》译者和《女娲石》作者“海天独啸子”等。

总体而言，域外科幻的译介在晚清得到了相当程度的重视，一些优秀的作品能给读者带来新鲜体验而受到欢迎。但科幻小说整体上占比颇低，本土创作的数量不多、质量不高，属于模仿基础上的初创期。近代小说的一般性问题在晚清科幻中都有体现，同时，由于共同的危机意识、普遍关怀和历史局限，晚清科幻又在主题、内容、情节、形式等方面呈现出自身的独特性与趋同性。

2　基本内容

由于时间短且数量少，晚清科幻更多地呈现出共时性的特征。

第一，在民族危亡之际，作家们普遍对现状感到不满，并寄望于未来，因此，中国重振声威、世界走向大同成为晚清科幻常见的创作动因与叙事归宿。

《新中国未来记》（5 回）目的在于表达政治见解，但一开篇却先描绘 1962 年的强盛中国，接下来才通过一位回顾历史的演讲者之口引出两位生活在 1902 年的青年主人公，讲述他们如何出国游历、回国联络同志干一番事业，希望写出从黑暗当下通往光明未来的过程。尽管作者最终弃笔，却启发之后的小说家纷纷发挥想象，书写符合自己理想的复兴叙事。1903 年，连载于《绣像小说》的戏剧《维新梦传奇》篇幅不长但结构完整，借助理想化的手法，表现通过维新变法使国家富强、世界和平的憧憬。结尾处，英雄们的名字刻在了喜马拉雅山上，颇为新奇。1904 年，日俄战争爆发前后，对国事的忧愤成为本土科幻叙事的催化剂：蔡元培于拒俄运动期间发表的短篇《新年梦》，幻想中国复兴后战胜了来犯的西方侵略者，提议成立万国公法裁判所，号令天下、主持公道，由此建成文明世界，男女自由结合，语言文字统一，最后消除国界、天下大同，人类将控制气候并殖民星球；《绣像小说》连载的“旅生”的《痴人说梦记》与“荒江钓叟”的《月球殖民地小说》均在读者熟悉的现实背景中引入幻想元素，前者以康有为、梁启超、孙中山为人物原型，主人公们在维新事业受挫后流落荒岛并获得宝藏，继而创办报纸、谋取殖民地并成立新的国家，后者则讲述流亡南洋的志士在谋划复兴的同时遭遇月球文明的故事（详见本章第三节）；徐念慈发表于《女子世界》创刊号的《情天债》，则明显模仿了《新中国未来记》，开篇描绘了 1964 年的强盛中国和“黄金的亚洲大陆”，接下来以历史回顾的方式引出几位年轻的女性主人公，可惜小说只发表了 4 回便中断；“海天独啸子”的长篇“闺秀救国小说”《女娲石》同样以女性为主人公，虚构了一个通过高科技及色诱手段暗杀腐败官员以拯救世界的革命女性团体，其中既有俄国虚无党小说的影子，又明显套用了《水浒传》的故事模式及人物性格，与科幻元素拼接成光怪陆离的女性乌托邦叙事。此后又有陈天华的《狮子吼》（8 回）与秋瑾的《精卫石》（6 回），两者皆意在写出从当下中国走向共和建制的理想故事。宋教仁也曾有意自创一部描写中国现状及将来希望的小说。不论是主张改良还是革命，这些故事最终都指向虚拟时空，但要以可信的方式缝合“现实”与“未来”之间的断裂显然不易，不少作者只得半途而废。

第二，随着“物竞天择”的观念深入人心，世纪之交的东西方都在预想 20 世纪将会有一场黄白种族之间的决战。于是，以科技为关键的中外战争就成为晚清科幻复兴叙事理所当然的情节设置，背后又往往流露出在想象中复仇的快意。

如梁启超翻译《世界末日记》，重在向同胞引入天文学视野中的末日景观，但在译到欧洲走向衰败、中国人发动复仇袭击的情节时，仍忍不住增加一条夹批以表达兴奋：“译至此不禁浮一大白！但不知我国民果能应此预言否耳？”当然，在本土科幻叙事中，作者们常要强调：白人挑起战端，中国师出有名。梁启超曾为《新中国未来记》拟定了这样的后续情节：中国变法成功、形成了联邦大共和国后，因西藏、蒙古主权问题而与俄国开战，联合英、美、日击败俄国；随后，英、美、荷兰诸国殖民地虐待华人，引发黄白争端，最后经匈牙利人调停才化解战端。这一构想并未写出，却给后来的小说家提供了参考。诞生于日俄战争期间的《月球殖民地小说》，让日本科学家发明冠绝全球的先进飞艇，并与中国志士结成同盟，暗示未来将要反转欧强亚弱的格局。《新纪元》《电世界》《新野叟曝言》等也都铺陈黄白大战，寄希望于中国超级发明家肃清乾坤，在复仇的快意中映衬出现实的无奈（详见本章第三节）。

第三，复兴叙事若能成功推进，则必然引出乌托邦叙事。尽管晚清科幻长篇本就不多，能够系统、完整地描绘乌托邦全景的又少之又少，但仅有的几部仍颇具特色，为读者呈现了由科技奇观与儒家道德伦理共同打造的人间天堂。

吴趼人的《新石头记》（1908）展现了全面现代化的“文明境界”，其中的地火能源、仿生时钟、气候控制、彩色照相、飞车、潜艇、无线电话、助明镜、无声电炮等发明令人眼花缭乱，军力冠绝全球却并不侵凌弱小，人民也道德完善。许指严的《电世界》（1909）更为恢宏，连北极、荒漠都化为耕地，海底也被开辟成新居所，农业发达，蔬菜、水果牲畜格外壮大，病菌一概被消灭，人们寿命极大延长，十岁之后就要服用绝欲剂以克制情欲直至五十岁。陆士谔的《新中国》（1910）明显模仿了《百年一觉》，让主人公在梦中来到四十年后的新中国，那时不但国富民强、交通便利、实业发达，连善恶可以用机器测量与根治。总之，人和物也都要服从科学管理，由此祛除病苦，提升道德，实现幸福生活。

第四，复仇狂想和大同梦幻常常笼罩着失败的阴影。

《月球殖民地小说》《痴人说梦记》中的流亡志士们在海岛荒域的探险与对野蛮部族的征服，不啻为近代西方列强行径的翻版，带来的却只是宰制与抗争的不断循环。《月球殖民地小说》中的黄种人还未实现复兴，更高级的月球文明已然登场，暗示地球将要沦为殖民地，更高级的文明又将殖民月球，无穷无尽，令主人公陷入绝望；《新纪元》虽以黄种人战胜结束，却又说英、俄准备发动新一轮战争，为续集留下悬念；《电世界》中电王虽竭尽心力建设大同，心怀怨愤的白种人却仍要谋刺造反，而物质文明的不断进步带来了人口的不断膨胀和道德的衰败，电王伤心地离开了地球。这些情节或许出于情节发展的需要，但也有意无意地点明：只靠霸道不能铸成理想世界，全凭科技亦无法保证人类福祉。

第五，意识到物质文明的局限，晚清知识界对精神力量与科学的融合兴趣浓厚。特别是电学的发达，让许多人对电能“通”物这一意象深为着迷，相信“电”不但能够治疗疾病、促进生产、带来《电世界》描绘的奇迹，更与同样不可见的“灵魂”有着某种本质性的关联，能用于催眠他人乃至沟通阴阳，与此相关的情节也出现在小说家笔下。

在吴趼人衍义的《电术奇谈》中，主人公因为触碰到他人身上的“电气”而被催眠以致失忆。陈鸿璧翻译的《电冠》（1907）也有相似的解释并出现了鬼魂现身的情节。在徐念慈的小说《新法螺先生谭》（1905）中，主人公灵魂出窍，在太阳系漫游了一番之后回到地球，发明了“脑电”。彭俞的《双灵魂》则抛出了一人二魂的精神分裂难题，让中国术士、西方医生轮番上阵，医治患病的中国魂，并在小说末尾还另附了一篇《培植灵魂说》，用电学论证“魂—魄”的存在。由徐卓呆所作、经包天笑修改的短篇小说《无线电话》（1911）同样曾借科学谈鬼事：在雷雨之夜，逝者从阴间靠无线电话与妻子通讯，询问近况、交代后事。所有这些关于灵魂、精神操控的情节，都不应单纯视作国民改造的寓言或前科学时代的迷信，而应考虑当时书报上泛滥的种种学说带给人们的憧憬，视为某种科学话语催生的想象。

第六，科学话语引导出的另一种写作方向，是以传播具体知识为主要目的、情节相对薄弱的小说。

随着现代生理学、卫生学、医学知识的传播，出现了一批“卫生小说”“医学小说”，如《医界现形记》《医界镜》《破伤风》等。

这类小说或介绍医界情况，或说明具体疾病的病因，一律均强调有益卫生之道。其中发表于1909年《绍兴医药学报》的“科学小说”《医林外史》（鹫峰樵者编辑）借小说来论医学医方，强调“登者确有来历，与寻常小说任意捏造者不同”。吴稚晖的长篇《上下古今谈》（1911）借人物之口介绍了天文、地理、物理、化学、生物等多种知识，是清末科普型小说的集大成者，产生了很大的影响，虽无科幻色彩，却被同时代的许多评论家视为中国“科学小说”的典范，表明当时的“科学小说”并不完全等于今天意义上的科幻小说。当然也有将科学知识与幻想情节融合的作品，如“支明”的“科学小说”《生生袋》。这篇文言体科幻小说讲述神秘来客在闭塞的村庄里以生理学知识拯救病患、破解谜团，通过集锦式的结构将血液、骨骼、心肺、大脑等方面的知识一一道出。其中将疯人的血液放空而代之以牛、羊、犬的血液，以及来客遇刺后虽头部中枪却安然无恙等情节，虽看似离奇却均有依据，作者给出的一些解说文字，甚至与《最新中学教科书·生理学》（1904，谢洪赉译）等书籍中的解说如出一辙。换言之，作者虚构情节，正是为了介绍相关知识。

第七，中西冲突—新旧交汇带来的混杂特征，在晚清科幻的情节模式与技术构想方面也有所体现。

在情节模式方面，《新中国未来记》借鉴了日本政治小说《雪中梅》以未来视角回顾历史的开篇；《新石头记》的叙事构架化用了曹雪芹的经典，其中海底探险的情节又模仿了《海底旅行》；《新野叟曝言》《新水浒》《新三国》将旧小说的人物与变法富强的议题结合在一起，造成超现实的虚拟时空。

在技术幻想方面，《新纪元》将1898年才被发现的镭引入小说，却对当时已有的“雷锭”“拉的幼模”“鈤”等译名弃而不用，而冠之以“追魂砂”，为新元素披上了一层神魔风格的面纱；《电世界》

里的巨塔公园高三百三十三层，只因阳九之数乃昌明之象；《新野叟曝言》中太空飞舰三百六十六尺长，以符合周天三百六十六度之数。这些都与凡尔纳在《月界旅行》中完全出于工程学考虑详细地讨论发射登月炮弹所需的炮膛口径、炮身规模等描写构成明显的对比。

总之，晚清科幻带有鲜明的时代烙印，生动地反映了传统与现代交错之际知识精英们的复杂情绪和普遍期待，构成了当时思想文化界众声喧哗的一部分，也引起了一定的回响和批评。

3 质疑之声

对于科幻小说，除前已述及的欢迎态度外，也有不感兴趣或质疑乃至反对之声。

如果读者缺乏对科学的兴趣或相关知识，就无法从科幻小说中阅读乐趣，也就难以产生好感。面对徐念慈翻译的《黑行星》时，钟骏文就感到无措："全书叙一黑行星与太阳冲突，将太阳外壳冲破，其元质便流散地球，焚烧殆尽。此外别无事实。科学家或有意味可寻，非小说家所能索解也。"《新世界小说社报》也提醒读者：如果没有相关知识储备，就会把《地心旅行》《空中飞艇》误会成土行孙、孙悟空复出，把科学误解为仙术，辜负了作者和编者。

质疑和反对者的主要观点则是：小说需要虚构情节，这与科学追求严谨准确发生冲突，因此"科学小说"难以实现普及科学的目的。"侠人"就认为："文学之性，宜于凌虚，不宜于征实，故科学小说，终不得在小说界中占第一席。"喜欢钻研机械制造特别是空中飞行技术的洪炳文，也对凡尔纳笔下用巨型炮弹载人登月的情节提出疑问："人身在炮弹中岂不闷杀？在炮中发出岂不热杀？飞行空中岂不震杀？而人反喜而阅之者，以人情喜新，不责以理想也。"林传甲更为极端："近日无识文人，乃译新小说以诲淫盗，有王者起，必将戮其人而火其书乎！

不究科学，而究科学小说，果能裨益民智乎？是犹买椟还珠耳。”

科学素养不够的读者难以欣赏，科学素养足够的读者又容易挑出毛病，这暴露了“科学”与“幻想”之间的张力。实际上，“小说界革命”之后，晚清小说急速发展，泥沙俱下，对“新小说”的批评随之增多。1907年，《小说林》主编黄人对动辄标榜“改良社会”的小说家大表不满，对于“以磁电声光，饰牛鬼蛇神之假面”等现象予以斥责。当然，这种现象并非中国独有。在《妖怪学讲义》中，日本哲学家井上圆了就指出：“自电气说行世以来，一时彼此皆归于电气之作用。苟有难解之妖怪不思议，悉谓之电气作用，是恰如中古以不可知者，尽归于神。”世间妖怪要托庇于“科学”，既表明了“妖怪”生命力的顽强，又昭示了“科学”的威名日盛。对小说家而言，科学已成为幻想元素合法性的新来源，中国科幻的首轮浪潮由此而起。

第三节　代表性作家作品

1　梁启超与《新中国未来记》

梁启超的《新中国未来记》（1902）是中国小说史上第一次描绘未来世界的尝试，称之为第一篇中国科幻小说亦无不可。

梁启超（1873—1929），字卓如，号任公，又号饮冰室主人。广东新会人，十七岁中举，后师从康有为，鼓吹变法维新。戊戌政变后逃亡日本，途中读到日本政治小说《佳人奇遇》，萌生效仿之念，到日本后遂创办《新小说》并以连载的方式督促自己落笔，其生平唯一的小说《新中国未来记》由此而来。

小说畅想六十年后，中国繁荣昌盛，各国代表齐聚首都南京，召开和平会议。此时恰逢中国维新五十周年纪念，上海举办博览会，盛况空前。孔子后人孔觉民为两万名听众讲演过去六十年来中国从维新成功，到各省独立进而形成联邦大共和国，再到国力强盛、击败列强走向辉煌的“革命往事”。

这是中国文学史上首篇以“未来记”形式出现的小说。对于不同寻常的开场方式，《新民丛报》如此解释：“本书乃虚构今日以后之事，演出如锦如荼之中国。但发端处最难，盖从今日讲起，景况易涉颓丧，不足以提挈全书也，此回乃作。为六十年以后之人追讲六十年间事，起手便叙进化全国之中国，虽寥寥不过千言，而其气象万千，已有凌驾欧美数倍之观。”作者还构想了两个姊妹篇：《旧中国未来记》写中国不维新而导致国破家亡，最终不得不走向革命；《新桃源》写二百年前出逃海外的一批中国人在荒岛上建立文明国度，并在后来支援大陆同胞维新大业。即是说，作者有意上演三出未来戏目，但第一出仅刊载了五回便告中断。两位主人公游学归来，意气风发，正欲联络同志开始一番事业，就戛然而止，那个从“老大帝国”到“少年中国”的神奇蜕变付之阙如，“未来记”也变成了“现在记”。这或许与作者本人思想立场的纠结摆荡有关，以至于不能决定故事的具体走向，也因此让文本的“科幻”性质大打折扣。

有趣的是，小说预想十年后（1912）维新成功，恰好与中华民国成立时间一致，主人公之一黄克强又与革命元勋黄克强同名。1912年，结束流亡生涯的梁启超回到祖国后，在一场欢迎演讲特别提到这篇小说及其中的巧合，“若符谶然”，为小说添上一层预言色彩。

由于旨在发表政治见解，小说中有大量的演说、新闻、辩论内容，情节较弱，艺术性不高。用梁启超自己的话说：“似说部非说部，似稗史非稗史，似论著非论著，不知成何种文体。”另外，由于同时使用孔子纪年和西历两套标记时间系统，作者一时糊涂，竟将光绪二十八年（1902）误写成西历“两千零二年”，六十年后也就变成了2062年。尽管有许多不足，这部未竟之作仍值得称道：它处处投射着世界历史进程中的民族竞争图景与进步观，并开启了一个基本的方向和想象路径，启动了中国文学的未来叙事。此外，书中拟想的黄白种族大战、纪元争论、乌托邦畅想、少年强则国强的路径等，都在后来的科幻小说中获得了展开。

除了这篇自创小说，梁启超还在《新小说》创刊号上发表了他翻译的“哲理小说”《世界末日记》。作品时间跨度巨大，讲述几百年后太阳日渐冷却，地球日益衰退，至西历220万年，科学极度发达，人类却丧失生育力，大都会逐一凋零，到处一片茫茫冰雪。最后的男子“阿美加”（希腊语“最后”之意），与爱人爱巴遍历地球，唯见废墟，最终在埃及金字塔中相拥而死，漫天飞雪覆盖地球，群星灿烂依旧。小说原著是天文学家弗拉马利翁于1891年发表的英文短篇小说，同年5月被德富芦花翻译。梁氏从日文译介此文，是被“一切皆凋零，惟至高无上之爱存续”的景象所感动。他与挚友谭嗣同一样，当时正被大乘佛教所吸引。在为谭氏遗作《仁学》所作的序以及《进化论革命者颉德之学说》《论宗教家与哲学家之长短得失》等文章中，他一再表示：国人若能明白死是进化之母、肉身虽灭而灵魂不死的道理，感悟宇宙之无量广大和一己之身之藐小，便可克服“有我之见”，放下诸般贪恋，以舍生取义的大无畏精神行普度众生之业，促进中国乃至人类的进步。正因此，《新民丛报》宣称：《世界末日记》“读之令人始而嗒然若丧，终而超然解脱。译者谓读此一篇胜如听释迦牟尼四十九年说法，殆非诬也……盖有深意存焉，读者幸勿以游戏文章视之”。

在《新中国未来记》里，孔觉民指出：国家的立足之本在于“民德、民智、民气”。如果说，《新中国未来记》是以光明“未来”鼓荡“民气”，《世界末日记》是以看似黑暗的“未来”涤荡“民德”，则梁氏以编者身份推出的《海底旅行》可谓开启“民智”。《新小说》创刊号同时推出这三篇作品，使1902年成为中国科幻元年。

2 陈天华与《狮子吼》

陈天华的《狮子吼》是晚清革命派对梁启超《新中国未来记》的直接回应，两者在形式与内容上的异同十分鲜明。

陈天华（1875—1905），中国民主革命者。字星台，号思黄，湖南新化人。1903年留学日本，与黄兴等人从事反清革命活动。所著《猛回头》《警世钟》等文章宣传革命思想，影响甚大。1905年参加发起中国同盟会，担任书记部工作和《民报》撰述。同年11月日本政府颁布《清国留学生取缔规则》，12月8日在横滨愤而投海自杀。1906年，《民报》第2号刊文悼念，其中包括其遗作《狮子吼》。

故事开篇称某人得山中石屏飞出的铁函，得知四千五百年前混沌国灭亡之事，接着又在梦中到了一个街广楼高的大都会，这里交通十分发达，半空与地下均有火车往来，繁华胜过伦敦巴黎。某会场正举行“光复五十年纪念会”，有一“新中国之少年”登台唱戏，歌颂革命往事。之后，又在“共和国图书馆”见到《光复纪事本末》，前编讲光复之事，后编言收复国权完全独立之事。之后梦醒，发现其书尚在，遂改为白话演义。接下来讲述舟山小岛上一个文明独立的“民权村”，其中少年英雄自立自强，或游学海外，或在国内创建报馆、兴办实业、联络同志、成立“岳王会”“强中会”等组织，谋划革命。作者1904年开始创作，计划写出在现实中尚未实现的革命胜利，描绘理想中的共和之国，但因骤然离世而仅完成8回。

小说与《新中国未来记》有着明显的相似之处。首先，都以小说宣讲政治。与维新派一样，革命派人士也重视小说价值，视之为革命事业的一部分，许多人都亲自创作。《狮子吼》第一回叙述人种进化历史及俄国吞并史，第二回叙述中国历史及清政府统治史并极写慈禧之恶，仅就情节而言并非必须，但作为宣传革命的文学，亦有其道理。其次，都以未来理想中国盛景开篇，将其作为叙事归宿，牵引情节发展，使故事时间从未来折返现在后再度流向未来，因而带有理想色彩。最后，两部作品都仅存数回而未能完成，使现实部分突出，冲淡了理想性质。

两部作品也有着明显的不同。首先，政治立场不同。写作《新中国未来记》时，梁启超正处于一生中思想最为激进的阶段，言辞之间流露出种族革命的排满倾向。小说第三回中，主张平和稳妥改革的黄克强，与主张暴力革命的李去病，反复辩驳几十个回合，充分显露了作者内心的矛盾。《狮子吼》则旗帜鲜明地反对帝制、宣传排满。小说开篇写到未来时，眉批提醒读者：登台唱戏的"新中国之少年"，"并不是日本横滨市保皇会中人，切要留心，不可错被混过"。第二回叙及戊戌政变后康、梁逃往国外成立保皇会，眉批又叹："实在懊气"。而同期的《民报》也刊有田桐痛骂梁启超的文章："彼所作《新中国未来记》，其一般妓女乞怜，专颂虏廷神圣，殊觉令阅者肉麻。"第五回，陈天华又借人物之口，指出开报馆、通民智的必要性，但称"中国偌大的地方……只有近海数种腐败报，有新理想的小说，更没有一种了"。小说的针对性显而易见。其次，理想色彩程度不同。《新中国未来记》主人公从现实出发，朝六十年后的理想世界前进；《狮子吼》则因"民权村"的存在使现实与理想交织，因而可以一方面将当时的《苏报》案、沈荩案等轰动事件化入情节，另一方面又可以描写理想社会，如第四回通过被江支栋（张之洞）迫害的流亡志士引出学生运动大会，令烟花在天空映出"黄金世界"四个大字，照亮了理想时空。在一场谈话中，人物还谈到科学进步，未来可能控制气候，探访月球、金星、木星，也增强了小说的理想色彩，与《新中国未来记》重心全在政治形成了对比。最后，可读性不同。梁启超虽让人物有所移动，但大部分时间都在讲谈时事、议论政治，情节缺乏变化与推进，陈天华也在小说中加入大量议论，但人物有的出洋，有的返乡，视角随之转移，不断牵引出新人物和新情节，趣味性更强。

总之，两部小说都将理想时空作为叙事的基本动力，虽在小说艺术方面有所缺陷但影响广泛，是近代思想史、文学史及中国科幻史上的重要存在。

3 《女娲石》与女性介入

《女娲石》是中国最早描写女性主导的科技乌托邦的长篇小说。

作者“海天独啸子”，身份不详，押川春浪的“科学小说”《空中飞艇》（商务印书馆）、桥本善次郎的《最近卫生学》（广智书局）的译者均署此名。《女娲石》共两卷，标“闺秀救国小说”，由上海东亚编辑局于光绪三十年（1904）六月出版甲卷八回，三十一年（1905）二月出版乙卷八回，未完。故事起于混沌二十九年，爱国女士陈挹芳感于国家危弱，在报上刊文主张女性胜过男性、救亡需靠女子，震动朝野，进步女性纷纷响应，涌起聚党立会之潮。胡太后遂设坛，祈祷女将临凡辅助自己成为世界主母，于是“女娲石”从天而降。之后，以主角金瑶瑟为线索，讲述她以色艺诱劝官员维新无果，又在日本公使夫人协助下进宫行刺胡太后，失败后逃亡，半路上被人卖至天香院。这里实为以暗杀民贼为目的的花血党总部，不但拥有百万党员、二千余所支会，而且科技发达、电气化与自动化程度极高，是拥有宿舍、讲堂、实验室等机构以及电梯、电车、自动吃饭机等发达设备的大型女性自治社区。金瑶瑟加入后，又奉命骑着电马游历全国，考察支会情形，路上遇到类似的女性革命团体，彼此通好，准备谋划革命大业。

从该书序言及故事内容来看，作者是一名留日学生，具有革命思想和一定的科学知识。书首交代了他的写作目的：《红楼梦》只道儿女情长，《水浒传》虽以武侠激励民气，但在影响女性方面还有缺憾，因此作者希望描摹英武伶俐、博学多才的女性豪杰。小说对《水浒传》的借鉴是明显的：以天降奇石开篇；计划写 48 位女豪杰和 72 位女博士，其中性格鲁莽、不服管教的凤葵仿如李逵、鲁智深；金瑶瑟逃难时在贼船上遇见魏水母的段落完全袭自宋江遇张横的模式。严重的模仿痕迹影响了情节方面的创造性，而域外科学小说、俄国虚无党小说则带来了改造的方向。通过在旧的模式中引入新的意识，小说反映了当时的女性解放思潮、反清革命思潮与科学救国思潮，书中女性人物的激烈言论与在妓院中隐匿着科技桃花源的别致设想，都令人印象深刻：为了实现民族解放和女性自由，花血党不但反对崇洋媚外、民贼独夫，而且反对家庭，要求成员绝夫妇之爱、割儿女之情，甚至绝情遏欲、禁止亲近男性，只允许通过人工授精繁育后代；魏水母三姐妹专门截杀男性，甚至不许世上有半个男子。同时代的科幻作品中不乏进步女性形象，但如《女娲石》这样对男性几乎完全否定的仍属少见。通过夸张而极端的方式，作者希望在虚拟的时空中描绘巾帼英雄群像，以激励女性读者进步自强。

《女娲石》确实引起了进步女性读者的兴趣。女侠秋瑾就曾与友人徐自华共阅此书，并以书中人物自比。为了启迪多不识字的女性同胞，秋瑾本人也写有弹词《精卫石》，叙说瑶池王母见下届怨气弥漫，命仙童仙女下凡，化作英雄儿女拯救国家的故事。仅存的 6 回讲述进步女性黄鞠瑞反抗包办婚姻、留学日本、投身革命，带有一定自传色彩。从已经给出的回目看，秋瑾希望写出兴办实业、军事革命、建立共和的结局，因而与《狮子吼》一样带有理想色彩。

无疑，在清末小说的未来想象与复兴叙事中，进步女性已积极介入：或为笔下豪杰，或为执笔之人。当然，大多数晚清科幻小说的作者都是男性，但译者中出现了不少女性的身影。

薛绍徽（1866—1911）是较为典型的传统闺秀，幼习诗词文史、音律绘画，14 岁出嫁，曾以为“九州以外，无文字也”，后随丈夫游历，识见舟车利用、汽轮电灯后，“骇然欲穷其奥”，“知天地之大，学力各有所精”，继而努力学习，后与其夫合译《八十日环游记》，首次将凡尔纳作品引入中国。

陈鸿璧（1884—1966）曾入上海中西女塾、圣若瑟学校学习，家境优渥，父祖均通英语，其译才超出同侪，曾为小说林社专任译员，译有《电冠》等作品。

张昭汉（1883—1965）为陈鸿璧之友，其父张通典曾任江南水师学堂提调，她就读于上海务本女校师范科、圣约翰女子书院文科，译有《尸光记》。

吴弱男（1886—1973）为“晚清四公子”之一吴保初的长女，曾入日本青山女子学校攻读英语，加入同盟会，任孙中山英文秘书，译有《大魔窟》。

这几位女性均受过良好教育，具备很高的文学造诣，她们翻译的科学小说虽数目不多但质量颇高，体现了近代女性的进取精神，促进了科幻文学在中国的发展，具有开拓性的意义。

4　《月球殖民地小说》

署名“荒江钓叟”（身份不详），于 1904—1906 年间连载于《绣像小说》的《月球殖民地小说》是中国文学史上第一次大规模描绘地外文明及星系战争的尝试。

1904 年春，日俄战争爆发。出于对俄国侵占东北的憎恶，许多中国人把同属“黄种”的日本视为替自己讨回公道的盟友，把日本对俄国的最终胜利视为文明的立宪国对野蛮的专制国的胜利、黄种人对白种人的胜利。在这种氛围中，拥有日资背景的上海商务印书馆旗下的《绣像小说》，开始从第21期连载《月球殖民地小说》。小说以文人龙孟华为主角。龙孟华的岳父被奸臣所害，龙孟华报仇行刺未遂，与妻凤氏避难南洋，途中遇到因主张维新而获罪、在“巫来由西南海岸”“松盖芙蓉”避难多年的李安武，应邀同行，中途遇险落水，夫妇失散。八年后，龙孟华从报纸上得知凤氏为美国玛苏亚夫人所救并认作义女且在美国生下龙必大，男孩如今走失。恰逢此时，日本青年科学家玉太郎登场，以其新发明的气球协助龙孟华，遍寻美、欧、非大陆，终于在印度洋的一个神秘小岛上找到凤氏。紧接着，龙必大也与其离家后遇到的造访地球的月球人一同登场，于是一家团聚，共赴月界游学。故事就此中断。

小说共连载35回，长达十余万字，但大部分内容都是主人公乘气球环游世界寻妻觅子，月球文明直到第32回才正式露面，之后又神秘离去，读者并不知道主人公离开地球后的所见所闻。作者虽有控诉时代的一腔热情和宏大构想，但要同时讲述探险寻亲、志士救亡乃至星际战争，实在力有未逮，以致情节拖沓、枝叶丛生、结构松散、布局凌乱，最终难以为继，不论从思想性还是艺术性来说，均非佳作，在当时和后世的相当长时间里，几乎找不到对这篇作品的评价。不过，小说仍在一定程度上反映了时代的情绪和文学的新变。

首先，故事中的许多重要事件均发生在满月之夜。在中西交汇的背景下，月球呈现出了新旧杂糅的意味：既饱含着古典文化中的聚散离别等内涵，引发人物的满怀愁绪，又成为某种新型的乌托邦空间，是主人公向往的地外文明所在。作为凡人有可能企及的物理实在，月球既向地面发出邀请，又规定了抵达的方式：必须发明出能够摆脱地心引力和适应太空环境的飞行器方可靠近，而《月球殖民地小说》中的人类科学家，自始至终未能解决这一难题，只能在大气层中望月兴叹。

现代天文学对太空想象的改造可见一斑。

其次，作为叙事核心驱动的气球，有着客厅、体操场、卧室、大餐间、兵器房等，俨然一座奢华的空中行宫。有趣的是，《绣像小说》的配图只是仿照当时报刊上常见的热气球而画，毫无特色，与之相比，小说提供了更大的想象空间。更值得注意的是，气球的发明者玉太郎奉日本政府之命，为开辟殖民地做准备，他与到过日本留学的新时代中国女性、发明家璞玉环结为夫妻，一边新婚游历一边协助龙孟华漫游世界。他的首次登场，正在日本战胜俄国的前后。由被冀望为亚洲复兴先锋的日本人作为未来进步的力量代表，正符合当时读者的预期。书中的许多情节，如龙孟华在美国身陷囹圄而靠日本大使救出，日本才俊与中国女杰的联姻，团队中有英国医生加入，亲俄派权臣被视作国之蛀虫等，正是当时国际联盟关系的写照。而众人对各大洋岛屿进行的勘探，对野蛮部落财物的夺取乃至杀戮，则回应了“文明开化野蛮”的殖民主义论调。在差不多与《月球殖民地小说》同时连载于《绣像小说》的《痴人说梦记》中，开辟新国度、建基立业以图中华复兴也构成了叙事的主导线索。这类幻想，都投射出现代进程落伍者在现实中无法满足的对殖民地的渴求。

最后，殖民活动几乎总是以先进武器和暴力为依托，这种暴力正是龙孟华妻离子散的根源，令他一再陷入身心癫狂，反复哭泣、吐血、昏迷。借助这一疾病隐喻，作者暗示要实现中国复兴，仅有海外殖民地并不够，还要有文化的革新。诡异的是，玉太郎等人代表的现代科技，虽然能对龙孟华开膛洗心，也能令英国医生被狮子咬断的手臂上了药水后顷刻复原，却总是无法治好龙孟华的疯癫，反而造成更深的不幸：先进的气球使他可以轻易跨越山水阻隔，获得了不停追踪妻子的可能，于是他性急入火，完全无法从中抽身去从事那些他作为主角本应该完成的救国事业。这导致团聚这条叙事线索过度膨胀，完全压垮了整个故事的结构。此外，气球也提供了特异的时空状态，令龙孟华的种种失常之举为自己和他人带来更大的危险。不论作者是否因技穷而借龙孟华的疯癫来撑场面，他都有意无意地写出了科学和理性的局限。更微妙的是，当龙孟华一家远赴月球后，一直作为对照而以理性、高效、冷静、自信形象出现的玉太郎突然意识到，宇宙中可能存在着一个“亚洲—欧洲—月球—外层空间”层层扩展的殖民体系，每一个文明都可能被更高等的殖民者入侵，于是他也突然陷入了前所未有的癫狂之中。这种戏剧性的反转，成为反思殖民主义的特别入口。

在《月球殖民地小说》之前，商务印书馆曾出版过凡尔纳的《环游月球》，书中人物提到了疯癫之人在满月之夜发狂的记载并认为月球与人体存在某种感应。不论“荒江钓叟”是否从中受到过启发，他都借助现代殖民话语，翻新了延续千年的“愁人对月”意象，并为后世中国文学中“狂人”形象序列提供了一个特别的起点，也反写了凡尔纳的冒险故事：在法国作家笔下，英雄们探月的动机是开辟新殖民地、建设新共和国，而位于殖民体系边缘的中国作者，却将整个地球置于被月球人征服的阴影下。与凡尔纳对炮弹发射的工程学考虑相比，“荒江钓叟”在技术想象方面显得粗疏随意，也没有真正写出地月之战；但其对科技的想象、对中日英美联盟关系的强调，投射并参与塑造了时代的情绪；而敢于将“气球”作为谋篇布局的关键道具，甚至试图将国族复兴的叙事置于星际战争的格局中，也堪称勇气可嘉。因此他在中国科幻史上理应占有一席之地。

5　徐念慈与《新法螺先生谭》

徐念慈的《新法螺先生谭》是第一篇描绘了太空旅行的中国小说。

徐念慈（1875—1908），原名烝乂，字念慈，后改字彦士，号觉我，又署东海觉我。江苏昭文（今常熟）人，早岁习英、日文，精算学，二十一岁中秀才，毕生致力于教育救国及文学事业。1904 年，与曾朴等人在上海创立小说林社，任编辑主任，同时仍在多所学校兼课。1907 年，《小说林》创刊，任译述编辑，强调小说的审美面向，译书态度严谨，文笔浅白畅达，尤其注重科幻小说的翻译，译有《新舞台》（1905—1908）、《黑行星》（1905）、《英德战争未来记》（1909）等。

作为一名进步知识分子，徐念慈与丁祖荫、黄人、曾朴等常熟同乡通过兴办学校、出版杂志、译介创作小说等方式传播新学，以求改良社会。1904 年，丁祖荫创办了以女子教育为宗旨的《女子世界》，首期刊发了徐念慈的小说《情天债》，开篇模仿《新中国未来记》，描绘了六十年后的强盛中国，接下来回首往事，以女主角的噩梦作为缘起：一群人在屋中熟睡，不晓世事，为外人所砍杀。在逃命时，她被人指责："不是你们开着眼的，唤醒睡的，再靠着何人？你这忍心的贼。看见了他人残杀，你便溜了来，你想可是杀不到你身上了。……你想到了黄金一般的世界上，摆出一副文明的面孔，好使人佩服你。我却要送你到西天去，见见佛祖了。"

先觉者对于任何能唤醒沉睡者的学问和技术都有兴趣：后来将要以"鲁迅"之名在《呐喊》自序中提出"铁屋"比喻的周树人，此时翻译了科幻小说《造人术》（发表于《女子世界》），讲述了科学家在实验室创造生命的故事，寄托了改造国民的理想；他的同乡陶成章、蔡元培则热衷钻研催眠术，渴望掌握改造精神的技术，并于 1905 年在上海公开授课；与这些革命者彼此相识的小说林社同人也对催眠术颇感兴趣，并在同年出版的《孽海花》和《新法螺》中留下见证：前者成为曾朴的代表作，其中写到一名俄国博士通过催眠术轻易操控了从身边走过的陌生人并宣称可以将不同人的灵魂互换；后者包括三篇小说：包天笑翻译的《法螺先生谭》《法螺先生续谭》和徐念慈创作的《新法螺先生谭》。徐氏之"东施效颦"，既源于对包氏译作的喜爱，也极有可能受到了陶成章的课程启发。

徐念慈笔下的法螺先生深信天堂与地狱的存在，认为科学家仅根据对自然界的考察否定超自然事物的存在不能令人信服。他试图超越科学的羁绊，但冥思苦想而没有进展，以致脑筋错乱，身不由已，一路狂奔到了三十六万尺高的世界最高峰后，被一阵大风吹到万万尺高空，至宇宙吸力的中心点，灵魂与躯壳分离。他由此掌握了将"灵"与"身"拆分组合的能力，将灵魂炼成比太阳还强万倍的光源，向全世界投放光明。欧、美震惊，科学家们苦苦钻研却不得要领，法螺先生嘲笑这些国家自诩为文明之国而科学竟如此幼稚。此时中国正值午夜，国民全在酣睡或淫行，对如白昼之光明视而不见，法螺先生愤怒不已，失手将灵魂掉在地上，其四分之一复返肉体，穿越十八重地层，落在黄种人三百世始祖的家里。老人虽似神仙，能用"外观镜"窥探世事，如药剂师般用"内观镜"查看世人体内的"善根性"与"恶根性"的比例，可惜其子孙的善根性已被腐蚀殆尽，他也只能徒自伤怀。身为不肖子孙，法螺先生自愧不已，落荒而逃。与此同时，冲上云霄的灵魂撞上月球，令欧洲人误以为月中火山爆发，之后又从水星上空飞过，看见那里正在实施以新鲜脑汁替换陈旧脑汁的"造人术"，继而在满地黄金白玉的金星着陆，被极地狂风吹上天，飞返地球并回归肉身。来到上海后，他受到"催眠术讲习所"启发，发明了能在人与人之间通信的"脑电"。开班授课半年后，学徒已达两千万，但能源、通信、交通行业濒临破产，失业人口骤增，人们生出怨气，法螺先生只得遁隐。看似光明的前景再次崩塌，小说至此终结。

这个荒诞不经的故事，呈现了徐念慈身上教育者与小说家的两重身份：在他和曾朴编著的《博物大辞典》(1907)中，有关"心脏""脑""大脑"等条目的解释，完全依从现代解剖生理学知识，其中找不到"灵魂"的位置，对"地心""地壳"的介绍亦是简单的地质学知识，不存在上穷碧落下黄泉的可能。但当他开始撰写小说时，这些限定便被打破。一个有趣的细节是：徐念慈编写的《中国历史讲义》明确地介绍世界最高峰"二万九千余尺"，小说中却将其夸张为"三十六万尺"。这固然可视为法螺先生在吹牛皮，不过，也体现了晚清小说家在进行想象力的科学转轨时，多少总有一点在“正轨”与“越轨”之间的摇摆。

正是通过“越轨”，徐念慈绕开了困扰其他小说家的技术难题（引力束缚、空气供给等），让主人公直接以灵魂的形态离开地球，成为第一篇带领读者进入太空的中国科幻小说。“越轨”虽然带来荒诞，但背后是对科学现状的不满。在以编辑身份评点“科学小说”《电冠》时，徐念慈感慨：今日科学发明仅限于物质层面，“而于虚空界之发明，则尚未曾肇端也”。宗教家谈论灵魂足以欺愚人，不足以证真谛。“自催眠术列科学，动物电气之说明，而虚空界乃稍露朕兆。吾不知以后之千万世纪，其所推阐，又将胡底？吾自恨吾生之太早太促矣。”在这里，“灵魂”之学并不是“科学”的对立，而是未来的“新科学”。这也就难怪《新法螺》出版时标为“科学小说”，在之后的广告中又被标为“滑稽小说”。在作者心中，“科学”与“滑稽”显然并非互斥，滑稽的背后自有深意。在《仁学》中畅想过人类最终将进化为纯精神存在的谭嗣同也曾说过：“佛眼观之，何荒诞之非精微也？鄙儒老生，一闻灵魂，咋舌惊为荒诞，乌知不生不灭者，固然其素矣！”

总之，《新法螺先生谭》以奇特的想象和夸张的戏剧化方式，展现了中西交汇时代先觉者们的精神苦闷和奋进以求出路的挣扎与狂想，那在众星球吸力的撕扯下发生的原质分解和重组，也正是时人被一股股西潮又东风所牵引、鼓荡后，思想紊乱又重生的比喻，而摆脱肉身后在群星间欢畅飞翔的灵魂，也让一个时代的愤懑与热情，在汉语文学中烙印下一副雄浑的宇宙图景。

6 吴趼人与《新石头记》

吴趼人的《新石头记》是中国第一部全景式展现科技乌托邦的长篇小说，就其思想性、艺术性、完整性而言，也代表了晚清科幻的最高成就。

吴趼人（1866—1910），原名宝震，又名沃尧，字小允，号茧人。广东南海佛山镇人，故又号我佛山人。曾在江南制造局学习工作 14 年之久，后进入报界。近代著名小说家，作品多达 300 多万字，类型多样，影响广泛，代表作有《二十年目睹之怪现状》《恨海》等。其中，《新石头记》颇为醒目，“兼理想、科学、社会、政治而有之”，不但响应了梁启超等人对“科学小说”的提倡，也为作家笔下那魑魅魍魉横行的黑暗世界，增添了一抹可贵的亮色。

小说最初发表于 1905 年 9 月 19 日的《南方报》第 28 号附张“小说栏”，署名“老少年”。1908 年，上海改良小说社出版单行本，四卷八册，共计 40 回，封面标“社会小说”，题“绘图新石头记”。故事接续了《红楼梦》120 回的结尾，讲述贾宝玉在大荒山青埂峰下潜心修炼，不知过了几世几劫，直到某天凡心又动，想到上次降临红尘未曾酬补天之愿，于是再次下凡，来到了 20 世纪初，又恰巧碰上因为昏睡而穿越了时间的仆从焙茗和呆霸王薛蟠。全书前 20 回便是他们在清末中国的游历。在上海，宝玉见识了诸多新鲜事物，既为之惊奇，又为西洋事物的无处不在而忧虑，激发起了民族自尊意识，开始发奋阅读书报，学习英文，参观江南制造局，以一腔热忱追求新知。之后，薛蟠受人怂恿回京，加入义和团。宝玉与焙茗随后北上，见证了义和团攻打使馆的荒唐和八国联军入侵时百姓遭受的苦难，随后回到上海，参加了爱国人士张园组织的拒俄集会。他之后随朋友吴伯惠去了武昌，因讥讽一位学堂监督，竟被诬为拳匪而遭入狱之苦，险些送命。逃回上海后，他收到薛蟠来信，请他去“自由村”。再度北上的途中，宝玉取道山东，偶然地进入一个名叫“文明境界”的地方。后 20 回从此气象一新，着力描绘一个科技昌明、道德完备、千古未有的乌托邦世界。在向导“老少年”的引领下，宝玉见识了各种科技奇观，并坐上飞车和潜艇去世界各地探险，最后拜会了这里的缔造者“东方文明”老先生，却惊讶地发现对方居然是他在“旧世界”里的分身甄宝玉，不禁伤感：既然“补天”大任已由分身完成，自己无事可做，只好归隐而去，留在“文明境界”做一个文明居民了。

《红楼梦》问世后，续作频出。吴趼人独出心裁，借助时空错位的贾宝玉之眼，打量种种时人视若无睹的怪现状，浓缩式地再现了古典中国在近代遭受的一系列梦魇般的挫败与焦虑，提出了最基本的时代议题：在物竞天择的世界里，西方既是学习的榜样，又是需要反抗的侵略者，中国如何在自我改造的同时又保存本民族有价值的传统？原著中只知儿女情长、不懂经世学问的宝玉因此变成了一个热切学习新知的爱国者，获得了双重批判的眼光。一方面，他站在维新派的立场上，批判食古不化的保守分子，对于义和团则既有同情，又指出迷信神功的荒唐和盲目排外的不可取，指出向西方学习的迫切性。另一方面，他又愤慨于殖民势力的存在和崇洋媚外的行径，不但以大观园中人的古典雅趣审视被吹捧为文明进步的外来事物（西餐、西式园林、洋烟等），更试图从道义和公理的层面颠覆“西方文明—东方野蛮”的主导性话语：所谓的“文明之国”，“看着人家的国度弱点，便任意欺凌，甚至割人土地，侵人政权，还说是保护他呢！说起来，真正令人怒也不是，笑也不是。照这样说起来，强盗是人类中最文明的了，何以他们国里一样有办强盗的法律呢？”

显然，不论是西方“文明”还是作为其仿造品的殖民地大都会上海，都不是宝玉追求的目标，更不可能给他“补天”的机会。于是作者干脆让他从中离开，带读者进入真正的“文明境界”。这里科技极度发达：生产生活方面，有地火能源、全自动化工厂、仿生时钟、气候控制、类似于天然气的家用新能源、彩色照相；交通方面，有一个时辰走一千二百里的飞车、一个时辰走一千里的潜水艇、地下运输通道；通讯方面，有类似于蓝牙耳机的无线通信、无线电话；医疗卫生方面，有把药蒸成汽的呼吸疗法、比 X 光更先进的各种透视镜、精加工的营养食品；军事方面，有助明镜、无声电炮、能够让飞车隐形的障形软玻璃、可在水面行走的水靴；已经研制出永动机的科学家正在研究不死、不食之法……从“大观园”走出来的宝玉不禁感慨：“今日可谓极人世之大观矣。”

与此同时，这里的人们都从小接受儒家教育，遵守人伦之道，道德水平达到完善。对外方面，“文明境界”的实力足以吞并四海，却从来不恃强凌弱，只希望专心建设，“专和那假文明国反对，等他们看了自愧，跟着我们学那真文明，那就可以不动刀兵，教成一个文明世界了”。因此，这里的军事力量只是通过内部演习的方式进行交代。在一场关于战争发生时是否还能保持“仁心”的讨论中，主人公们一边揭露列强使用国际公约禁止的毒气炮之虚伪，一边说战争中将使用类似蒙汗药的武器以代替枪炮。更值得注意的是，小说虽然明显地受到了凡尔纳的影响，安排了宝玉飞天入海、捕猎大鹏和海洋奇珍等冒险情节，但与那些常常将探险与殖民活动关联起来的故事不同（如《月球殖民地小说》《痴人说梦记》等），“文明境界”极度发达，一切自给自足，没有任何获取殖民地或开辟海外市场的需求。当宝玉等人的潜艇遭遇西方军舰时，只是远远地显示了一下超强的实力以摆脱纠缠，之后便迅速回到自己国度。诸如此类的安排当然有集中笔墨、免生枝节的技术考虑，但也同时隐现着传统的王霸之辩，使得《新石头记》成为晚清科幻复兴叙事少有的完全不考虑安排翻身之战、也彻底避开了“反殖—殖民—被反殖”循环逻辑的作品。

以诙谐著称的吴趼人，为故事安排了巧妙的结尾：宝玉在归隐前将“通灵宝玉”赠予向导“老少年”，后者乘坐飞车时不慎失手，灵石掉落，变成灵台方寸山斜月三星洞洞口的怪石，石上刻有一篇“绝世奇文”。老少年将其抄录下来后改成白话演义，取名《新石头记》。至此，署名“老少年”的作者吴趼人，与形式上托名的作者、书中人物“老少年”实现了统一，并信誓旦旦地保证：读者如若不信，可以亲自去验证，但只有热血赤诚的爱国君子才能看见石上文字，而崇洋媚外的奴隶小人则只会看见几行痛骂他们的英文诗。故事就以这首没有中文翻译的英文诗结束，在叙事层面上彻底完成了对《红楼梦》的致敬。

曹雪芹的“风月宝鉴”能够照出“色”背后的“空”，吴趼人则将科技乌托邦打造成一面“文明宝鉴”，照出了“假文明”背后的“真野蛮”，抒发了自己道器合一的政治理想。就思想层面而言，吴趼人既吸收了现代“文明”中的技术乐观主义，也动用“真幻之辨”的本土智慧对现代“文明”的种种弊端进行质询；就叙事层面而言，吴趼人既受到《百年一觉》《海底旅行》等译作的启发，展开了诸多的科技想象，也戏仿了《红楼梦》自我指涉的回环结构，使故事获得了基本的叙事框架和可行的收尾方式，最终以可观的篇幅和完整的结构，与同时代那些有始无终的乌托邦叙事形成了鲜明的对比。应该说，正是源自西方的科学幻想与本土资源的对话，成就了这部最重要的晚清科幻小说，记录下了一代文化人在压抑年代里的真诚渴望，也成为吴趼人写作生涯的一个关键象征：正是“文明境界”的出现让宝玉此前在黑暗世界经历的梦魇获得了意义，也正是《新石头记》的存在让吴趼人在其他作品中对现实的谴责变得必要并最终得以完成。

7 《新纪元》

上海小说林社于 1908 年出版的《新纪元》（20 回）是中国第一部长篇军事科幻小说。作者“碧荷馆主人”，身份不详，另著有小说《黄金世界》（小说林社）。

小说讲述 1999 年，君主立宪的中国已颇为强盛，因年号纪年多有不便，准备改用黄帝纪年，并通知同种诸国和附属国一体遵照。西方世界大惊，认为中国意欲联络同种而“黄祸”将至，于是召开“万国和平会”，制定众多种族歧视政策。黄、白人种混居的匈牙利被排除在白种之外，匈王决定采用黄帝纪元，引发内乱。西方兴师问罪，匈王以“夏王神禹之裔胄”的名义求援，被其认作祖国的中国决定出兵保护，遂引发一轮世界大战。黄种人联络一心，三十余国派兵助战，听从天朝上国调遣，华人在美、澳两洲建立的共和国也应声而起，守住后路，土耳其和埃及被利益劝诱，扼住苏伊士运河，让中国军队可以从容西征。虽如此，中方仍坚持道义合法性，强调白人挑衅在先，中国师出有名。大元帅黄之盛率兵一路突破南海、印度洋、红海，最后直达地中海，迫使白人订约赔款。故事结尾，英、俄拒绝签字，鼓动新一轮战事。这或许是作者为续作预留的接口，却也如《月球殖民地小说》一样，有意无意地道破了玄机：对殖民主义的简单翻转只能落入无尽循环的陷阱。黄种人进入了“新纪元”，翻开的却不过是一本老皇历。

与同时代其他复兴叙事相比，《新纪元》既非借小说发表政见或道德主张，也无意展现科技乌托邦，而将全部笔墨用于描绘战争双方展开的海陆空大斗法。在作者看来，从前的小说家只能以史书或实事为蓝本加以杜撰，“不是失之附会，便是失之荒唐”。“编小说的意欲除去了过去、现在两层，专就未来的世界着想，撰一部理想小说；因为未来世界中一定要发达到极点的乃是科学，所以就借这科学，做了这部小说的材料。”“从前遇有兵事，不是斗智，就是斗力，现在科学这般发达，可是要斗学问的了。”“今日科学家造出的各种攻战器具，与古时小说上所言的法宝一般，有法宝的便胜，没有法宝的便败。设或彼此都有法宝，则优者胜，劣者败。”作者套用了神魔小说的斗法模式，但把神仙道士替换成了精通格致理化之学又知晓时事的全能型人才，让他们轮番拿出“海战知觉器”“洋面探险器”“洞九渊”“水上步行器”“避电保险衣”等彼此相克的科学“法宝”，驱动情节不断发展。每一法宝亮相，必有一整段详细的解说文字，而这些文字几乎全都可以在当时报刊（《政艺通报》《东方杂志》《新民丛报》等）上的科技新闻中找到出处，有的甚至是原封不动搬运过来，例如所谓的“追魂砂”就是“镭”。可见，作者试图理解和延伸当时各种前沿新知，一窥未来的神奇面目。这种做法，与今天的科幻作家并无二致。

但由于对这些技术只是道听途说，也缺乏可供参考的本土先例，作者难免造成了一些在今天看来很不协调的场面：夜间军事行动，竟以传统的更点制为准，就连白人也是如此；在气球大战中，双方只能靠双手来投掷炸弹；被电气墙围困后，只能靠信鸽通讯，破坏电气铜网的工具只是锉刀；埃及的潜水艇，竟然要鳄鱼拖动；等等。更成问题的是：20世纪末中国的克敌之法，竟只是复制或充其量改进了世纪初的西方科技？90年间，西方科技为何停滞不前？这些设计都成问题。不过，同时期的复兴叙事虽大多会设想未来的翻身之战，但都没有将其作为重点，唯有《新纪元》以长篇体制，专注描写了战争从始至终的完整过程，并展示了几十种发明，强调了科技之于国运的重要性，因此是晚清科幻中的一部重要作品，并在后世留下回响：1937年，武汉《抗战》周刊重刊此文，希望能给国难当前的同胞一些启发。

8　许指严与《电世界》

许指严的《电世界》是中国第一部全景式描绘大同世界的长篇小说。

许指严（1875—1923），掌故小说大家。原名国英，字志毅、指严、子年等，号甦庵，别署不才子。原籍江苏武进（今常州），出身官宦之家。早年执教于南洋公学，后任上海商务印书馆编辑。1909年，《小说时报》创刊号上一次性地刊载了他的20回“理想小说”《电世界》，署名“高阳氏不才子”，配有插图。

故事起于“宣统一百零一年”（2009），天才科学家黄震球横空出世，凭借在天外陨石中发现的神奇元素“鍟”，打造出电翅和鍟枪，并把中国建设成了一个发达的工业社会。之后西威国国王拿破仑第十的飞行舰队先称霸欧洲，又宣布要扫尽黄种，将“东阴国”炸得人畜俱无、山川倾覆。黄震球一怒冲天，用鍟质手枪消灭了一千多支飞行舰，威震全球。各国纷纷臣服。之后，这位梳着大辫子的“电王”凭一己之力，苦心经营两百年，缔造了天下大同。在作者的期待中，各方面都胜过现实数千倍：鋥原质在大气中摩擦一下便可进入自我循环，如永动机般产生源源不绝的电气，比20世纪的电机强几千倍；新发明的“自然电车”比过去的交通工具提速五千倍，其他所有事业，都以千倍级比例优化。

有趣的是，或许是为了制造情节驱动的需要，电王治下的世界并非天堂：全面电器化、化云造雨、控制天气，消除旱灾、水灾和病菌，结果是人类寿命极大延长，带来了人口压力，电王只得把两极和海底都开拓成人类居所；可民风依旧败坏，他又遍设学堂，以电筒发音机、电光教育画等方式教育人民，似乎效果明显。但白种人虽不受歧视和虐待，却曾经沧海难为水，反对党密谋暗杀电王，欧工也闹起了独立。阴谋虽未得逞，但也为大同世界投下阴影。电王发明了“千里眼”“顺风耳”“望海镜”，于是不论山川河海还是居民起居，一切尽收眼底，却意外发现淫盗之事原来躲入了海底。电王大失所望，萌生出世之念。把电翅和鋥枪传授给好友后，电王独自坐上新发明的“空气电球”，踏上了茫茫征途，去外太空寻找道德更完备的人类了。作者宣称将要再写一部《金星世界》，不过似乎并没有付诸实践。

《新石头记》的科技乌托邦仅限于理想化的中国，而《电世界》将其扩展到全球，但对于黄白大战仅用了十分之一的篇幅简单交代，其余全部都在讲述电王如何凭借“电”力繁荣经济、促进生产、改造环境、便利交通、消灭疾病、增进教育，字里行间流露着对“电”的崇拜、科技无往不胜的天真信念、人类免除苦难的朴素梦想等时代普遍情绪，同时也微妙地揭示出进步主义的困境：越是进步，就越制造出更进步的需要；这种不断拓殖、进化不止的压力，既成就了大同奇观，又凸显了物质文明的乏力。尽管结局带有感伤色彩，但主体部分光明灿烂的色调仍令其成为晚清小说中最趣味盎然的乌托邦叙事，也为中国文学史贡献了一位集天才发明家、工业巨子、一代贤王身份于一身的中国超级英雄形象，不但比美国的“钢铁侠”早了半个世纪，而且带来了世界和平。

9 陆士谔与《新野叟曝言》

陆士谔的《新野叟曝言》是中国第一部描写探索外星并开辟殖民的长篇小说。

陆士谔（1878—1944），名守先，字云翔，江苏青浦县（今上海市青浦区）朱家角镇人。少时在典当铺学徒，酷爱稗官小说。后博览群书，潜心医学、著述与小说创作。青年时悬壶青、松一带，1922年迁沪，成为上海名医之一。一生创作小说70余部。

清末年间，行立宪、开国会的呼吁不断高涨，影响到了小说创作。为迎合读者维新变革的心理，上海的改良小说社推出了一批用旧小说人物搬演时事的作品。擅长以游戏笔墨续写名作的陆士谔就是其中的高产者。宣统元年，清廷诏令各省成立谘议局。同年，改良小说社推出了他的三部作品：《新三国》《新水浒》和《新野叟曝言》。《新三国》与《新水浒》让欧风美雨吹入三国时代和水泊梁山，让历史人物实行变法，以此讽刺时事、抒发理想。其中《新水浒》用电气解释戴宗的甲马，《新三国》让诸葛亮发明了电炮与空中飞艇，都多少带有一点科幻色彩。《新野叟曝言》则讲述中国少年的星际探险，较为别致。

夏敬渠的《野叟曝言》是一部长达150回的长篇小说，虚构了一位文武双全的文素臣建功立业最终征服日本、蒙古、印度诸国并排佛尊儒的传奇故事。原书炫示作者毕生所学，广涉天文地理、礼乐兵农，可谓包罗万象。但在陆士谔看来，“只讲教民之道，不谈富民之方。把政治的根本弄差了”，因此他要在《新野叟曝言》中“纠正前书之谬误，增广未尽之意义”。小说续接原著，设想佛老灭绝后，生机大畅，人口繁衍而地力有限，家家户户却只知仁义礼乐，不懂殖产生财，难于温饱。作者借人物之口，提出圣经贤传只有爱民之法，没有救庶之方，阐发治乱循环与人口经济之间的关系，强调这一难题从古所无、事系开创，因此将重任交付给文素臣的玄孙文礽及其身边的一群少年。他们结成团体，大搞建设：修路、造风车、开垦土地、建造十层以上的高楼、设计自来水以方便饮用和灌溉、制造一切病毒的疫苗永绝病患、用食物精液延年补身……诸如此类，较之《电世界》中的宏大奇想远为逊色，但很快作者便走得更远。少年英雄们认为这些举措只能解燃眉之急，非长久之计。恰逢此时，本已基督教灭绝、儒学昌明的欧洲兴起民族主义风潮，纷纷成立光复会，准备赶走中国人。主人公们指出动乱根源仍是地球人满为患。有人主张变法，学习西方坚船利炮，文礽却认为学习别人只能永远落后一步，应发明星际飞舰，去金星、木星开拓殖民地。不过，比起凡尔纳对于人类登月的工程学考量，陆士谔的角色更关心天人合一：飞舰三百六十六尺长，合周天三百六十六度之数，中间广五十尺，合金木水火土五行之数，舰中共二十四室，以象二十四节气，等等。驾着这样的飞船，他们先平定了欧洲叛乱，令其承认中国为宗主国、孔教为国教、废止耶稣纪年和阳历、赔偿军费，废止其语言改用汉语并派钦差大臣，接着又装满各种动植物，飞向太空。他们先到了月球，这里仿如仙界，但无动植和水分，不宜居住，继而飞抵木星。这是一个“黄金世界”，有比太行山大两三倍的金刚石山，气候似地球热带，有波涛汹涌的海洋，还有水牛大的兔子、身长二丈的人熊、翼展两丈的大蝙蝠以及各种与地球生物相类似的动植，唯独没有人类。少年们大兴土木，文礽一手发明了空气丸、水中传声器等先进设备，采集了许多硕大珍珠作照明之用，驯服虎豹狮象助人耕田灌溉，训练数千本地猿猴做仆役，收获了银杏大的米谷、鸡蛋大的莲子、西瓜大的苹果，并用一种“药水”切割金刚石和宝石以作建筑材料，终于造出一个新世界。皇帝鼓励移民，成立皇家飞舰公司，封文礽为木星总督。然而，像晚清的许多科幻小说一样，看似光明的前景在结尾处又蒙上阴影：某年，地球上发生饥荒，人争相食，一百艘地球飞舰前往木星求援，却在归途中被彗星撞得粉碎。从此两个行星断绝了往来，地球上只剩下《素臣家谱》和《礽儿游记》。前者被江阴夏敬渠所得，于是有了《野叟曝言》；后者则被陆士谔所得，演变成了《新野叟曝言》，而侥幸逃脱的一艘小飞艇落在欧洲。秘密研究之后，欧洲人仿制出了晚清读者颇为熟悉的“飞艇”。游戏笔墨至此告终。

书中的技术构想不甚新奇，借旧小说人物演绎新故事亦非首创，但陆士谔将自身时代面临的中西冲突、危机意识、科学新知乃至地外空间想象都混溶一处，造成一种耐人寻味的时空错乱。历史中的哥伦布于 15 世纪发现美洲，瓦特在 18 世纪造出蒸汽机，诺贝尔在 19 世纪发明了硝化甘油制造的炸药，《新野叟曝言》却告诉读者：在另一个平行时空中，奈端发明了蒸汽学，之后歌白尼发现了美洲，而中国人发明了硝化甘油，并用它炸毁了耶路撒冷。在这样七颠八倒的架空历史中，中国征服欧洲的情节就不能被简单看作是在复制殖民者的技术和逻辑以宣泄复仇情绪，而更像是受压迫者渴望篡改历史的冲动：将时间调回到中国和欧洲尚且并驾齐驱的节点，以中国天人合一的宇宙观来矫正世界进程。

第二章　民国时期科幻的发展（1912—1949）

导言

在晚清时期经历了辉煌诞生和小小发展高潮之后，科幻小说在民国时期进入一个相对缓慢的平稳发展阶段。“西学”的全面输入、科学传播和科学教育的体系化保证了民国时期科幻作品在翻译数量方面持续增加，许多西方经典科幻作品被介绍到国内，有些作家或作品甚至在当时的文化中占据了重要地位。“新文化运动”的勃兴及民国中后期连绵不绝的战争则压缩了本土科幻小说的生存空间。环境的变化使科幻小说的地位大大下降。即便如此，民国科幻文学创作者依然在描写社会、传播科学与建构通俗文类三个不同方向做出了自己的努力。中国科幻小说的三种可能的走向被清晰地勾勒出来。

第一节　创作背景

1　救亡图存与西学输入

在经历过晚清社会的波谲云诡与风云变幻以后，中华民国成立了。人们通常认为，民国时期的中国科幻小说发展进入低谷，只有寥寥几部小说出现。但其实正如晚清科幻的绚丽多彩是随着近年来的史料发掘才为人所知一样，民国时期科幻作品的丰富性同样是被掩盖在历史中的。目前已有超过百篇这一时期的作品被发现，我们只要拂去其上的尘埃，就能发现它们夺目的光芒。

社会的动荡、民族的危亡与文化上西学的“全面侵袭”是民国时期科幻创作的底色与根基。1912 年中华民国建立，结束了中国几千年的封建帝制，宣告亚洲第一个民主共和国的诞生。与晚清时期相比，此时社会各方面的现代化进程更为迅速，但在这个过程中也伴随着种种政治上的动荡以及后来持续十几年的战争。民国时期看似短暂，只有三十几年的时间，但是其间中国社会所经历的政治变动、军事斗争以及文化冲击却是频繁、复杂的。内部政权的不断更迭、多种势力的角逐、西方文化的全面入侵、各种思潮的流行，再加上后期战争的爆发，使中国大地被人为割裂成“沦陷区”“国统区”与“解放区”等不同区域。中国人民经过艰苦卓绝的斗争，才重新建立起一个统一的中国。正因为如此，民国三十余年成为一个拥有无限“丰富性”的时代，也是一个可以发掘出多种“可能性”的时代。

从文化上看，如果说晚清只是“西学东渐”的开始的话，到民国时期则是西学全面输入的时代。在晚清时期，翻译进入中国的书籍主要以自然科学类的为主，契合了洋务派“师夷长技以制夷”的思想。

人们主要从实用的性质出发，翻译那些学习后可以立刻进行使用的知识。进入民国时期，西学传播的内容则进一步丰富。如果说 1894 年前传播的主要是西学中的自然科学，1895 年后是以政法科学为主以自然科学为辅，那么，自民国开始，几乎所有的西学门类，以及各种各样的思潮、学说、观念都开始传入中国。单就文学而言，据不完全统计，仅 1918 年至 1923 年的五年间，先后就有 30 多个国家的 170 多位作家的作品被翻译介绍到中国，其中俄国作家作品最多，其次为法国、德国、英国、印度和日本的作家作品。《中国新文学大系》第 10 卷关于翻译的一节列出的 1917 年至 1927 年出版的个人著作和选集，达 451 种之多。在西方文学作品大量地被翻译介绍到中国来的同时，西方文艺复兴以来的各种文艺思潮、文学体式和创作方法大量地进入中国。西方几百年间陆续出现的种种文学思潮和创作类型不分先后在同一时间涌入中国，这也使民国文学界面临一种“百家争鸣”的境况。这不可避免地影响到科幻小说的创作内容和方式。从“西学东渐”的传播主体来看，在 1895 年以前主要是来华的传教士们，1895 年至 1911 年间则主要是一些有志于西学的中国士大夫。1895 年以后，越来越多的中国士大夫开始学习西方语言，同时也开始走出去直接接触西方世界和西方文化。随着大量留学生的归国，民国时期西学的传播主体再次发生变化。据最保守的估计，晚清至民国，我国官费或自费到欧美、日本留学的学生至少在 10 万人（有学者估计是 30 万人）。这些留学生除少数人滞留未归外，绝大多数学成后都回到了中国。由于这一批留学生一开始接受的就是系统的新式教育，又有长期在国外的生活经历，无论是对外国语言文字的掌握，还是对西方文化学术的了解，都是晚清偶尔或短暂接触过西方的士大夫们所不能比拟的。因此，他们在引介西方哲学、社会科学及人文学说方面，便很快取代严复、梁启超、林纾等较老的一辈，成为传播西学的主体。民国时期的很多科幻翻译者，就是这些留学生。从传播途径上来看，虽然民国时期翻译西书依然是传播西学的主要途径，但是此时的翻译主体已经变为归国留学生，他们不仅彻底抛弃了“西译中述”的译书模式，同时也远远超越了“梁启超式豪杰译”的译书水平，在西书翻译的内容和准确性上都有了很大的提高。除直接翻译西书外，他们也开始自己著书介绍——这是另一条重要的传播途径。此外，邀请西方学者来华讲学、邀请西方文化艺术团体来华交流演出等，也是在民国时期才出现的西学传播方式。

民国时期西学的传播途径不仅变得更丰富，其传播工具比之晚清时期也更为先进。晚清时，图书和报刊是主要载体。到了民国时期，由于科学技术的进步，除图书和报刊外，广播、电影等也成为重要载体。民国时期已经出现原创的科幻电影。

2　科学传播与科学教育体系化

科学传播与科学教育的体系化是民国时期科幻创作中出现强调科学性这一脉的重要诱因。在科学传播与科学教育方面，民国时期的状况与晚清相比有了一个巨大的飞跃。晚清虽然已经有一些西方科学技术的传播，不过并不系统，也没有制度化的保障。民国建立以后，既有教育体系的改进（如“壬子癸丑学制”），使得科学教育得以完善，又有科研机构体系的形成（中央研究院和北平研究院是当时最大的官方研究机构），还有政府创办的实业部（如北平地质调查所、中央农业试验所等）。各省也纷纷成立工业研究机构，其中也有一些私人创建的工业研究机构，如福建省研究院、矿冶研究所、黄海化工研究社、北平静生生物调查所、重庆中国西部科学院等。1914 年，由留美学生任鸿隽、赵元任、胡明复、秉志、周仁、杨杏佛（杨铨）、过探先、章元善、金邦正 9 人在美国康奈尔大学发起成立了“科学社”，次年改组为“中国科学社”，1918 年迁回国内。由此，中国出现了第一个旨在传播科学、研究科学的综合性民间学术团体。需要说明的是，中国科学社虽然是一个私人学术团体，但是自成立以后就成了我国科学事业最权威的领导机构，这与英国皇家学会非常相似。1915 年 1 月，其主办刊物《科学》杂志创刊。从 1915 年创刊到 1950 年 12 月第一次停刊，《科学》共发行 32 卷，长达 35 年之久。《科学》杂志刊出的《说中国无科学之原因》《科学精神论》《科学方法讲义》等文章，系统阐述了什么是科学以及科学精神，对科学的推广和传播可谓功不可没。再加上因为《新青年》在新文化运动中对科学（即“赛先生”）的极力推崇，这一时期的科学普及水平与晚清相比上升到一个全新的高度。在科学期刊方面，较为著名的就有《科学》《科学世界》《科学画报》《科学趣味》等。

除了报刊之外，民国时期的科学传播形式还包括进行通俗科学演讲、设立科学咨询处、创办图书馆和进行科学展览等。此时的科学传播基本上澄清了“科学”的概念，彰显出科学与形而下的技术以及形而上的哲学之间的区别，使科学成为一个相对独立的知识体系；强调了科学方法，并对其做了系统的介绍；还全面介绍了西方科学的建制，试图将西方科学体制移植于中国社会，以促进科学的发展。因此，单就科学传播与科学教育来看，在普遍性的科学认知度以及民众拥有的科学素养上，民国时期和晚清相比就已经有了很大的区别。这样的差别当然会对民国时期科幻小说的创作有所影响。

3　新文化运动与“科学”地位确立

新文化运动使“小说”与“科学”的地位得到提高，以科普为目的的科幻创作备受推崇，幻想性受到了压抑。

民国时期西方的各种思想文化以迅猛的势头传入中国，中国传统文化不断受到冲击。而肇始于 1915 年的新文化运动提倡“民主与科学”，反对愚昧与专制；提倡新道德，反对旧道德；提倡新文学，反对旧文学。1917 年胡适等人开始推动白话文运动，在此基础上诞生出一大批优秀的白话小说，从而在客观上再次提高了“小说”的地位，让其成为文坛的主流。新文化运动对“科学”的推崇，使得“这三十年来，有一个名词在国内几乎做到了无上尊严的地位；无论懂与不懂的人，无论守旧和维新的人，都不敢公然对它表示轻视或戏侮的态度”（胡适）。1923 年 2 月，爆发了著名的“科玄论战”，这其实是一场“科学万能与传统人生观”之间的大论战。论战始于北大教授张君劢在清华作题为“人生观”的讲演，主张科学不能解决人生观问题。紧接着，北大地质系教授丁文江撰文《玄学与科学——评张君劢的人生观》，把张君劢的人生观哲学斥为“玄学”，称张君劢“玄学鬼附身”。丁文江认为科学完全可以解决人生观问题，尽管也许现在还没有解决，所以“当前最大的责任与需要，是把科学方法应用到人生问题上去”。随后，梁启超、胡适等人纷纷加入这场论战中，表达各自的立场与观点。论战一直持续到 1924 年底，最后以科学派的全面胜利而告终。这也意味着民国时期的科幻创作中，科学的重要性被放在了毋庸置疑的最高位置。“科玄论战”，透示了那个时代的中国知识分子在“中西之辨”背景下寻求民族出路的内在焦虑。正是通过这场论战，“科学”的神圣地位得到了进一步的巩固，科学救国思潮逐渐发展并进入高潮。在这种思潮的主导下，出现了越来越多的“科学小说”与“科普散文”。直到 1934 年，《太白》杂志的创刊正式提出并确立了“科学小品”这一文类，随后掀起了20世纪30年代蔚为壮观的“科学小品热”。除《太白》以外，《读书生活》《芒种》《东山》《清华周刊》《青年之友》以及《妇女界》等都相继刊登了科学小品。可以说，民国时期的科普类文学与晚清时候相比在数量与质量上有了长足的进步，类别更多，范围更广，内容也更为丰富。

民国是一个被各种西方文化思潮不断冲击着的时代，也是一个社会动荡的时代，但在其中唯有“科学”的地位牢固不破并且还不断巩固。然而值得注意的是，虽然“科学”受到了前所未有的重视，“小说”的地位也不断提高，但是对于我们要探讨的“科学幻想小说”来说，组成它的第三个要素——“幻想”在此时却不那么流行。这是因为，中华民国的建立，使得中国成为亚洲第一个民主共和的现代国家，晚清科幻小说中对于政体变革的一些想象已经变为现实。于是，一部分小说家认为已经没有在小说中去设想未来中国的必要。

不过，更重要的原因还在于，到了民国时期，虽然千年帝制已经被推翻，民主共和的观念已经深入人心（袁世凯和张勋的复辟都在全国反对声中迅速失败），但是众多社会问题并没有随着新政体的建立而解决。肇始于1840年传统中国社会面临的各种危机，大有加剧之趋势：在国内表现为军阀林立，战乱频繁，政府腐败无能；在外表现为帝国主义的侵略日趋严重，已由“间歇性的侵略变为连续性的入侵”。现实问题也层出不穷，比如纪年的问题、社会习俗的改革问题、振兴实业的问题、军阀的问题等。这些问题迫在眉睫，连绵不断的战争更是使人们在生存的压力下，无暇幻想而更关注现实的生死。在面对这些建设新国家的具体问题时，人们不再有幻想的空间，只有思考解决问题的答案的现实路径。于是，大部分人不再创作幻想小说，转而写作一些写实类型的小说，直接关注当下的现实生活。此时文坛的主流五四“新文学”借助“民主”与“科学”两个口号，以“启蒙主义”为思想资源，以“为人生”为理论建构，以“改造国民性”为艺术追求，奠定了中国现代文学偏向写实的价值取向。此时的小说开始将人生与社会、时代紧密联系起来，用小说来反映社会现实，探索人生问题，强调客观真实性，走向了现实主义文学的创作道路。因此，在民国时期的文坛，写实类小说是主流，幻想小说处于边缘地位，也很少引起人们的重视。

第二节　基本面貌

1　译著的主导

民国时期通过翻译进入中国的外国科幻小说与晚清时候相比，绝对数量更多；但是考虑到晚清科幻小说翻译只有短短十几年，所以相对来说，民国的科幻翻译整体情况要稍逊于晚清。这当然跟民国后期经历的战争有关。

在民国所有的科幻翻译作品中，数量最多同时也占据最重要地位的，就是被誉为“社会派”科幻小说开创者的赫伯特·乔治·威尔斯的作品。威尔斯在科幻小说中对科技幻想的直接描写并不比凡尔纳逊色；而凡尔纳的科幻小说中也有涉及社会政治的描写。但是，我们不得不承认，威尔斯科幻小说更关注社会的未来，如他最著名的《时间机器》就以生活在地上的埃洛依人与生活在地下的莫洛克人来影射资本主义社会里的资产阶级与工人阶级。不过我们仍需要注意的是，威尔斯的科幻小说对于未来社会的想象依旧是建立在一定科学理论的推想上的，比如《时间机器》里八十万年后的埃洛依人与莫洛克人的分化，就是依据达尔文的“进化论”思想，根据现实推想出来的未来人类的演化结果。威尔斯的许多科幻小说都显示了对西方社会弊端的讽刺和批判，其中已经可以看到对未来社会悲观性的描述以及对发达技术抹杀人性的担忧。威尔斯的创作方法对当时及后世英国和世界科幻小说的发展产生了重要影响，他的《当睡者醒来时》开创了科幻小说中重要的一支：“反乌托邦”小说。

在中国的科幻小说翻译界，如果说晚清是凡尔纳的时代的话，那么民国则是威尔斯的时代。1915 年 4 月，上海进步书局在中国第一次出版了威尔斯的科幻小说《八十万年后之世界》（《时间机器》）。从那以后，威尔斯的小说开始大量进入中国。民国时期翻译出版的威尔斯科幻小说包括：1915 年《八十万年后之世界》（《时间机器》）、《火星与地球之战争》（《世界大战》）、《人耶非耶》（《隐身人》），1917 年《三百年后孵化之卵》（《巨鸟岛》），1921 年《制造金刚石的人》《鬼悟》，1922 年的《盲人乡》，1926 年《不灭的火》，1927 年《一个末日裁判的幻梦》，1928 年《魔魂借尸记》，1932 年《马来搜奇录》，1934 年《未来世界》，1939 年《新加速剂》，1941 年《故艾尔费先老人》，1942 年《无名岛》（《莫洛博士岛》），1943 年《新星》等。这些小说基本上都有多个翻译版本，并且一版再版，威尔斯科幻小说在民国时期的受欢迎程度可见一斑。威尔斯在民国时期拥有很高的人气，文学期刊和各类综合性刊物上常常刊登威尔斯的近况，威尔斯每有新作出版都会立即在中文报刊上进行预告。早在 1921 年的《学术界》上，慈心就写了一篇题为《现代预言的作家威尔斯》的长文来介绍威尔斯的生平经历和他的创作；1929 年《新纪元周报》专门刊登了《英国大文豪威尔斯传》；1931 年《现代学生》上刊登了标题为《威尔斯的思想》的威尔斯自述；在 1946 年威尔斯去世的时候，有多家报纸杂志做了报道，罗家伦、萧乾、唐盛等人纷纷撰写了悼念文章。

威尔斯在民国时期受到如此巨大的关注，最主要的原因在于他创作出版了《世界史纲》（1920）一书。此书在民国时期传播甚广，影响甚巨。该书论述了从地球的形成、生物和人类的起源直到现代的第一次世界大战为止，横跨五大洲的世界历史。书中并附有 105 幅地图与 100 幅插图，是一部不可多得的经典巨作。威尔斯在写于 1933 年的《未来世界》一书中，则准确地预言了中日之间战争的发展以及战争相持阶段的一些情况。此书于 1934 年翻译为中文出版后，瞬间风靡全国并多次再版。于是，威尔斯被认为是历史学家、预言家和科学家，在中国广受尊敬；同时他又创作了大量的小说，是一位名副其实的小说家，中国人当然不会错过他的小说。民国翻译界之所以大量引进威尔斯的小说，是因为民国的人们认为威尔斯依靠“丰富的想象力与精密的推理力”所创作出的小说有很强的科学性与预言性，这些小说可以“准确地预测未来世界将要发生的事情”，因此值得中国人去学习与关注。

除威尔斯以外，民国时期翻译作品数量位于第二位的科幻作家是阿瑟·柯南·道尔。柯南·道尔最为人们所熟知的作品是《福尔摩斯探案集》。其实，除了侦探小说以外，柯南·道尔还创作了很多经典的科幻小说。1912 年，他创作了长篇科幻小说《失落的世界》，第二年这部小说就由李薇香翻译为《洪荒鸟兽记》在《小说月报》上连载。此后,《潜艇制胜记》(1915)、《毒带》(1916)、《婴娜加尼》(1916)、《红灯谈屑》(1917)和《航空异闻》(1917)等小说陆续被翻译到中国。柯南·道尔的科幻小说常常以查林杰教授为主人公，故事混合着科学幻想与冒险，因此深受读者的喜爱。

此外，还有爱伦·坡、华盛顿·欧文、罗伯特·路易斯·史蒂文森、托马斯·莫尔、乔治·奥威尔等著名作家的科幻小说，也被翻译进入中国。此时科幻译介最大的特点是速度快，国外科幻作家的书刚出没多久，中国就已经着手翻译了。比如，柯南·道尔的科幻小说《失落的世界》写于 1912 年，第二年的 9 月就已经在《小说月报》上连载；同样，威尔斯的小说《未来世界》出版于 1933 年，结果 1934 年就开始在《申报》上连载，几个月之后旋即出版了中译本。另外一个特点是，翻译的科幻作品的类型和范围与晚清时候相比都要广得多，既有冒险式的科幻，也有社会预言式的科幻，后期更是出现了很多“反乌托邦小说”。令人惊讶的是，连不算太知名的科幻作家的作品，如斯坦利·温鲍姆的妹妹海伦·温鲍姆的科幻小说，也能够在较短的时间之内被翻译到中国，这不能不说和民国时期中外交流异常频繁的大背景有关。

此时比较重要的译者有包天笑、张毅汉、林纾、茅盾、郑振铎、李林、黄裳等人。包天笑从晚清开始就一直致力于科幻小说的翻译，进入民国之后依然坚持着，他与张毅汉一起或搭档或各自独立翻译了不少科幻短篇作品。林纾是晚清小说翻译大家，所译小说种类繁多、范围很广，其中也包含少量科幻小说。进入民国以后，林纾依然笔耕不辍，翻译了不少科幻小说，当然，这些作品仍然是用文言文写就。而茅盾、郑振铎、李林、黄裳、冰心等人，则是到民国时期才开始翻译科幻小说，且译作的数量较少。

与晚清时期科幻译介较为单一不同，民国时期被译介到中国的科学幻想小说数量大大增加，内容也丰富了许多，不单有对于未来社会发达与光明的设想，更多了许多悲观的想象。尤其是威尔斯的作品，常常弥漫着一股悲观的情绪，而且其中包含了许多对于现实社会的批判，这些无疑都深刻影响了民国时期的科幻小说创作。除此以外，斯威夫特的《格利佛游记》也是一个在民国期间流传甚广的幻想小说文本，其中主人公所经历的种种奇特的冒险，以及小说中体现出的鲜明的讽刺意味，都成为许多民国科幻小说模仿和借鉴的对象。

2　初步的理论探索

中国科幻小说从晚清诞生时起，就缺乏比较清晰的文类界定，没有形成文类自觉，这种情况一直持续到民国。民国的科幻小说依然散落在科学小说、理想小说、社会小说等小说类型之中。当时对于科幻小说的一些初步理论探索零星出现于各种报纸杂志的编读交流栏目中。

比较值得注意的是顾均正在《在北极底下》一书的序言里对科幻小说的介绍和评价。他首先提到威尔斯的《未来世界》，称这部小说准确预言了中日之间战争的爆发以及战争中后期的走向，由此引出威尔斯是以写科学小说著名的；接着提及科学小说（Science Fiction）有专门的杂志，如 1926 年根斯巴克在美国创办的《惊异故事》杂志，此外还有十余种，并专门列出了五种。不过他认为，科学小说“其中空想成分太多，科学的成分太少”。他以威尔斯的《隐身人》为例：“人何以能够隐身，却只有假定的事实而没有科学的根据结果，我们只能把它当《西游记》《封神榜》看，称之为科学小说实在是名不副实。”因而他要自己写作包含准确科学知识的小说，“多装一点科学的东西”，以此来“作普及科学教育的一助”。于是我们在顾均正翻译的科幻小说中看到了物理公式与磁力线图，还有大段的理论解说，最后还附列一些科学问题希望读者解答。

但实际上，顾均正混淆了科普小说与科幻小说的概念。我们知道，如果是科普小说，那么就要求里面传达的科学知识必须是准确无误的，以此达到教育民众、传播科学的目的；而如果是科幻小说，则必定包含幻想的成分，不能保证科学知识的百分百准确，作用只在于用科学的惊奇唤起人们对科学的热爱和对未知的探索，更多的还是一种文学上的熏陶。在《科学趣味》第 1 卷第 6 期的“服务栏 · 读者通讯”栏目中就有一封阮茂泉先生写给编辑部的信。他质疑顾均正的小说：“振之先生的《伦敦奇疫》兴味虽然有，但不合理不合科学的地方也有，这些应完全删去，不要使学浅的我们中了它的毒，而把科学歪曲了。”正是因为此时还没有将“科普”与“科幻”区分开来，所以读者质疑《伦敦奇疫》中有很多“不科学”的地方。同样，顾均正在《在北极底下》序言的最后也说：“觉得科学小说这园地，实有开垦的可能与必要，只是其中荆棘遍地，工作十分艰巨。尤其是科学小说中的那种空想成分怎样不被误解，实是一个重大的问题，希望爱好科学的同志大家来努力！”顾均正自己也意识到了这个问题，有这样一个巨大的困惑。

此外，当时的科幻小说还有不少存在于“理想小说”之中。对于这类小说，主流文学界并不推崇，但读者喜爱程度很高，因而在当时的通俗大众期刊中有不少“理想小说”。在《星期》的编读交流栏目“小说杂谈”的读者留言中能看到很多关于“理想小说”“浪漫小说”的讨论。

有读者认为："社会小说，是描写社会的污浊，加以针砭，不过，这些作品是治标，不是治本……最好是理想未来的小说，能够开社会文化的先声，暗暗的指导社会，改良社会。"（第16号）

还有读者表示："有一种新浪漫派小说，却也不能一概抹杀。这是对于世界进化上很有关系的。这派小说，有人叫做未来派，也又叫做理想派，他的思想是进步的，是入世的，是积极的，他的艺术却不完全真切的，是浪漫的，不过经过一定的年月以后，也许成为自然。"（第18号）

还有读者认为"理想小说"太少了，强调旧浪漫派小说和自然派小说各有长处，不妨撷采一些。"不过完全采用自然主义，是教导民众以服从环境，流弊甚大。照中国的环境，还是象征的新浪漫主义最为合宜……理想小说很可以做的，不过这类小说如今很感着太少了。"（第19号）

在《星期》第29号，还有一段编辑补白，认为理想小说，睿人心灵，开人智慧，弥补世人的缺憾。"他那意境的奇僻，寄托的高深，实有驰骋古今之概。科学家读之，心胸开阔，所以理想小说，亦是科学发明的先导。"

读者对于这类小说的反响很积极。仅就当时通俗文学期刊所达到的高度商业化、市场化的运作而言，"理想小说"无疑已经给我们提供了鲜明而直观的实例，刊物对读者的要求在力所能及的范围内可谓是亦步亦趋。所以包天笑（此时也是《星期》的主编）才会连续在《星期》上推出了多篇类似的小说，以致形成一个系列。

3　总体情况与基本问题

根据现有资料统计，民国（1912—1949）时期原创科幻小说（包含短篇与长篇）共有 400 多部，翻译科幻小说共有 180 多部。

民国科幻小说有对于晚清科幻的传承。首先，它延续了晚清科幻对未来中国的想象。在民国科幻小说中，依然有大量的对于未来中国社会进行想象与构建的小说，其中有少数小说仍然延续晚清的风格，描写的是一个充满乐观与光明的未来世界。其次，民国科幻小说依然在小说中探索多样的政治改革形式，将自己对于理想社会的蓝图放置在其中，不管是“无政府主义”还是“社会主义”都能在民国科幻小说中找到身影。最后，民国科幻小说有一部分仍然是在“科学救国”的思潮感召下形成的，尤其是强调科普作用的那类科幻，带有强烈的目的性，身负启蒙大众、普及科学知识的重任。

但同时，相比于晚清，民国时期科幻小说的不同之处更值得关注。

第一，民国科幻小说中到处弥漫着战争的氛围。不管故事情节如何，战争总是或为背景或为主要内容地存在于其中，如《月球旅行记》《冰尸冷梦记》《未来空袭记》《十年后的中国》等。民国科幻小说总是无法摆脱战争的阴影，而且是国际大战，此时的科幻小说往往强调在战争状态下的强国方式。

第二，民国科幻小说中最值得关注的现象是“恶托邦”与“反乌托邦”的出现。民国科幻小说不再如晚清科幻一般全部想象未来的“光明中国”，反而笼罩着一种“灰暗”的色彩，弥漫着悲观与绝望的态度，未来的“黑暗中国”开始在小说中显现。同时，民国科幻小说里出现了大量对现实的讽刺与批判。

第三，民国科幻小说中出现了不少对于科技发达的担忧，同时也出现了“邪恶”的科学家形象，如哈味（《消灭机》）、陈通光（《万能术》）等。作品中能有新发明的科学家，无一例外地成了反面角色，而不像以前总是能造福人民的科学家的形象。形成这个显著特点的原因在于，战争环境中的科学已经完全变味，科学受到公共机构的干预，科学家与政府或军事部门有了某种联系，科学此时体现了与前期积极性相反的一面，更多地表现出了消极的、威胁到大众的后果。科学家的掌握权力的形象在大众心中不断被夸大，以至大众对其感觉恐惧。

第四，则是娱乐科幻的出现。这也是非常值得关注的一点。晚清时候的科幻小说，几乎全是在“新小说”外衣的包裹之下，拥有某种启蒙和精英的色彩；而到了民国时期，由于对现实的幻灭，逐渐产生出了某些带有通俗流行色彩的科幻小说，尤其是鸳鸯蝴蝶派作家们创作的科幻小说，几乎全以“游戏”“滑稽”“消遣”为主要目的，并没有那么严肃的“启蒙”主题，因而受到大众的广泛喜爱。如果说，中国科幻小说在诞生之初是带着“精英”“主流”的面貌出现的话，到了民国时期，它才体现出其本该拥有的“通俗”“流行”元素，并逐步走向成熟。

第五，民国时期科幻与科普纠缠不清的状况也颇值得玩味。晚清时期被标注为“科学小说”的几乎全是科幻小说，而到了民国时期，由于科学教育与科学普及的兴盛，在“科学小说”这一名下出现了全然不属于科幻的作品，如科普小说，但是同时也还有一部分的确是科幻小说。面对这样的科学小说，人们常常会产生一种困惑：“幻想”如何和“科学”有机地结合在一起？如果一味强调科学普及的作用，关注所描写的科学内容正确与否的话，就很容易产生巨大的矛盾，造成“科不科”（没有完全的科学正确）、“幻不幻”（由于科普的牵制，幻想之翼不能自由展开）的局面。由于民国时期的“科学小说”几乎完全以科普为己任，而他们参考的对象又是英美的“科幻小说”，于是形成了目的与方式的错位，形成了小说“幻想性”与“科学性”的撕裂。这样的问题一直持续到20世纪80年代，所以当时才出现了“科幻小说是不是必须科学正确”的争论。回顾历史，我们会发现科幻与科普的纠缠不清原来早已埋下伏笔，自有其源流与因果。直到民国时期，“科幻小说”都还没能形成一个文类自觉，只能部分依附于“科学小说”之中，部分存在于其他诸如“理想小说”“社会小说”“滑稽小说”“预言小说”里，由此限制了自己进一步的发展与壮大。

民国科幻的创作者们可以简单地分为三派：鸳蝴派、社会派与科普派。鸳蝴派主要是隶属于“鸳鸯蝴蝶派”的那些作家们，他们创作的科幻小说加大了小说中的游戏、娱乐和消遣的因素，使得小说阅读起来更加有趣味，让科幻小说开始了通俗化的倾向。社会派多为五四“新文学”作家，他们在新的文学主张和文学创作思想的指导下，以西方文学为师，创作出了许多别具一格的科幻小说。这些小说在写作手法上有许多创新之处，对某些西方小说模仿的痕迹也比较明显。但是由于“新文学”以写实类小说为主潮，因而这些小说往往处于“新文学”中比较边缘的位置，常常被视为“异类”。科普派则多是一些在科学杂志担任编辑或主笔的作家，他们本人的身份常常是科普作家，只是偶尔写一些科幻小说，因此这些科幻小说中“科普”的色彩会非常浓厚。民国科幻小说在数量或者在质量上都不低于晚清的科幻小说，唯一的问题或许在于，晚清时候还有如梁启超、鲁迅一般的精英人士对科幻小说大力提倡、摇旗呐喊，但是民国科幻小说却难以享受到如此待遇。鸳蝴派本就是五四文学批判的对象，而五四文学以“写实”为正宗的态度又在某种程度上使得幻想小说被边缘化，至于科普界则有大量的科普小说与“科学小品”存在，靠科幻小说来进行科普的需求也大大降低。正因为如此，民国科幻小说被忽视了，被淹没在历史的尘埃之中。

第三节　代表性作家作品

1　顾均正与《无空气国》

顾均正是民国时期热衷于科幻小说且严肃认真对待其中的科学内容的代表性作家。

顾均正（1902—1980），现代科普作家、出版家、文学翻译家，出生于浙江嘉兴。顾均正的著译很多。叶永烈称："他自1939年起，陆续写了6篇科学幻想小说，发表于他创办的《科学趣味》杂志。"不过，实际情况是，《和平的梦》于1939年5月起在《中学生活》上连载，《伦敦奇疫》（1939）与《性变》（1940）刊登在《科学趣味》上，而《在北极底下》则刊登于中美副刊《现代科学》上。1940年1月，《和平的梦》《伦敦奇疫》《在北极底下》三篇收成一本小说集，由上海文化生活出版社出版，书名为《在北极底下》，标"科学小说"。2014年，日本研究者上原香发现，这三篇小说为顾均正对美国科幻小说的翻译、改写，并非其原创。2021年，美国学者、《黑暗森林》《球状闪电》译者Joel Martinsen（周华）发现，《性变》也是对一篇发表于1935年的美国科幻小说的翻译、改写。目前来看，2012年由任冬梅发现的《无空气国》是顾均正唯一的一篇原创科幻小说。

短篇科幻小说《无空气国》发表于1926年第13卷第1期《学生杂志》（1月10日），署名"均正"。《无空气国》讲的是C君有一天迷失在树林里，突然就到了无空气国。原来这个国家是没有空气的国度，因此人们听不到声音，要交流只能用"警光灯"。人们通过光的隐灭（称为"光语"）可以做一些简单的交流，后来才发明了专门的"谈话室"（里面用机器灌上空气），进行比较复杂的交流。大家不能发声，因此少了很多无谓的口舌之争，可以说达到了鸡犬不相闻、各安其居的理想境界。小说还涉及更深的一层：谈话是一个人发泄情感的机会，有些话一旦宣泄出来，也就很快忘记了；如果不能说出口，压在心里，人们反倒能发愤图强，力图自振。写到这里，作者还借小说人之口对五卅惨案中只空喊、不行动的行为进行了批判。

《无空气国》的设定让人不禁想起埃德温·艾勃特的《平面国》，它们都是依据科学的逻辑假想一种物理规则的改变（缺失）下的社会生活情况。当然，顾均正的这篇小说还比较稚嫩，对于没有空气的国度里具体哪些物理现象会改变或者消失，人们的生活情境究竟如何，描述得不是那么详尽和严密。但难能可贵的是，顾均正把这种物理方式的改变和人的心理变化结合起来，由此联系社会实际，针砭时事，真正做到了科学、文学与社会现实的结合。小说让现实与想象建立起密切的联系，以"无空气国"来引发对现实世界的对照与思索，体现了反乌托邦的批判精神。某种程度上来说，老舍的《猫城记》也接续了顾均正的这一创作模式和思考角度，从"他者"的视阈来书写现代中国。

顾均正在《我为什么写科幻小说》一文中提到自己早年对科幻小说的热望之所以冷却下去，是因为他"当时总觉得其中空想的成分太多，科学的成分太少"。《无空气国》里科学的成分的确不那么多，小说中更多的是对于现实社会的强烈关注与反思精神，表达了顾均正作为一个知识分子的社会责任感与忧患意识。但顾均正后来更强调科幻小说的科学普及作用。他于1939—1940年翻译了四篇美国科幻小说，并在其中增加大量科普内容和本土化改写。这正是其"用科幻小说普及科学"理念的实践。

2　高行健与《冰尸冷梦记》

高行健是既强调科幻小说故事性又同时关照科学性的一个代表性

作家。

高行健（1900—1985），笔名筱竹、高梵竹等，化学教授，无锡人。曾任国立编译馆编译，重庆编译馆编译，重庆大学讲师，云南大学、贵州大学、贵阳医学院、兰州大学、西北师范学院教授，中国科学院科学情报研究所编审。1934 年主编我国第一部《化学命名原则》，并任《科学世界》月刊总编辑。对古典文学颇有研究，业余尤喜画竹，故自号筱竹。高行健在《科学世界》上先后发表了 6 篇“科学小说”，其中大多数为科幻小说，也有纯科普小说。此外，高行健尚创作有《无声飞机》（属科学小品，《科学世界》1938 年第 7 卷第 1 期）、《防空篇》《警卫篇》两书（正中书局 1938 年出版）以及内容为描述化学元素的旧体诗词等作品。

1935—1936 年，高行健以“筱竹”的笔名，在《科学世界》上接连发表了《冰尸冷梦记》（1935）、《数理婚团记》（1935）、《杞人呓语记》（1936）、《钟阳恋化记》（1936）、《橡林历险记》（1936）等 5 部短篇小说，全部标为“科学小说”刊登。其中，《数理婚团记》和《钟阳恋化记》两篇属于科普小说，另外三部小说《冰尸冷梦记》《杞人呓语记》《橡林历险记》则是典型的科幻小说。《冰尸冷梦记》是一个颇具传奇色彩的故事：民国时期的人注射了某种安眠药，在冰山上冰冻长眠。到了 200 年后的 2135 年，他被一个冰尸考古队发现。由于保存完好，现代科技将其复活。活过来的主人公游历了 200 年后的世界。此时战争氛围浓厚，整个城市建在地下，科技发达，有 22 世纪的无线立体五彩有声传真电影（视频实时通话）、超级电车、超级农场（里面有西瓜那么大的鸡蛋、比人长的扁豆、卡车那么大的奶牛等）。最后，主人公和自己以前恋人的曾曾孙女结婚了。《杞人呓语记》讲的是未来的空袭。《橡林历险记》讲述的则是一个全部由橡胶组成的岛屿的故事。1938 年，高行健又在《科学世界》上发表了一篇题为《未来空袭记》的科幻小说。

在高行健创作的科幻小说中，较为优秀的是《冰尸冷梦记》。小说情节曲折，描写生动，可读性强，其中对于未来社会的种种科技设想，达到了当时最前沿的科幻小说的水平；而且整个故事构建在“生物冷冻技术”的基础之上，想象经冷藏后复活的人在未来的生活，因此拥有一个坚实的科学内核。遗憾的是，高行健的另外几篇科幻小说相对平庸，很像是为了普及科学知识硬凑而成的，可读性较差。总体来看，高行健的科幻小说同顾均正的一样，也是带着极强的科普目的，主要是以小说的形式来传播某种科学知识。除个别小说以外，大部分小说的艺术水准不高。

3 包天笑与《新上海》

包天笑是鸳鸯蝴蝶派中最重视科幻写作的作家。

包天笑（1876—1973），原名包清柱，后改名公毅，江苏吴县（今苏州）人。笔名很多，较为常用的有天笑、笑、钏影、天笑生等。著名报人，小说家。包天笑为我国近现代文学史上“鸳鸯蝴蝶派”的开山祖师，被誉为“通俗文学之王”，一生从事文学翻译、创作与新闻报刊事业，著译多达数百种，是少有的经历近百年历史变迁的跨代作家。

包天笑从晚清起就开始创作并且翻译科幻小说，创作有《梦想世界》（1906）、《世界末日记》（1908）、《空中战争未来记》（1908）等科幻小说；他在翻译方面的成就更大一些，早在1903年就已经翻译过凡尔纳的“科学小说”《铁世界》。1906年，包天笑进入小说林社，在《小说林》杂志创刊之后同时负责《小说林》杂志的阅稿、选稿和审稿等编辑工作。他和主编徐念慈的关系很好，曾一起合译小说。也正是看了包天笑翻译的《法螺先生谭》和《法螺先生续谭》二文之后，徐念慈才创作出优秀的中国原创科幻小说——《新法螺先生谭》。

进入民国时期后，包天笑依然坚持着科幻小说的创作与翻译。同样，包天笑在翻译方面的成就更为突出一些。1912 年以后，他和张毅汉一起联手翻译了多部科幻作品，这里不一一赘述。而在创作方面，民国时期的包天笑写作了《病菌大会议》（1915）、《活动的家》（1922）、《三十年后之西湖》《世界大罢工》《适馆授餐的新方式》《素餐会》《专制的人类》《爱之电》《布衣会》《合作大商店》《美人院》《世界女侠》（1923）、《新上海》（1925）、《爱国世界》（1925）、《无婴之村》（1941）和《两性之国》（1942）等短篇科幻小说。

其中，1922 年在《星期》上发表的多篇小说，包括《活动的家》《三十年后之西湖》《适馆授餐的新方式》《素餐会》及《合作大商店》等作品，在情节上基本连贯，都是讲述上海昆山的一名汽车工程师孙华阳偕妻子周淑英乘坐自己发明的多功能汽车“活动的家”在游玩杭州路途上的所见所闻。《活动的家》向读者展示了一辆兼有卧室、厨房、无线电话以及自动驾驶功能的汽车，而孙周二人到了杭州之后看到的都是一派美好的未来场景，有用于自助餐的豪华餐厅、股份合作制的银行、能容纳三四万人的剧场、能开展讲学演戏的西湖大讲舍、快捷的电报局、设施齐备的旅馆、出租车性质的摩托、灯光夜景下的西湖、得到修缮的古迹等。这一系列小说描绘的故事极其简单，而且还常在其“所见所闻”中插入大量的议论，文学性并不强。然而令人惊讶的是，当时的读者很喜爱这类作品。

除了《星期》上的这些科幻短篇以外，包天笑写于 1925 年的《新上海》则让人联想起晚清时候的科幻小说《新中国》（陆士谔，1910）。小说开篇即讲 1955 年的上海举办世界博览会（注意此时已经不称“万国博览会”了），从 3 月 3 日开园一直到 10 月底，历时 8 个月，参观人数达到三四千万。此时的上海早已兴旺繁荣，科技昌明，交通亦很发达，京沪铁路早已修建成功，从上海直达北京只要 16 个小时。

从包天笑个人的情况来看，1895 年苏州开埠，维新思想和西方先进文化开始逐渐影响包天笑。1897 年夏，包天笑同友人一起成立了励学会，不久即开办“东来书庄”，售卖宣传新知的书籍。1901 年，包天笑和励学会同人在苏州集资创办了《励学译编》，积极引介西学，大力倡导启蒙；同年 10 月，包天笑又和表兄尤子青一起创办了《苏州白话报》，热情响应维新白话文运动。早年的售书及办报经历使得他对于西学有了进一步的了解，并由此走上大力提倡和传播西学的道路。为了吸取更多的外国新知，包天笑曾经进入一个日本和尚开设的日文学堂，学习过三个多月，在初步掌握了日文文法后便通过自学来进一步提高日文水平。这些都为包天笑日后翻译、创作科幻小说提供了有利的支持。包天笑属于“鸳鸯蝴蝶派”的代表作家，因此其创作的小说多以通俗、流行的小说为主，内容上重在展现社会生活的方方面面，并不包含过多的“启蒙”或“教化”的目的。相比于顾均正、高行健这样的科普作家来说，包天笑的科幻小说就没有那么多的“硬科学”元素，也不承担“科学普及”的任务。与顾均正一样，包天笑也阅读威尔斯的科幻小说，他对于科幻这一类型有特殊的偏爱，不过更吸引他的显然是威尔斯对于未来社会发展状况与组织形态的想象。因此可以说，在包天笑的科幻小说中，关键词是“未来”而非“科学”。

4　徐卓呆与《万能术》

徐卓呆是以幽默讽刺方式创作科幻的重要作家和中国科幻电影的创始人。

徐卓呆（1880—1958），原名徐傅霖，号筑岩，别号半梅，江苏吴县（今苏州）人。徐卓呆后来以小说家著名，其短篇小说灵活多变，善于捕捉司空见惯的平凡事件，以小见大，“往往在滑稽中含着一些真理”（严芙孙），善于戏谑，语多幽默，寓含讽刺，所以人们称他为“小说界的卓别林”。在中国传统小说向现代小说转变的过程中，徐卓呆做出了杰出的贡献。他除写小说外，还从事电影理论研究，所著《影戏学》1924年出版于上海，被认为是中国第一部电影理论著作。1925年，他与汪仲贤合作，效仿美国启斯东电影公司（Keystone，1912—1915），创办开心影业公司。从编剧、导演到表演，他都亲力亲为。同年，开心影业公司出品了汪优游、徐卓呆执导的《隐身衣》，根据徐卓呆本人创作的小说（或为《万能博士》其中一节）改编，依据现有史料，《隐身衣》可能为中国最早的本土科幻电影。

徐卓呆创作的科幻小说有《应接室》（1914）、《此何声耶》（1917）、《绝岛飞行》（1917）、《不老泉》（1920）、《防贼器》（1922）、《蚁国之文化运动》（1922）、《万能术》（1923）、《人造人种》（1923）、《万国货币改造大会》（1923）、《隐身衣》（1924）、《万能博士》（1925）、《明日之上海》（1925）、《最后一人》（1933）、《火星旅行》（1942）等，数量很多。

《万能术》是徐卓呆最具代表性的长篇小说，曾被汤哲声认为是“我国现代文学史上最早的一部科幻长篇小说”。小说讲述主人公陈通光在民国十一年八月十三日这一天，突然获得一种特异功能，可以凭借自己的意志力“呼唤”出任何人或事物——也就是所谓的“万能术”。他先是让时钟前进了一寸，后又让椅子自行舞动，而后要来了一桌美味大餐，还叫来仙女陪他喝酒。最后，陈通光在“吃饭总长”的指挥下，不仅毁灭了中国，而且毁灭了地球和宇宙。这是一部融哲理、科幻、寓言、讽刺于诙谐滑稽笔调之中的作品，体现出鸳鸯蝴蝶派小说的典型特性。

《明日之上海》讲述了一个从小离开上海的华侨之子，几十年后回到了进步的上海，遇见许多料想不到的事，样样都很有趣，比如由“包吃”改为“包人”（把自己的衣食住行全部交给百货公司打理），比如美容店流行全身美容（裸体的人全身都被涂上厚厚的粉）等。这个“未来上海”的社会里有一些先进的科技，但更多体现的是对于中国人崇洋媚外的讽刺以及对于某些社会现象的揭露。

《防贼器》也是一个滑稽故事，主人公买了一个“防贼器”，原理有点类似于闹钟，只不过它是一被触碰就会铃声大作，以此来防贼。主人公将其买回家以后却发现很尴尬：到底将之放在哪里可以防贼呢？如果自己一不小心碰触也会大响，或者小偷将放在箱中的防贼器加上箱子一起盗走怎么办？简单来说就是，“防贼器”看起来新奇有用，在实际操作中却有着种种的不便。

徐卓呆是周身充溢着“灵气”的人，生活中偶有触发就能产生滑稽的灵感。他写滑稽小说的一大成功手法是机智的巧思与想象。一旦有了奇想，他善于天马行空而又装得一本正经地进行一番推理。徐卓呆笔下的许多科幻小说就是这么诞生的。徐卓呆的科幻小说充满了滑稽、幽默、讽刺的意味，他曾给自己的小说创作定了一个目标——“最好是情节很滑稽，又极自然，其中还含着一点儿深意”，他创作的科幻小说基本上也是朝着这个目标在前进。其实，徐卓呆的科幻小说中的“科学”元素不多，更没有对于相关科学原理的解说，“科幻”在这里只是徐卓呆用来创作滑稽、讽刺小说的一个道具。有了“科幻”的帮助，他可以在假想的环境中更好地批评社会，揭露社会的丑恶。徐卓呆的科幻小说创作是隶属于他的滑稽（讽刺）小说创作的，他的科幻小说属于他小说整体的一部分。这些科幻小说有着明确的目的，最主要的目的就是娱乐和消遣，与此同时又既有对社会与人事的观察和表现，也包含对于社会与文明的讽刺和批判。

5　许指严与《新旧英雄》

晚清已经开始科幻创作的许指严在民国时期成为以理想社会为主题的重要科幻作家。

进入民国时期，许指严将主要精力放在掌故小说的创作上，但是仍然创作了好几部科幻小说，包括《新旧英雄》（1912）、《模范乡》（1915）、《自动神机》（1916）、《北极出险记》（1916）、《花村》（1919）、《模范村》（1919）等。

《新旧英雄》虚构了中国成为立宪国以后一些年轻学子在陆军大学里的经历，意在表现立宪之后中国在政治与军事上的改变。《花村》则虚构了一个位于兰陵东郭外十里的村庄，村中一名女子去欧西留学六年后学成归来，将科学的农林种植技术传授给村民。村子里还开设了农作研究会与农业实验场，村前村后遍植各种花卉，由此整个村子面貌大变，焕然一新，成为远近闻名的新式村庄。最后，大家一致同意将村子命名为“花村”。

我们会发现，许指严的科幻小说仍然专注于“社会”，更确切地说是“理想中的社会”。许指严的科幻小说内容包含广泛，涉及社会、军事、官场、家庭等，反映的问题具有现实意义。不过令人感到遗憾的是，进入民国以后的许指严再也没有写出过如《电世界》一般有分量的科幻小说。

除以上提到的几位民国科幻作家以外，还有一些民国作家只创作过一两部科幻作品，但是这些作品却比较重要，在中国科幻文学史中占据了一定的地位，我们应该给予关注。这样的作品为数不少，下面按照一定类别进行说明。

6　《火星游记》《猫城记》与《月球旅行记》等

（1）乌托邦

鲁哀鸣的《极乐地》（1912）描写一个叫白眼老叟的人由于对民国的极度失望，聚集数十万群众举行武装起义，准备推翻政府，不料却被“中华民国”政府镇压下去，于是兵败逃亡，漂流到一个叫“快乐地”的海岛上。这里没有政府，但是有严密的社会组织和制度，管理者通过民主选举产生，主要任务是领导生产和分配物资。这里科技发达，人民安居乐业，关系融洽，大家一起过上了共同富裕的幸福生活。

老虬的《解甲录》（1915）刊登时标为“理想的政治小说”，讲的是一群解甲归田的士兵在一“髯客”带领下，在徐州附近的市乡自立一市，建立市议会，居民们共食而分处，按照士农工商的比例各自择业，各司其职，由此而整个城市欣欣向荣，人民安居乐业。

“市隐”的《火星游记》（1940）安排了地球上的几个人一起去火星世界游历。作者对于此时地球上遍地战争的状态很是反感，安排小说主人公慧耀居士带着黄慈、百善、黑德、宗福四人（象征黄、白、黑、棕四色人种）一起到达火星，学习火星社会大同平等的高尚文明。火星一共分为六十个都城，附属六十个市镇，每一个市镇设一公所，每个公所中设一个委员长。公所中办事分农、工、商、学、建筑、交通等各科，各科有主任委员，其余皆称为委员。自委员长以下各员，皆由各市镇自己选任。由于政治清明、道德高尚，火星的市政设施完善，也从无诲淫诲盗之事，真正实现了少有所养、老有所依，人人各司其职，安居乐业。同时，火星社会的科技也很发达，有可以进行宇宙航行的飞船和与附近星球通讯的无线电机，还开发了海田，可以在海底收获海稻等。在参观完火星的民生以后，黄慈等四人大为感慨，下定决心回到地球劝说各自的族人废除兵械，放弃战争，消除阶级的差异，一起为大同平等的人道主义而努力。

（2）恶托邦

《猫城记》（1933）是老舍创作的唯一一部科幻小说，是民国科幻小说中无法回避的重要作品，也是整个20世纪在世界范围内传播最广的一部中国科幻作品。但《猫城记》色调过于灰暗，在国外更受关注。进入21世纪以后，这种情况已经逐步转变，越来越多的人注意到《猫城记》的价值，关于《猫城记》的评论与研究性文章也不断增多。

首先必须强调的是，《猫城记》是一部地地道道的科幻小说。小说在开篇部分介绍，主人公乘坐飞机（船）来到火星，遇到当地智慧生命猫人；结尾部分解释，主人公目睹猫人国灭亡后半年，乘法国探险飞机（船）回到地球。在作者写作之时，人类凭借当时所掌握的科技能力对火星的了解还十分有限，对火星上是否存在高级生命也没有定论，因此可以说，小说的确是构筑在一个科学幻想的背景之上的。猫人有自己的语言、科技，有自己的生活方式和社会结构。主人公通过三四个月的时间学习才学会了猫国话，从而得以和猫人们交流。因此，无论从创意、情节布局上讲，还是从作品对社会现实的批判价值上说，《猫城记》都是完全意义上的科幻小说。

《猫城记》写于 1932 年，当时老舍刚从英国回到混乱不堪、内忧外患的中国不久。中国的黑暗和腐败使老舍失望不已，此时的他有意转变写作风格，进行一些新的艺术尝试，同时抒发自己胸中之块垒，于是《猫城记》诞生了。《猫城记》讲述中国人"我"和"我的朋友"一起坐航天飞机飞往火星，结果不幸坠毁，朋友身亡。"我"只能滞留火星，闯入了猫人的世界，认识了自私贪婪的贵族大蝎、徒有理想的青年小蝎、末路英雄大鹰等猫人，开始了自己的奇遇之旅。猫国社会沉浸在肮脏、混乱、无序、衰败、颓唐的氛围中，猫国的经济完全崩溃。猫人以"迷叶"（影射鸦片）为食，精神萎靡不振，畏惧外国人几乎是一种天性。猫国的文化教育乱七八糟，这里的学校教不了什么知识，甚至学生还把老师们残忍地杀害了。猫国的军队毫无战斗力，在矮人国进攻时，猫人争相逃跑或抢先投降。他们对外妥协，对内相互残杀，最后剩下的两个猫人"就在大木笼里继续作战，直到相互咬死，这样，猫人们自己完成了他们的灭绝"。半年后，"我"遇到一艘法国的探险飞机，终于回到了地球。

从《猫城记》中我们不难看出英国科幻小说的影响。老舍在他的创作自述《写与读》里曾谈道：1928 年至 1929 年，他阅读了大量近代的英法小说，“最喜欢威尔斯与赫胥黎的科学的罗曼司”。老舍在他的《我怎样写〈猫城记〉》一文中也提到威尔斯的《月亮上的第一个人》：“把月亮上的社会生活与蚂蚁的分工合作相较，显然是有意地指出人类文明的另一途径。”另外，据施蛰存回忆，《猫城记》在《现代》连载时，老舍在给他的信中曾明确说过受到了赫胥黎《美丽新世界》的启发。因此，无论他的“猫人”有多么偶然，老舍对英国科幻小说的借鉴都是不言而喻的。小说对于黑暗社会的讽刺和对未来社会发展的预言，完全可以和《美丽新世界》以及《一九八四》这样的世界“反乌托邦”名著相提并论。遗憾的是，《猫城记》命运坎坷，几经波折，但正因为它的鞭辟入里，才可能穿越时代，成为不朽之作。

周楞伽的《月球旅行记》（1941）则深受当时战争的影响。小说描写了两个地球人在月球上的遭遇。当时的月球世界，雄城与梦城之间正在进行战争，他们与月球人“朋一零一”一起逃到了“悬空岛”上，在那儿不但见识了月世界的先进科技文明，也经历了战争下的物价飞涨与物资短缺，最后是金星出兵干预才终止了这场月世界的战争。这部科幻小说对于科技的幻想并不逊色，与当时最前沿的科学知识接轨。《月球旅行记》展现的也是一个全面黑暗的社会。梦城是月球五城市中最大的城市，其中的人“贪污懒惰、自私自利”。这座城被人称之为“梦城”，意思是“住在这城里的人，个个都是醉生梦死的”。梦城军队被雄城侵略者打得溃不成军，毫无还手之力，节节败退。梦城政府也毫无应对之策，并且对于四处逃难、朝不保夕的梦城百姓也没有开展任何的救济措施，只是任他们颠沛流离、自生自灭。梦城差点亡城，最后还是在金星的帮助下才击退了雄城，重获和平。

《月球旅行记》对于整个月世界以及月球人社会高科技的描写非常细致，对于战争孤岛中的人们所遭受的经济恐慌、物价飞涨、外汇紧缩、信息封锁等一系列重创展现得淋漓尽致，而最后对于战争结果的猜想也颇具有预言性，包含深意。可以说，周楞伽的《月球旅行记》是民国时期表现战争内容的长篇科幻小说的代表作品，也是在民国科幻小说中具有重要意义的一部作品。

许地山于1941年创作的《铁鱼底鳃》，以抗日战争中的逃难生活作为背景。所谓“铁鱼底鳃”，是指从水中获取氧气并把二氧化碳排出的装置。作者描写爱国科学家雷先生发明了在国防上十分重要的技术——“铁鱼底鳃”，却报国无门。最后，“到埠下船时，失手把一个小木箱掉下海里去，他急起来，也跳下去了”。那小木箱里，装着“铁鱼底鳃”的模型。雷先生连同他的发明一起沉没在海底。作者叹息：“那铁鱼底鳃，也许是不应当发明得太早，所以要潜在水底。”许地山的这篇科幻小说在浓重的悲剧色彩之中表达了深刻的思想内涵，是中国科幻小说发展史上的重要作品。

（3）反乌托邦

毕倚虹的《未来之上海》由上海时报馆编辑，1917年8月出版。小说的主体部分是描写2016年上海社会的景象。未来上海最令人印象深刻的是高度发达的科技文明。这里有可以将人随时送入半空中的“自由升降机”、新式的用光纤织成的发光衣服“电罗”，还有更加华丽的“五色电罗”与“活动电罗”（衣服上的图案可以不断变化），以及超薄的既防水又防脏的镍衣；此时人人可以随身携带电枪，不过其中使用的电弹经过了特殊处理，被击中之后的人不会死亡，只会昏迷24小时，而且每颗子弹上都刻有暗码，在警察局有备案，由此杜绝了枪械滥用形成的犯罪；有“电鞋”代步，黄包车早已绝迹，而主要的交通工具则是地底电车；地下世界异常繁华，有风有云有太阳，这是“折光镜”的功劳；其他还有“催醒机”“海中救命圈”“避火帽”“燥身榻机”等设备和装置……虽然毕倚虹笔下的未来上海科技是如此发达，但是当提到当时的政治情况时，作者的态度就变得含混起来。随着行文的深入，我们会发现这个社会政治的腐败、道德的沦丧、人性的虚伪，以及一切走向“娱乐化”的倾向。这并不是一个百分百的乐土，反而是一个充满各种弊病的社会。

1923年，署名“劲风”的作者在《小说世界》上发表了短篇小说《十年后的中国》，写“我”受到外国的X光的启发，发明了“足足抵得上十二倍X光的能力”的W光，靠它让日本无条件投降，于是中国就此强大起来。不过小说中“十年后的中国”即使国力强盛起来了，政治却依旧腐败不堪。

1943年熊吉的《千年后》以千年之后的大学校园生活为主，讲述了几个大学生从校园一直到毕业的种种经历，包括情感纠葛。此时人类的居住地已经扩展到太阳系其他行星上，除地球之外，还有火星、金星、水星以及火星的卫星等。不同的星球各自为政。火星上的科技最为发达，“人工复生”技术可以在“人造子宫”里面培育出六十四个一模一样的婴儿；“配婚院”根据年龄、身高、血型、遗传因子等对适龄男女进行强制婚配；“天才统制局”则决定着高中毕业生们所读的大学以及专业方向……一切都由政府规划，由不得火星人民自由选择。终于，火星出现了反对当局统治的独立党，于是战争打响，火星、水星、战神星（火星的卫星）、地球纷纷卷入了战争。最终独立党获取了胜利，火星人民得以重获自由。

7 《橡林历险记》

民国时期有很多标注为“科学小说”的作品，实质上完全是科普小说或科普故事。这样的文本极多，如《眼睛受了折光的欺骗》《太阳光里的火》《数理婚团记》《雪花膏的回忆》等，这些文章大多刊登在《科学世界》《儿童科学杂志》《儿童世界》等科普类期刊上；

也有小部分刊登在《小说月报》《妇女杂志》等读物上的，如《水底潜行艇》《月世界》《虹》等。还有一些属于科学童话，如《元素大会》《结核病菌自述》等。除此以外，剩下的“科学小说”基本上属于科幻小说的范畴，但却几乎总是带有强烈的科普目的，有些时候为了普及科学知识甚至影响了情节的连贯性。这些风格强烈的以科普为目的的科幻小说，可以说是民国时期科幻小说的一道独特风景线，是其区别于晚清科幻的一大特征，也在一定程度上影响了中国此后大半个世纪的科幻小说观念。

这类科幻作品中最具有代表性的，主要是顾均正和高行健的一些作品。高行健的《橡林历险记》讲述爱国青年皮象贤以“工业救国”为己任，研究人造橡皮（橡胶）。他在南洋考察时，误入一个到处都是橡胶制品，堪称“橡皮王国”的地方。那里的马路、房屋等都是用橡胶制成的，因此人们可以在马路上弹跳着往前行进。高行健在《橡林历险记》里列出了人工合成橡胶的化学方程式，可算是这方面表现得比较极端的例子。至于花费大量游离于故事主线的文字来阐释情节中偶尔涉及的科学原理的作品，就更加比比皆是了。例如顾均正在《无空气国》里对于真空环境的描述，在其翻译的四篇小说（《在北极底下》《和平的梦》《伦敦奇疫》和《性变》）里插入的大量科学知识和相关前沿科技解说，以及高行健在《冰尸冷梦记》开篇对于世界上生物冷冻复活实验的介绍等。总的来看，民国时期以科普为目的的科幻作品与晚清时候相比，其“科普性”要明显得多，似乎总要有些公式、图表才能证明其作为“科学小说”的合法地位。

8 《消灭机》与《不老泉》

以狂想为特征的作品主要有《消灭机》和《不老泉》等。

秋山的《消灭机》讲述“我”的朋友哈味是一个发明家，这次他发明出了“消灭机”：先摄取一物的“魄像”，然后将“魄片”插入“消灭机”中再拍摄此物，此物就会在人们面前消失无踪。但这并非真正的消失，只是世上所有人的知觉都不足以察觉到它而已，再拍摄一次，物品又会复原出现。于是，在1920年10月26日这一天，哈味操纵“消灭机”把内务大臣给变没了，结果引起了大恐慌。哈味趁机让“我”写信给报社，说一种新势力已经发明，全世界都要受他支配，不然下场就将和内务大臣一样。此时“我”和哈味合作到处摄魄，越来越多企图抓捕“我们”的人都一一消失。最后，“我们”二人成了世界之王。哈味兴奋过度，突然倒地身亡，于是“我”成为世界唯一之王。此时“我”开出三个条件要世人满足，然后就把被消灭的人一一放回，希望以此求得和平。没想到负责搜查的警官们在看到条件后并不屈服，依旧向“我”的公寓挺进。“我”并不慌张，把魄片再次放入机器里，想让警官们消失，没想到却怎么按也没有用。原来魄片只能够使用一次，哈味并没有将这个秘诀告诉我。最后“我”被抓住并判了死刑。

徐卓呆的《不老泉》讲述几个人发现了能够让人永葆青春的“不老泉水”，于是想方设法争夺的故事。在这个过程中，人性的丑恶、贪婪与堕落暴露无遗，最后这瓶“不老泉”在争抢中被打碎了，泉水流了一地，几个人的美梦也落空了。还有他的《万能术》也是以狂想为主要特征的科幻作品。

在这类科幻中，作者对于科学的态度相当暧昧。他们并不将“普及科学知识”作为自己的目的，而是有意或无意间夸大“科学”的神奇能力，然后以此来反思人性或者表达对“科学”的担忧。

第三章　共和国早期科幻的发展（1949—1966）

导言

中华人民共和国的成立为科幻小说走入新时代奠定了基础。从1949年到1966年的17年间，中国科幻小说在参照凡尔纳和苏联作品的基础上独立发展。聚焦少年读者，聚焦单一科技所能带来的生活状态改变，是这一时期大多数科幻小说的特色。但也间或出现适合青年或更高年龄读者的作品以及全景式反映未来发展的小说。在外部环境风起云涌的年代里，科幻小说给作家提供了一个想象力宣泄的出口，而从鲁迅开始一路走来的中国科幻文学传统仍未改变。

第一节　创作背景

1　建设一个现代国家

共和国的建立，为中国科幻文学发展带来了新的契机。从各方面综合观察可以发现，是对社会主义新生活的追求与对科技改善人民生活和提升国力的诉求，奠定了共和国早期科幻小说发展的基础。

1949 年，具有临时宪法性质的《中国人民政治协商会议共同纲领》明确提出“努力发展自然科学，以服务于工业、农业和国防建设，同时奖励科学的发现和发明，普及科学知识”，将科普事业提升到了国家的高度，使之成为全民的时代使命。而对刚刚从半殖民地半封建社会转轨而来的社会主义共和国而言，破除迷信的任务也很繁重。1950 年 8 月，中华全国科学技术普及协会成立，科普事业的推动发展有了专业性的组织。对科技的一片热忱在 1956 年“向科学进军”的口号中达到高潮，除了科学著作的出版，全国中小学教材中还出现了专门的科学实验读本。在这样的大环境下，科幻小说中对封建迷信的揭露和对社会主义先进科技和美好社会前景的追求，成为这个时段科幻小说的重要内容。

如何用一种充满想象力的文学形式承载社会主义生活的内容，甚至直接参与破除迷信的工作，这给科幻文学创作带来了难题。未来的农场和工厂、未来的学校和科研机构怎么跟第一个五年计划相互融合，又怎么与破除迷信的活动相结合，这些难题让创作者绞尽脑汁。但科幻文学的广阔创意空间和作家的智慧与积极尝试，最终成功地解决了问题。

在民国以后类型文学创作的三个基本走向中，鸳鸯蝴蝶派所代表的流行小说已经在新中国诞生的过程中落幕。社会批判风格明显的作品虽然可以继续延伸，但批判的目标应该是跟社会主义相对抗的资本主义，而这样的作品可能采用现实主义写作方法更为有效，所以，这一流派在此时段也基本终止。唯有科学普及方向的创作，被一些仍然活跃着的科普作家所坚持，并形成了共和国早期科幻创作尊重科普的氛围。由于科普的重点对象是青少年，因此，青少年科幻作品，特别是儿童科幻作品，在这个时段有了长足发展。

2　凡尔纳和苏联科幻作品的影响

社会制度的改变并没有改变小说创新的基本框架，而这个框架的一个重要因素就是外环境的不断输入。在这个意义上，国外科幻小说在中国的存在一直是推动中国科幻小说内容与形式演变的一个重要动力源和参照物。在共和国建立初期，来自法国作家儒勒·凡尔纳的影响被继续加固，另一方面，新近来自苏联和东欧社会主义国家的作品，给了中国作家新的借鉴与灵感。

在这一时段内，中国青年出版社陆续出版了凡尔纳的科幻作品《格兰特船长的儿女》（共三册，1956）、《蓓根的五亿法郎》（1956）、《气球上的五星期》（1957）、《八十天环游地球》（1958）、《海底两万里》（1961），在青年读者中掀起了阅读热潮。凡尔纳的作品通俗易懂，对追求科学和向往未来的青少年读者充满吸引力。时任中国青年出版社编辑、参与了这套书系编辑出版工作的黄伊写道：“法国作家凡尔纳所写的科幻小说，不仅可读性甚强，而且很能诱发青年向往科学的心，非常符合中央对教育青年的要求。”当然，新的时代对作品也有新的要求，“取其精华，去其糟粕”成了文艺界对多数国外作品的态度。例如，胡本生在1958年第19期《读书》半月刊上发表了一篇题为《多出版共产主义的科学幻想小说》的短评。该评论从凡尔纳科幻作品在国内的流行说起，首先肯定其在文学性与科普性方面的长处，进而话锋一转，认为凡尔纳作品中也有不少地方宣传了资产阶级思想。最后胡本生呼吁中国的科学家和文艺家们能够多多产出具有革命浪漫主义笔触和共产主义风格的科学幻想小说，以替代资产阶级的相关作品。

1949 年至 1966 年，中国译介的国外科幻小说共约 100 篇（部）。单行本 43 部，其中苏联作品 28 部；单行本之外，发表于杂志上的译作 57 篇，其中苏联作品 55 篇。一些杂志如《知识就是力量》《科学大众》等也译介苏联和东欧的科普作品和科学幻想小说。

苏联和东欧地区的科幻作品跟西方科幻作品有许多构造上的差异，但也有一些共同点。在意识形态上，这些作品注重共产主义新人的塑造，也展现科技全面发展、人类摆脱繁重劳动和阶级斗争后所能感受到的轻松和自由。这些都极大满足了正在同样方向上前进的中国读者的需求。原子能发电站、无处不在的塑料制品、机械化程度极高的农业生产，还有火箭、飞船和太空站，这些科技成果使读者们津津乐道，也为中国作家的科幻创作提供了丰富借鉴。还有一些苏联科幻小说集中对帝国主义本质进行揭露和批判，这也给中国作家很多启示。

此外，彼时苏联的科技成果也在一定程度上影响了中国的科幻创作。1957 年 10 月，苏联成功发射人类历史上第一颗人造卫星。时值中苏交往密切期，中国文艺界对此也欢欣鼓舞。翌年，《红色卫星闹天宫》《天游记》《飞出地球去》等基于卫星上天想象的、带有科学幻想色彩的话剧陆续面世。

第二节　基本面貌

1　历史分期

根据现有资料统计，1949 年至 1966 年，我国科幻作品总量约为 98 篇（部）。其中，中篇小说仅两部，其余均为短篇科幻小说。这一数量略低于同时期国外科幻作品的译介数量。这一时期中国科幻小说的发展可以分为三个阶段。

第一阶段是 1949 年至 1954 年，此为共和国初期科幻小说发展的草创探索阶段。这一阶段科幻作品数量稀少，小说的故事性较弱，偶尔存在一些不符合科学逻辑的描述，且作品全部以儿童文学为指向。新中国成立后 17 年间的科幻作品中仅有的两部中篇小说均出于这一时段，它们分别是张然的《梦游太阳系》（1950）和薛殿会的《宇宙旅行》（1951）。其中，《梦游太阳系》主人公静儿的太空之旅是从月球开始的，去往月球的方式特别复古：他先是梦见自己变成了一只白鸽，然后又变成了猴子，用类似筋斗云的方式旅行。这种晚清惯用的梦游写法对于共和国早期创作经验缺乏的科幻作者来说，不失为一种合理的借鉴。这一时段的科幻作家大多为一线教育工作者或工人，他们有的是为了给学生普及太空知识而自发进行创作的。例如薛殿会在《宇宙旅行》一书前言中所说："我联想到许多迷信都是和'天'有关的，缺乏关于'天'的知识。因为我是搞学校教育工作的，对儿童生活是比较其他方面熟悉一点，就确定以少年儿童为对象。"薛殿会的阐释，既说明了彼时科幻小说破除迷信的科普目的，也道出了文本儿童化倾向的一个原因是与作者自身工作有关。

第二阶段是 1955 年至 1957 年，此为共和国早期科幻小说的规范发展阶段。《中国少年报》在1955年2月14日和2月21日两期（总第172期与173期）连载了郑文光的科幻作品《从地球到火星》。这是新中国首部人物情节完备、美学意义突出的短篇科幻小说，它的出现立即激发了读者的兴趣，甚至还在北京地区引发了观测火星的热潮。郑文光在1956年发表的《黑宝石》和1957年发表的《火星建设者》同样大获成功，《火星建设者》可能是新中国最早的成人科幻读物，发表刊物为《中国青年》。社会主义初级阶段如火如荼的全面改造工作和郑文光放眼宇宙的视角给了当时科幻作者极大的鼓励。继郑文光之后，这一时段的科幻作品如雨后春笋般冒出，多数是儿童冒险故事且充斥着向往星空的高昂情绪，例如魏寅生的《月球兔游月球》（1955）、叶至善的《到人造月亮去》（1956）、杨子江的《火星第一探险队的来电》（1956）、饶忠华的《空中旅行记》（1956）、崔行健的《小路路游历太阳系》（1956）、杨志汉的《到太阳附近去探险》（1956）、鲁克的《到月亮上去》（1956）、徐青山的《到火星上去》（1957）等。郑文光在这一时段也还有《太阳探险记》（1955）等作品问世，都是太空探索风格的典型代表。如果说英美科幻小说的发展在早期有一个太空歌剧的时代，那么共和国早期科幻的发展是否也有一个太空浪漫主义时代？

第三阶段是1958年至1966年，此为共和国早期科幻小说的多元发展阶段。这一时期的社会主义初级阶段工作已经由全面改造转向了全面建设，加上各种社会运动的影响，科幻作品更多地将目光收回，由星空转向大地。小说更多地对工农业生产、科技发明、交通运输和城市化建设等方面进行设想，科幻小说中的发现与发明创造模式明显。较为著名的篇目有严远闻的《假日的奇遇》（1958）、赵世洲的《活孙悟空》（1958）、郭以实的《孙悟空大闹原子世界》（1958）、郭以实的《科学世界旅行记》（1959）、萧建亨的《钓鱼爱好者的唱片》（1960）、鲁克的《奇妙的刀》（1960）、王国忠的《海洋渔场》（1960）、迟叔昌的《大鲸牧场》（1961）、嵇鸿的《摩托车的秘密》（1961）、刘兴诗的《北方的云》（1962）、童恩正的《失去的记忆》（1962）、王国忠的《黑龙号失踪》（1963）、迟叔昌的《起死回生的手杖》（1963）、刘兴诗的《游牧城》（1964）、萧建亨的《奇异的机器狗》（1965）等。如果说西方科幻小说曾经在所谓的黄金时代，用对科学和未来充满憧憬的故事召唤青年投身科学、投身现代化建设，那么共和国早期的科幻小说是否也存在着一个类似的时代，只不过考虑到读者中仅有小学文化的人员数量巨大，因此多数停留在儿童文学的层面？

2　一种独特的“儿童文学”

有关共和国早期科幻发展极大程度地停留在儿童文学和科普读物的状态，一直激发着人们的猜测和想象。一种常见的推测是，在那样的年代不允许这种超越现实的文类在这片土地上生长。这种推测初看起来也许有一定道理，但如果根本不允许科幻文类的产生，为什么我们又能在儿童文学和科普读物中找到它们？为什么仍然也有诸如《火星建设者》《共产主义畅想曲》这样明显不是以儿童为读者对象或者明显不以科学普及为目标的作品发表呢？针对这样的问题，更多地从文学与社会学层面进行研究仍然非常必要。

从现在获得的资料来看，共和国早期科幻作品的出版、发表阵地多在儿童文学的阵地，跟这个方向上积累的人力资源对科幻文学的认可和对文类的大力哺育有关。这与美国科幻小说黄金时代的成形跟雨果·根斯巴克、小约翰·坎贝尔等人的存在有着直接关系如出一辙。恰恰是根斯巴克和坎贝尔对作家资源与发表、出版资源的整合和“调教”促进了黄金时代独特风貌的形成。而新中国科幻文学的兴起和在儿童文学中的短暂驻留，也跟积极活跃的儿童文学编辑的大力约稿有关。

不可否认的是，中华人民共和国自诞生起就对儿童文学的发展非常重视。社会主义国家的文化建设历来对接班人有着强烈的责任感。1955 年 9 月《人民日报》发表了题为《大量创作、出版、发行少年儿童读物》的社论，呼吁全面繁荣社会主义儿童文学。

儿童文学的首要特征是儿童本位，而想象力是儿童文学中特别符合儿童心理的元素之一。不但童话作家懂得如何处理想象力文学，科幻作家对这一点更是深谙其道。新奇的感官体验、丰富的科学知识、变化造成的无数憧憬给儿童文学带去了新的内容。难怪 1955 年郑文光的《从地球到火星》刚一发表，就被收入了中国作家协会严文井主编的《儿童文学选（1954.1—1955.12）》。

有一定数量的资料证明，早期科幻小说的发展跟一批来自儿童教育领域的编辑工作者的愿景和努力有关。是这些强烈希望在儿童文学中纳入科幻作品的编辑呼唤并引导了作者，才促成了“文革”之前 17 年间中国儿童科幻小说的兴盛。例如，共和国第一家以少年儿童为主要读者对象的少年儿童出版社于 1952 年在上海建立。这个出版社的上级领导是团中央，所用的员工多数来自新儿童书店、商务印书馆、中华书局、大东书局等出版单位的儿童读物编辑部门。1954 年，这个出版社又纳入了启明、基本和光华书局的少儿部门。宋庆龄给这个出版社撰写了社名，并给《小朋友》和《少年文艺》题写了刊名。团中央的领导，保证了党的路线方针政策的顺利实施，而一大批从事儿童读物工作多年的富有经验的编辑和出版者的选用，让这个机构跟过去建立起历史的联系。查看新儿童书店的历史，就能看到陶行知、陈鹤琴、俞子夷（珠算）、陈伯吹的影子。陶行知、陈鹤琴的教育和儿童心理学思想会无形地影响少年儿童出版社的编辑，以开明书店等为基础建立的中国青年出版社后分出的新中国第二家少儿出版社中国少年儿童出版社则由叶至善出任业务管理者。这样，以叶圣陶、开明书店为基础的学术风格和出版风格也就浸入其中。有什么样的编辑才会有什么样的作者，因为编辑的策划和组稿通过他们的设计转而投射到作者身上。郑文光就曾经回忆说，他是在《中国少年报》的编辑赵世洲的极力邀请之下才开始创作科幻小说的。很快，赵世洲自己也参与了科幻创作，写出了《活孙悟空》《飞椅》《过天桥》等作品。而上海的少年儿童出版社第一任知识读物编辑王国忠，不但在任期内组织出版了郑文光的《太阳探险记》，自己也出版了《黑龙号失踪》等重要的作品。

共和国早期科幻小说强化儿童文学，是否在一定程度上受到了苏联的影响，这也是一个可以探讨的问题。20 世纪 30 年代，苏联把普及科学知识和培养民族情感作为最迫切的目标。高尔基也曾提出，科幻在科普功能之外还要关注掌握科学技术和需要学习科学技术的人，将故事作为具体的活生生的人克服物质困难和对抗过往的斗争场所。苏联在此时将科幻的目标读者群锁定为青年，在创作中特别关注青年的阅读习惯与接受能力。在苏联科幻作品的译介过程中，中国译者特别强调了作品对青少年的积极意义。《康爱齐星》开篇就说明："本书根据苏俄教育部国立儿童书籍出版社出版的科学幻想小说丛书选译而成，它的目的是：以共产主义的精神教育青年，培养青年爱祖国、爱劳动、爱科学的热情，丰富青年对新事物的想象力，使他们从想象进入具体的实践。"

将科幻小说置于儿童文学的场域，给科幻创造了一些独特的风貌。儿童文学强调儿童本位，且善用比喻、对比等手法，此外还要对严肃的科学知识进行阐释以方便少年儿童理解。比如在迟叔昌的《大鲸牧场》中，在介绍用鲸须做成的工艺品时，作者用玉石和塑料进行类比，让小读者更容易理解。而李永铮的《魔棍》、萧建亨的《球赛如期举行》和迟叔昌的《起死回生的手杖》等作品，都对生僻字进行注音，以方便少年儿童阅读。更有一些作品，直接让童话跟科幻小说嫁接。魏寅生的《月球兔游月球》就是这样的小说。故事的主人公是森林中的兔子和喜鹊，出于对月球的兴趣，他们寻访住在山里的"科学老人"。

科学老人遂让他们穿上防护服，乘坐火箭到达没有嫦娥的月球。在整个小说中，人跟动物、自然共同生存，科幻跟宇宙航行、民间故事彻底无缝连接，形成了一种新的有趣形式。

儿童喜欢冒险，也对知识有强烈的渴求，因此这一时期主要的科幻小说叙事模式也粗略可以分为两种：一种是“矛盾—冒险—解决”模式，一种是“奇观—答疑—应用”模式。前者多用来描写太空探索或奇境探秘。故事往往发生在被替换的陌生场景，如飞船、潜艇、洞窟中，而进入这些场景往往是因为一次小小的意外，主人公需要通过冒险解决困境才能恢复常态。这种模式处理好了会非常引人入胜，处理不好也会因为忽略了最为关键的“矛盾”使得整个故事只剩下冒险的架子，由展示性的场景填充。缺乏矛盾，小说便失去了情节的推动力。后者强调奇观性。这恰恰抓住了科幻小说陌生化的本质。但如果掌握不好，或者，因为害怕被说成是渲染物质因素、削弱思想性而变成简单一问一答的对话形式，则会削弱科幻作为小说的可读性，更不符合文学创作的规律。将两种模式融为一体的作品也有许多。赵世洲的《不公开的展览》《我亲眼看见了》《活孙悟空》，以及严远闻的《假日的奇遇》等都属此类。

儿童读物不是简单的文字化的作品，图书的封面、故事的插图跟文字常常共同构成作品的完整风貌。在薛殿会《宇宙旅行》的封面上，下方是一群戴着红领巾的小学生仰望星空，讨论科学知识，上方是宇宙与火箭，图像浓缩了小说的主要内容。迟叔昌《大鲸牧场》的封面是一条卡通化的鲸鱼驮着几名玩耍的少年，而天空中还有一名少年乘坐直升机正在钓鱼。这样的封面除道出故事发生的地点外，还展现了一定的未来技术。严远闻《假日的奇遇》的封面下方是巨大的麦穗，上方是新型直升机和飞天汽车，故事中的部分奇观直接展现在了封面中。还有一些封面则体现出世界性或当时的技术走向，如叶至善的《到人造月亮去》与崔行健《小路路游历太阳系》封面上的火箭就很有国际范儿。

插图不但是科幻作品中美感的表达，同时它也是帮助青少年读者理解小说中科技内涵的有力工具。例如郑文光作品《征服月亮的人们》中的插图画出了戴着头盔的科学家们在月球勘探环形山和沟谷的场景，黑色的天空中挂着一轮地球，这样的图画给阅读故事的少年儿童构筑了一种可视化的场景，使其更加身临其境。叶至善的作品《到人造月亮去》的插图更加细致，插图绘制员刘小青等人在将人造月球（空间站）的外形画出后，还增加了空间站的剖面图，并且给空间站的每一个部分编号，展示其构造与作用。这样细致入微的插图甚至可以独立于文字，给小读者带去足够的科技知识。

在1954—1966年出版的科幻故事单行本与选集中，近八成的图书由中国少年儿童出版社（北京）与少年儿童出版社（上海）出版发行。而单篇科幻小说多发表在青少年杂志上，如《中学生》《中国青年报》《少年文艺》《儿童时代》《科学画报》《中国少年报》等刊物都曾发表过科幻小说。世界上没有任何一个国家能像我国这个时期科幻小说这样深入而丰富地介入儿童文学的领地。这一过程为后来中国科幻文学发展奠定了叙事基础以及对主题、人物、语言风格等的追求，为后来的科幻文学发展建构了一种独特的面貌。这一时期科幻文学创作的成果及对后期科幻创作的影响，还远未被揭示出来。

3 想象的慰藉

有一种说法是，新中国早期的科幻小说想象力受到限制，内容也不够丰富，全是儿童文学且没有长篇小说，是科幻发育不全的时代缩影。这些论述从某个角度看似乎是正确的，如将场景与设定过多地放入公社、工厂和兵团等非常现实的地方，并且把许多情节设计成日常事物的简单扩大或发酵，比如鸡蛋大小的谷粒，或者可以自动屠宰牲畜的流水线工厂，又或者与拖拉机操作相似的飞行器等。但如果换一种思路，我们可能就得出完全不同的结论。例如，当我们放眼这个时段整个中国文学与文化的版图，将现实主义看成一种普遍的、几乎占据完整江山的文艺思潮和小说创作立场的时候，科幻文学，即便此时偏居于儿童文学天地，也仍然为这种巨大的文化版图提供了别具风貌的差异性土壤。从这个意义上看，当我们意识到，这些暂时栖居于儿童文学天地的科幻作家，用自己的聪明才智，充分利用了儿童文学提供的想象空间，展现了一幅幅与那个年代现实颇具差异的中国图景的时候，我们就会立刻重新发现这个时期作品的魅力所在。它是一个乌托邦式的存在，是一个想象力掌管思维之后建立起的美丽窗口。

这一时期中国科幻小说给中国文学提供的想象窗口，以及这个窗口的全貌，目前仍然是中国科幻史研究的一个空白。多数研究仍然以分析儿童文学或者科普作品的方式分析这些作品，或者简单地把社会学的理论套在小说中对工业化、自动化、城市化的表述上。这样做不但没有对这一时段科幻小说的丰富资源充分利用，更没有认识到想象力通过科幻小说这个出口过滤过程中所出现的许多问题和当时人们的解决方法。在那样的时代，人们渴望的是些什么？叶至善的小说《失踪的哥哥》不是简单的冷冻身体以保存生命，也不是简单的年龄错位，故事中先期设计的亲情体系跟中国人伦理敏感性之间有着怎样的联系？萧建亨的《布克的奇遇》同样也有相关思考。大脑的移植根本不是一个简单的技术问题，小说中动物与人之关系背后所投射出的，恐怕还是人与人之间关系的某种期许。童恩正在《古峡迷雾》中念念不忘的文明祖先寻根，不可能仅仅在说巴蜀考古。科学跟国家、政治、意识形态的关系，用多少时间慢慢挖掘和体味都是可能的。

值得注意的是，这一时期的科幻故事还有一种联系现实的可贵品质。李永铮、萧建亨、王国忠的作品中都透露着跟当时社会生活的无缝衔接。以李永铮的《画中人》为例，故事巧妙地利用中国民间传说中美丽画中人会在你离开家门之后出来替你打理家务的素材。如果真的发生了这一切，到底归于传统的神话解释，还是全新的科技解释？李永铮提供的恰恰是这种科技解释。于是，古代中国人梦中想象的所有现象，可能都会通过科技手段降临我们的生活，并在我们的思想之中激起涟漪。萧建亨的《钓鱼爱好者的唱片》则把播放音乐导致动植物生长或表现出异常行为的科学现象用生活中的故事展现出来。王国忠的一系列发生在农村的科幻小说，更是直接将未来的科技变革根植于当前的土地之上。在人造天体方面，共和国早期的科幻作品曾多次设想地外空间站（人造月亮）以及人造太阳，二者的主要目的是为工农业发展服务，代表作品有叶至善的《到人造月亮去》。这一时期中国科幻小说中最流行的太空交通工具是运载火箭，一些科幻作品的封面甚至都直接使用火箭发射升空的场景，这也与同时期世界范围内的太空探索热潮相呼应。

虽然彼时科学幻想的许多内容在今天已经成为现实，但对于当时中国的技术条件而言是难以企及的未来，更不要说随意使用各种技术，创造出改天换地的局面。这点跟同时期聚焦阶级斗争的作品有着显著的差别。看一小段追求共产主义理想或乌托邦蓝图的故事，能让多少人摆脱现实生活中的心灵痛苦？所有这些，都还有更多的研究空间。

4 宏大的野心

即便共和国早期科幻文学的主流以儿童为读者对象，但仍然有一些作品尝试超越简单的儿童文学话语，想要挑战更大的空间。在这些作品中比较突出的，包括一系列全方位反映社会生活的作品和全方位反映国际关系宏大领域的创作实践。

黄友三的《共产主义社会旅行记》（1959），虽然设置了少年主人公，但从书名到内容已经可以非常明显地看出作者想要表达宏大主题的渴望和决心。浙江人民出版社在“出版者的话”中这样写道：“《共产主义社会旅行记》一书的出版，就是希望能够帮助读者们比较具体地领会共产主义社会所具有的特征，以及十分美好幸福的共产主义生活，从而更加鼓足干劲，力争上游，为加速社会主义建设，并为将来向共产主义过渡准备条件而奋斗。”

《共产主义社会旅行记》是根据马列主义关于共产主义社会原理设想出的科幻作品，作者期待表现的是，在一个生产资料全民所有、社会产品极大丰富、各尽所能、按需分配的社会制度中，人们怎样表现出高度的思想觉悟和道德品质，怎样大公无私，爱护集体，相互帮助，共同协作，自觉劳动。科技的高度发展，让原子能列车在广袤的大地上飞奔，家庭的院子里无人驾驶的直升机充当出租车通勤。电影院中，有关中国人在月球上活动的立体影片《月球旅行记》正在上映，南海正在实施电气化捕鱼。而坐落在张家口附近的东风人民公社，家庭中各种电器应有尽有，北方的农村已经是塞外桃源。工农差别的消除，让公社也能生产照相机，炼钢也不是难事，公社编辑自己的日报，第十大剧场还在演出芭蕾舞剧。工业和农业生产都实现了机械化管理，稻穗像个大树枝，谷粒大得像蚕豆。中国人的身体更加健康，各种世界纪录不断被打破。小说中没有阶级斗争，而且在出版者序言中也指出，如果帝国主义完全被消灭，国家也就没有存在的必要。

如果说《共产主义社会旅行记》是作家想要超越科学普及的更宏大主题的一种尝试，那么郑文光在前一年发表的《共产主义畅想曲》则是这一宏大愿景实现之后一个小小的个体如何感受这种变革的记录。

十分有趣的是，《共产主义社会旅行记》的结尾是乘坐原子火箭飞向北京，而在《共产主义畅想曲》的开头，主人公恰好也是乘坐原子火箭到达北京。如果说《共产主义社会旅行记》没有真正展现共产主义核心部位的景象，那么《共产主义畅想曲》则是弥补了这个缺陷。

受到当时社会思潮的影响，小说中的北京处于一种红旗飘扬、《东方红》乐曲响彻四方的状态。刨除这些过分政治化的内容不谈，故事中对戈壁沙漠的改造似乎是一个最重要的科幻主题。而这种改造的目的，则是创造更多耕地，以便中国人种植更多粮食作物。在人民公社和大炼钢铁等类似内容的设想之外，郑文光的作品更多地描述了未来共产主义核心的都市面貌。这是一个绿色的城市，也是一个日用品堆积如山的城市，是一个工业和民用建筑混合又有着明显分区的城市。故事的主人公从遥远的西部赶来，用出差的机会拜望了老首长。老首长虽然已经离开岗位，但无时无刻不在关注着进军沙漠的战斗的成果。这种直接将领导干部作为作品主人公之一的写法，在此前此后都非常少见。至于对共产主义新人外貌和品性的描写，更是让作品远远脱离了当时的儿童文学。

如果说彻底改造戈壁沙漠已经属于一种宏伟浩大的工程，那么《渤海巨龙》中彻底将渤海变成大陆的设想，则创造了这一时期科幻创意在宏大性上的巅峰。

《渤海巨龙》是20世纪50年代到60年代中幻想最为大胆、内容也最为丰富、人物塑造相当复杂的一篇科幻小说。故事的主人公是从印度尼西亚回国的年轻姑娘阎毓，回国的目的到底是探亲还是永久定居，作品中没有给出具体的说明。在那样的年代，中国已经成功进入了某种发达的社会主义阶段，正在建设一个全新的渤海海峡大堤，大堤从蓬莱一直修到旅顺，全长150千米，最宽处为2千米，彻底围住入海口，形成一个“布袋”。这个工作早在五年前已经完成。现在，第二步的计划是通过太阳蒸发和抽提等方法使这块原本是海洋的地方变成陆地，一旦完成，中国的国土面积将增加76490平方千米！在小说中，修好的大堤上已经修通了高速公路和高速铁路，还有发电站等许多设施。但工程的最初设计者、少年大海的爸爸却因为创造了从海水中提取重水的技术而受到国外敌对势力的暗中关注。为了防止中国人获得热核能源，敌人不惜动用掩藏在工程局内部的间谍，在用打火机为总工程师点烟的过程中释放神经毒剂，让总工程师的中枢神经彻底麻痹且永无救治的可能。小说成功地塑造了积极投入建设工程的主人公的二舅阎令桥，已经被敌人害死但其创造力仍然在引导中国改变面貌的大海的爸爸，还有智力超群、助人为乐、在个人的痛苦面前能够保持克制且对国家的伟业充满热情的新时代少先队员大海。作者的知识非常渊博，这使他能在创作过程中对历史和科技信手拈来。小说的叙事场地虽然以渤海湾为中心，但为了呈现出一种全球化的状态，作者常常跨越洲际，提到许多国家和地区。最有意义的还是故事中宏伟的超大规模的围海造田，作者把这个过程写得充满视觉化，你就像跟着他站立在这个大堤上，或者坐着高速列车追跟随历史前进。故事全方位地勾画了社会主义建设，从吸干大海、改道黄河，到提取新的能源，以及将海边的盐碱地改造成全新的可以种植的土壤，为人口的发展奠定粮食基础。

在纷繁复杂的国际局势中，具有家国情怀的工程师为巨大工程的建设付出了不懈的努力甚至生命，这样的描写跟人们心中科技工作者真正的使命是非常吻合的。小说中涵盖了大量的地理、农学知识，但设置悬念、倒序进行的精彩故事和恢宏场景让知识化于无形。故事在充分肯定了国内知识分子对国家建设的投入和对事业热爱之外，还借女主人公冠姓权的细节把这种爱引申到海外知识分子和爱国人士对祖国母亲的爱，对这些明显超越时代的内容至今仍然缺乏深入的研究。小说中对地球改造可能破坏生态的问题全然没有察觉，说明当时的科学观念远处于环保意识产生之前。

从《渤海巨龙》中对外国人会破坏社会主义建设的担忧，到《火星建设者》中世界人民团结起来建设火星，共和国早期科幻小说具有十分宽广的国际视野。《火星建设者》的主人公薛印青在 21 世纪的一个中秋节从火星回到地球，在他的导师家中丁香的氤氲之下讲述带领世界青年共同征服火星的创举。这是共产主义时代人类走向太空的重要步骤，怎样成功地进行国际合作、怎样战胜火星严酷的环境成为整个小说的叙述重心。故事中，自然而然地形成了以中国青年学者为核心的探险团体，他们对火星上的自然敌人展开了猛烈进攻。艰苦的生活让他们相互理解，青春的烈火让他们相互爱慕，但是，就在青年人在一个个火星的山峦峡谷里建立起生活大本营的时候，超新星的爆发让他们的探险几乎毁于一旦。

《火星建设者》中那种对太空探索的终极努力，那种青年营热火朝天的生活，不免让人想到当时正在流行的苏联作家薇拉·凯特琳斯卡娅撰写的小说《勇敢》。这部描写苏联青年如何在西伯利亚建立共青城的小说中的许多场景，已经在郑文光笔下的火星上重现。

十分遗憾的是，共和国早期的这些超越儿童文学的尝试，在许多侧面没有取得预期的反应。但是，作为一种独特的努力，它们已经为后来的科幻小说发展建立了标杆。

第三节　代表性作家作品

1　张然与《梦游太阳系》

张然的《梦游太阳系》是新中国第一部科幻小说。这部作品的重要之处在于，小说的构造仍然处于半成品阶段，作者不能一如既往地将一种科幻体裁坚持到底，这反而提供了科幻小说成长、成熟过程的一个中途范例。从另一方面讲，透过作品我们也可以看到这一时段作家通过科幻作品进行科学普及的努力。

张然（1928—2005），祖籍河北沧州，1947年毕业后被派往唐山电信局工作，1948年调到张家口电信局自动室工作。1949年底，张然就开始陆续在《新儿童》上发表科普作品，题材多涉及天文、地理、气象、物理、化学等自然科学方面，后又在《中国青年》《儿童时代》等刊物上发表科普故事。近期的研究表明，张然不仅仅是科普、科幻作家，他还曾于1950年10月出席全国工农兵劳动模范代表会议，受到过毛泽东等老一辈无产阶级革命家的接见。

《梦游太阳系》于1950年12月由天津知识书店出版，标“新少年读物”。天津知识书店早在1949年5月就出版了“新少年读物”系列图书的第一种《少年鲁迅读本》，上市后反响很好，于是编辑部在两年内陆续组织出版了近70种“新少年读物”，其中包含文学作品、翻译作品、自然科学与社会科学作品、传记等子类。张然的《梦游太阳系》归于自然科学一类，1950年底首印八千册，图书上市后得到了青少年读者与科普爱好者的肯定，又于1951年1月加印了三千册，总印刷数量在当时尤为可观。

《梦游太阳系》共十二章，分为两个部分。第一部分从第一章到第九章，写主人公静儿和同伴梦游太阳系；第二部分从第十章到第十二章，写静儿游历太阳系的故事在学校引起轰动，老师专门在课堂上介绍天文知识。故事开篇从中秋赏月的场景切入，主人公静儿望着皓月出神，伯父和大姐趁机给他讲授有关月球的神话和关于太阳系的天文知识。第二章起，静儿进入梦乡，他先是梦见自己变成一只白鸽，忽而又梦见自己变成了一个跟斗能翻十万公里远的小猴子，太阳系之旅就此展开。小说用第二章到第五章的篇幅来描写静儿在月球上的经历，其中月球上的篮球赛、月球教室中的一课都展现出不同于现实生活的陌生化美感。第六章与第七章描绘了太阳之旅，第八章与第九章分别描绘了静儿一行在火星与天王星的奇遇。在前九章中，张然并未依次描绘各大行星，反而是在第十章至第十二章中，通过课堂问答的方式，给读者展示太阳系各天体情况，其中第十一章更是分为五个小节来介绍从恒星到彗星等不同的太阳系天体。故事最末，张然还提及了未来对太阳系的管理，这样的思想在新中国刚建立时显得十分前卫。

《梦游太阳系》在共和国早期的开创意义在于，张然试图寻找一种结合故事叙述与科普知识传达的合理方式。这种尝试是有益的，但作为成果的《梦游太阳系》则显现出一种极其特殊的"半成品"形态，这主要是指小说一半游历、一半问答的结构状态。民国时期类型小说创作的断裂与张然自身的前期科普写作经历让他找到了从儿童视角切入这一核心方法，并且也在尝试寻找故事与科普的平衡点。但囿于当时尚无相关经验可以借鉴，因此在张然力求做实科普的目标下，《梦游太阳系》给出了一个阶段性的解法。这一解决方法分为两部分。其一是小说后三章的知识问答。情节过渡为静儿梦醒后来到学校，给同学们说起这个神奇的梦境。在梦境引起同学热议后，陈老师在一堂自然课上借静儿的梦境以问答形式给同学们普及天文知识。尽管这一部分没有情节叙述那样抓人，但张然大量使用的比喻、类比等方法，结合写实的课堂风格，反而有助于小读者达成理解。其二是大量插图与照片的应用。在《梦游太阳系》中，插图和照片成为传播天体知识的有效手段。整部小说在场景辅助插图外，还放入了诸如月球、太阳黑子、日珥、火星、土星、木星和哈雷彗星等天体的真实照片。在图书最末，张然还放入两个附录，展示太阳系各大天体的具体数据。张然还强调故事中所使用的数据、图片均来自中国天文学会大众天文社，表明了数据的准确和可靠。

尽管在结合故事情节和科普知识的尝试上略显"半成"，但《梦游太阳系》仍有值得称道之处。《梦游太阳系》创造性地描绘了外星生命，并对外星生物怪异造型的成因做出了合乎科学的解释。在小说第八章，张然虚构了火星人的形象。它们有巨大的耳廓、细长的鼻子、发达的肺部，而这一造型与火星大气稀薄密切相关。在小说第九章中的天王星人身材粗短，眼睛巨大，这和天王星巨大的重力与黑暗的环境有关。在这一阶段之后的科幻小说中，我们也鲜见正面描绘外星人的科幻作品。创造性描绘外星生命并对体态成因进行科学解释，是张然在小说中的有益尝试，而这些尝试用今天的批评眼光看，则一定是科幻文学的创作方法。此外，主人公静儿游历太阳系的方式为化身一个跟斗能翻过十万公里的小猴子，然后以"梦游"的方式完成了这场旅行，其背后的创作逻辑是对中国古典幻想文学经典桥段的化用，以及在尚无相关经验借鉴的情形中对晚清科幻小说里常用的"梦游"方式的嫁接。由此观之，张然在一定程度上达成了对幻想传统的延续，同时也做出了针对科幻手法、科普传递等方面的创新尝试，在共和国早期这一承上启下的文学阶段完成了《梦游太阳系》这一承上启下的作品。

张然的创作也在一定程度上影响了后来的作者，或者说，他所尝试的这种科幻作品生成方式在那样的年代中并非只有他一个人能想到。1951 年 9 月，生活·读书·新知三联书店出版了薛殿会（1926—　）的《宇宙旅行》一书。薛殿会是儿童读物作家、教育家，曾经为《新少年》撰稿，还编写过《自然课本》。《宇宙旅行》是他应少年文库主编之约的命题作文。《宇宙旅行》全书分为十二大章，并无标号，而是以天体名称为题。故事同样是通过太空之旅达成科普知识传输的目的，这一点与张然类似，而大量插图和照片的运用也是两部小说的共同之处。但相较于《梦游太阳系》，薛殿会的《宇宙旅行》有一些不同。首先，《宇宙旅行》将场景扩大到太阳系外，介绍了更多的天体知识；其次，游历不再采用"梦游"的方式，而是乘坐火箭机；再次，《宇宙旅行》的故事后半部分不再有问答形式，所有的知识点均以旅行情节串联；最后，两书都出现了火星人的形象，不过薛殿会的火星人化用了威尔斯小说《世界大战》中的火星人形象。如果说张然的孙悟空式梦游仍然在科幻小说发育过程中跟古典文学、民间文学之间有着无法割断的联系，那么薛殿会的作品则彻底过渡到当前的时代。此外，张然的创作观偏向经验感悟，而薛殿会则梳理出了共和国早期该类小说创作的朴素原则，例如：要平衡故事性与知识性；想象力与虚构在小说创作中应该大于过分严谨的科学话语；以及尽量采取儿童叙事视角以打动青少年读者。

2 郑文光与《从地球到火星》

《从地球到火星》是新中国第一篇人物情节俱佳、美学价值突出的短篇科幻作品，该作品为后来的中国科幻小说的内容和形态树立了一个标杆。

郑文光（1929—2003），我国著名的天文史学者、科普作家、科幻作家。鉴于他的小说是当前发掘到的共和国第一篇直接标明科学幻想小说标签的作品，他也曾在某种意义上被当成新中国“科幻小说之父”。郑文光出生于越南海防，自幼便展现出较高的艺术才华。年仅11岁的郑文光在《侨光报》发表了杂文《孔尚任与〈桃花扇〉》，从此走上文学创作的道路。在进行科幻创作前，郑文光曾进行了大量的科普工作。1947年，郑文光离开越南返回祖国，途中曾在香港、广州等地从事教学、科普工作。1951年郑文光来到北京并进入中国科协担任编辑。

关于《从地球到火星》的发表年月，20世纪80年代以前常言1954年创作，80年代以后则言1954年发表。经查资料，《从地球到火星》在《中国少年报》1955年2月14日和2月21日两期（总第172期和173期）上连载，发表时间上略晚于刊登在《中国青年报》1954年11月23、25、27、30日分四次连载的《第二个月亮》。但实际上《从地球到火星》的写作时间更早，1954年秋由赵世洲向郑文光约稿，成文较早，但公开发表较晚。

该篇科幻小说一经发表就引起轰动，甚至引发了当时北京地区的火星观测热潮。故事讲述的是珍珍、她的弟弟以及她的同学魏秀贞三人的冒险之旅。珍珍的父亲是一名火箭驾驶员。科学家建造了两艘火箭，以前往火星进行探险。得知此消息的珍珍缠着父亲要一起去，爸爸没同意，于是珍珍就带着弟弟和同学偷偷溜进了一艘火箭。因为三名少年误触按钮，火箭自动发射升空，朝着火星飞奔而去。珍珍的爸爸在科学家们的帮助下驾驶二号火箭追赶珍珍一行，最终在火星上空成功对接并将孩子们安全带回地球。在此过程中，珍珍他们体验了宇宙速度，穿越了流星群，并且欣赏了火星的美景，同时也感受到了父亲和科学工作者对他们的关心和爱护。

郑文光的《从地球到火星》具有开创性的关键词是“美”，这种美首先体现在他的科幻作品对宏大宇宙的描绘上。得益于天文学家身份的加持与对苏联科幻繁复景物描写经验的吸收，郑文光从不吝惜文字来描绘宇宙星空带给读者的震撼。在《从地球到火星》中，太阳系的景色因为郑文光的特殊视角而美得宏大。珍珍一行关掉火箭舱室的灯光，白亮的太阳、蔚蓝的地球与漫天星辰跃然眼前，归途中鸟瞰火星的苍凉雄浑也令读者印象深刻。相较于张然与薛殿会的数据与照片，郑文光用自己专业的天文知识将太阳系的天体用文字化形，再以宏大的美学场景在读者脑海中复现，从而达到科普与想象力培养的目的。张然等科普先驱的融合尝试在科幻作家郑文光这里得以实现，小说情节与天文知识交织一体，不再以知识硬块的形式出现。郑文光通过描绘宇宙宏大之美，另辟蹊径地达成了共和国早期科幻小说梦寐以求的故事性、场景性与知识性合一。

《从地球到火星》之美还体现为人物之美。与之前的科幻小说相比，郑文光这篇作品中的人物形象趋于成熟，作为主角的少年儿童不再是懵懂无知的游历者，科学家、家长也不再是全知全能的“工具人”。

人物及其行动成为故事发展的推动力，科幻小说完成了从为介绍知识而刻意旅行转变为在自发、自然的旅行中不自觉地获取知识。并且在《从地球到火星》中，这些知识不局限于天体数据，还包括经典物理定律、火箭工作原理、天体位置关系等内容。正因如此，郑文光科幻小说中的人物显得立体而饱满，成为叙事过程中不可或缺的部分，从而拔高了科幻作品整体的美感。此外，得益于郑文光的华侨身份与早年的游历、执教经历，他的科幻作品的美感还体现在从古代神话中提取中式美感、从冒险经历中提取流浪美感等方面。

相较于新中国此前的科幻小说，郑文光的《从地球到火星》还体现出一种转折美与残缺美。不同于之前科幻小说的大团圆结局，《从地球到火星》实际上是充满转折和遗憾的。珍珍一行意外乘坐火箭升空、在救援队到来之前遭遇流星群等情节，都是叙事过程中的波折，而最后因为燃料不足，珍珍他们没能登陆火星，被迫返航，则是巨大的遗憾。但也正是因为这些转折和遗憾打破了平顺的叙事，使得情节起伏，可读性增强。作品写满可能会给读者造成审美疲劳，而水墨画般的“留白”则让郑文光的《从地球到火星》达成艺术造诣的提升，因而从一众科幻小说中脱颖而出。

郑文光此后的作品如《黑宝石》《火星建设者》等，均保持了上述对于“美”的坚持，无论是在风景秀丽的笔架山，还是在地表粗粝飞沙走石的火星，都有个性饱满的人物推进情节发展，中国少年的探索精神、中国青年的奋斗精神都被文字记录，在适度“留白”的故事中完成了共和国早期科幻作品的创新书写。其中，《火星建设者》完全是为青年人写作的作品，行星的改造和爱情是小说的主线，该文发表于《中国青年》杂志并荣获莫斯科世界青年联欢节科幻大奖。“大跃进”期间，郑文光还发表过《共产主义畅想曲》。郑文光的创作手法在一定程度上超越了同时期大部分的科幻作者，并且在持续的创作中保持水准，这也与他自觉总结创作经验密不可分。1956 年 3 月郑文光在《读书月报》上发表了短文《谈谈科学幻想小说》。这篇文章本是郑文光受邀给读者回答问题所作，但字里行间都体现出郑文光的科幻创作观与审美观，可以视为郑文光早期科幻创作论的集中体现。相较于知识传输，郑文光更注重小说的文学性，更关注架构小说情节、处理小说中的矛盾，同时他认为，引起青少年读者对未来与知识的兴趣远比直接通过小说的形式灌输知识重要。

尽管整个共和国早期郑文光的科幻创作数量不多、篇幅不长，艺术水平也未达到新时期他全盛时的水平，但较高的美学价值足以使得郑文光成为共和国早期中国科幻文学里程碑式的人物。

3 迟叔昌与《割掉鼻子的大象》

《割掉鼻子的大象》是这一时期通过幽默、夸张手法和充满童趣的笔触全面展现科技未来的科幻小说代表作。这部作品用从现实起飞的想象勾连可预测的未来以形成文本张力，对同时期及此后科幻文学创作阶段中的类似作品影响深远。

迟叔昌（1922—1997），又名迟书昌、迟书苍，出生于哈尔滨，我国著名的翻译家、科幻作家。1935 年，迟叔昌赴日留学，后归国工作。1955 年，迟叔昌任出版社抄稿员，在此过程中受到凡尔纳科幻小说的感染，逐步走上科幻创作的道路。

1956 年，迟叔昌写出了自己的第一篇科幻小说《二十世纪的猪八戒》。这篇作品被当时《中学生》杂志的主编叶至善选中，在修改后以《割掉鼻子的大象》为题目，发表于《中学生》杂志当年的 4 月号上。小说写的是作为记者的“我”来到大戈壁国有农场进行采访，刚到就发现孩子们要去广场上看大象，于是“我”也跟着去看热闹。但是看到的大象却和“我”印象中的完全不同，因为它们没有长长的鼻子。“我”在疑惑中回到旅馆，但不久后就收到老同学李文建发来的邀请，于是

“我”便动身前往国有农场进行参观。后来“我”才发现，之前所见的“大象”是李文建所在农场培育的新品种“白猪 72 号”。李文建给处于震惊之中的“我”详细讲解了这种巨型的猪是如何培育出来的，并邀请“我”品尝用新品种猪肉所做的美味佳肴。

这篇小说是共和国早期科幻作品中夸张化、巨大化描写的典型代表。这一时期描写巨大动植物的科幻作品不在少数，但《割掉鼻子的大象》从中脱颖而出还与迟叔昌的创作技法与故事的呈现形态密切相关。在共和国早期物资匮乏、全国人民发奋改变的历史语境中，通过作物与动物单体或者群落的巨幅增长来解决人民的温饱问题成为彼时夸张化、巨大化风格的科幻作品朴素的创作逻辑。在这一点上，迟叔昌《割掉鼻子的大象》与其他作品别无二致，但该小说出彩于张扬但自洽的想象力、传统美术风格的呈现与精准的预见性。

《割掉鼻子的大象》中张扬但自洽的想象力首先表现为开放、无尽的想象力拼贴。故事的发生地设置于遥远的戈壁沙漠，但小说中的道路、广场、建筑等场景和人与人之间的相处方式则与现实生活相同，农场的生产、生活模式被移植到陌生场景，产生张力，从而在读者视角达成想象力从现实生活中被突然拉远、起飞的效果，在快速进入科幻场景的同时保留了较强的代入感。在彼时的科幻作品中，《割掉鼻子的大象》较早地将创作视角从宇宙星空中收回，关注坚实的大地与其上的民生，为当时的科幻创作与接受打开了另一种视角。在故事中，想象力的拼贴还体现在“白猪 72 号”与大象的对比产生的奇妙的阅读反应。相较于同时期的其他类似作品，迟叔昌打破了单纯对作物、动物在尺寸和数量上增加的描写，而是尝试通过物种对比与融合达成陌生化效果，这是《割掉鼻子的大象》在创作技法上的探索。该作品想象力的自洽体现为对科技细节的精准描述，“白猪 72 号”的夸张巨大并不是一笔带过的奇观摆设，激素如何催生家畜成长、巨型家畜如何解决自重问题等细节都在迟叔昌笔下得以解释，夸张化与巨大化不再是“为赋新词”般的拔高，而是通过小说细致回答了“是什么、为什么、怎么样”等主要问题，使得相关技术的发明创造不再是单调背景，而是完美地融入叙事。

《割掉鼻子的大象》的独特之处还体现在迟叔昌用文字构建的画面感。无论是戈壁滩上的国有农场、广场上的围观人群还是流水线上的作业过程，小说总是给读者呈现出分明的画面感。但这些画面不同于张然与郑文光等作者的宇宙铺排或留白，而是一幅幅生动的、极具中国味道的生产生活画，透过小说可以看到民间美术尤其是宣传美术对科幻创作的跨界影响。此外，付梓于 1956 年的夸张描绘意外地预见了特殊历史阶段的发生，从某种意义上讲，夸张化手法是那个时代创作方式的代表，文字构筑的画面感某种程度上代表着现实生活，而夸张与科幻的嫁接则为这种情绪寻找到了一种隐晦的表达方式。

迟叔昌的《大鲸牧场》《3 号游泳选手的秘密》等作品也同样在张扬的想象力拼贴、强烈的画面感与精准的预见性方面形成共鸣。戈壁农场被海洋渔场与大学替换，主人公由记者和农学家变为小朋友与海洋大学的学生。乘直升机与鲸鱼嬉戏、仿生涂料让运动员与船舶畅行无阻，这些彼时由想象力构筑的神奇画面，如今正在成为现实生活的种种。而其中极具中国味儿的表达、对国风质感画面的描绘，至今仍然在各类小说中有迹可循。在《“科学怪人”的奇想》中，作者成功展现了三代科学家在不同时期的命运差异，这一作品展示出作者在人物厚度刻画方面的能力提升。

4　叶至善与《失踪的哥哥》

《失踪的哥哥》是这一时期强化科学探索细节，特别是强化科学工作者思维过程的科幻创作的典范，也是开明书店系科幻小说在新中国的一次复苏。

叶至善（1918—2006），笔名于止，江苏苏州人。22岁师从其父叶圣陶，开始从事写作与编辑相关的工作。叶至善于1945年8月正式进入开明书店，为叶圣陶主办的《开明少年》与其他一些青少年刊物担任编辑，同时开始了自己的少儿科普写作之路。此后，叶至善于1952年开始编辑《中学生》月刊。1953年，开明书店与青年出版社合并，成立了中国青年出版社，叶至善转入该出版社工作。1956年中国少年儿童出版社成立，叶至善任首任社长兼总编辑。1956年后，叶至善逐步开始科幻小说创作。他的作品包括《到人造月亮去》（1956）、《失踪的哥哥》（1957）等。

共和国早期叶至善最著名、影响最大的科幻小说当数《失踪的哥哥》。该小说最早以《失去的15年》发表于1957年夏季的《中学生》杂志上，后来更名为《失踪的哥哥》，被收录于各个科学幻想故事文集与儿童文学选集。故事的主人公张春华一天接到了公安局打来的电话，说是找到了他的哥哥张建华。但是哥哥张建华早在十五年前就在海边失踪，家人找了很久都杳无音讯，以为张建华不幸淹死在了海中。直到家人赶到海边时，这一段十五年的秘密才被揭开。原来当年张建华不慎进入了冰冻海鲜的全自动急冻仓库，由于工厂全是自动作业，所以误入了一个小孩也多年没人发现，直到最近设备维修工人才发现张建华。尽管已经确认了张建华的身份，但是怎么让张建华从冰冻状态中安全苏醒还很棘手。于是速冻仓库的陆工程师找到了医院的王大夫，共同商议对策。王大夫设计并制造出一套先进的保温箱对张建华实施手术，最后张建华安全醒来。两兄弟时隔十五年相拥而泣，但此时的哥哥已经变成了比张春华小很多的“弟弟”。

在《失踪的哥哥》中，人们印象最深的是，有关冷冻人复苏的问题自始至终牵动着主人公的心，他为此寝食难安，在看到冻豆腐之后才领悟了生物细胞坏死的秘密，并由此找到了解决问题的方法。这种以科学工作者思维为故事的认知主线的方法是作者根据一个偶然的灵感设计的，且取得了很好的效果。许多小读者在看过小说之后都记得有关冻豆腐的情节。这在一定程度上达到了开明书店的科普工作者一直期待的用科幻小说传播科学的目标。

当然，不可否认，小说的成功还跟创造性地描绘了人体速冻与复苏，并在故事中插入了对医学伦理和亲情的探讨，使小说充满温情不无关系。《失踪的哥哥》这篇小说最令人称道的地方在于，叶至善想要表达的是在近乎神奇的科技之外，情感才是人类社会最重要的辨识要素。在小说中，除了弟弟张春华对哥哥张建华的拯救外，兄弟俩的父亲在张建华失踪后的反应更令人潸然泪下。亲情在叶至善笔下成为时间回环，错落的时空导致了张春华身份的转换，他由弟弟转向了哥哥，甚至是父亲的角色，但在时空错位的十五年里亲情从未缺位，张建华的苏醒也标志着情感的复位，而时间的流逝和年龄身份的错乱既是冷冻技术意外造成的遗憾，又是医疗解冻技术铸成的奇迹。

多年以来，叶至善对自己创作科幻小说的事情处理得非常低调。他一直说，是因为编辑迟叔昌的作品时由于改动很大需要负责才在后面签名。所以，他早期的科幻小说应该是几篇跟迟叔昌合作的小说。但《失踪的哥哥》则完全是他的独立创作。叶至善在关于这篇小说的自白中曾表示，编辑也需要有自我主张。要在哪方面进行编辑创新，最好自己先尝试进行创新写作，从而可知这些方向是否可行，难度在何处。知己知彼，方可在组稿、审阅时提出合理要求，最大程度实现对作者与读者负责。从这些自白可以看出，叶至善独立创作科幻的初衷，可能是想全程体验构思和撰写的过程。也恰恰是因为他长期编辑开明书店的知识读物和少年儿童期刊，他的创作贴近科普，也贴近儿童心理。小说对话贴近儿童的言说方式，对科技的阐释也活泼生动，创造了一种作家、读者与作品的互动。

叶至善虽然发表的小说不多，但反思很多。“文革”之后他曾经写道，对科幻他有一个鲜明的立场，就是教育的立场。在这方面他是死心塌地的功利主义者，因为这样的立场对儿童是有好处的。但是，他反对把科幻小说中的科学和文学对立起来，不反对增强文学性。

研究叶至善在《失踪的哥哥》之前和之后编辑过的科幻小说，会了解他通过这篇小说的撰写学到了多少，遗憾的是这样的研究我们还没有见到。但有一点是肯定的，如果说雨果·根斯巴克当年的努力是让美国科幻从地摊文学的泥沼中朝着主流文学突围，那么赵世洲、叶至善、王国忠等一系列科幻编辑积极地发现科幻作家，号召且帮助他们写作，甚至给他们彻底修改稿件，还身体力行地自己体验，这些都构成了中国科幻小说成长的重要基石。

5 童恩正与《古峡迷雾》

《古峡迷雾》是新中国成立之后的首篇以人文社科为题材的科幻小说，故事以巧妙的多线程方式展现了厚重的寻根与乡愁主题。

童恩正（1935—1997），出生于江西庐江，抗战爆发后随家人迁往四川，后又因战乱辗转到湖南长沙。1956 年，童恩正考入四川大学历史系。1959 年，童恩正参与了巫山大溪新石器遗址的考古工作，这为他的科幻作品《古峡迷雾》奠定了基础。1960 年 7 月，《古峡迷雾》由少年儿童出版社出版，在读者中掀起了一股考古发掘的热潮。

《古峡迷雾》讲述的是考古学家吴均和杨传德都参加了美国学者史密斯组织的华西考察队，为的是寻找消失在历史中的原始民族巴族。杨传德因病没有参加后半程的考察，但不久便得知好友吴均遇难而同行的史密斯却安全返回的消息。返回后的史密斯出版了自己的研究成果并声称中国文明由西方传来。杨传德在读到这些文字后发现了其中的端倪，为了反驳史密斯，与几名青年考古工作者再次回到之前的考古场地。这次他们不仅发现了巴族的文字和遗迹，还发现了吴均的尸体。原来史密斯为了窃取考古成果残忍地杀害了吴均。通过杨传德的努力，不仅巴族的历史重见天日，多年前的谋杀冤案也得以昭雪。

1949 年后，中国的科幻小说基本上以自然科学题材为主导，太空漫游故事和发明创造故事成为叙事主流，几乎未见以人文社科为题材的科幻作品，直到童恩正携《古峡迷雾》为这一时期的科幻创作开辟了新的天地。虽然直接讨论民族性与政治性这样的主题，以科幻小说的方式表达总显生涩，但《古峡迷雾》通过考古学这一人文社科背景润物无声地呈现，显然是抓住了要点。在《古峡迷雾》中，民族性通过历史、地理、风物、方言与人物行动进行表达，而政治性则通过正邪较量、意识形态差异对比进行书写，考古学成为一种背景，通过这个背景中设置的线索进行解谜，所有这些都给读者带去一份前所未有的感受。《古峡迷雾》的多线程叙事也颇具结构方面的创造性。在小说中，童恩正采取了三线交叉并叙的手法：第一条线索是古代巴人面临亡国之危，被迫朝着川东地区的崇山峻岭逃亡而后失踪，留下了千年之谜；第二条线索是二十多年前中国考古学家吴均与美国混子学者史密斯前往三峡地区考察，吴均意外身亡，史密斯侥幸逃生并回到美国，出版了引起轰动的考古著作，留下一个谜团；第三条线索是二十多年后，考古学家杨传德与其助手陈仪再度前往三峡地区追寻古代巴人的遗迹，克服重重困难最终发现了巴人逃亡时藏身的山洞以及壁画，并查明了当年吴均的死亡真相。三条线索回环交织，相互映衬，最终在文末托出真相，使得小说结构精巧，读来颇有回味。

《古峡迷雾》还给这一时期的科幻小说提供了一种“回头看”的策略。共和国早期有很多科幻小说放眼未来，想象多年后的美好生活，而童恩正的《古峡迷雾》则将关注点放回历史之中，通过考古勾连起古代与当代的千年差异，形成极具张力的陌生化美感。川渝两地的山川千年犹在，而立于其上的文明和人与人之间发生的故事早已天翻地覆，童恩正对已有历史的演绎和对已知自然环境的描绘让小说充满似真似幻的魅力。《古峡迷雾》的创作实践是童恩正的一种写作实验：

科幻小说的时间与空间向度不仅可以放在未来与地球之外，也能在历史与内部地理环境中进行演绎，这一点对共和国早期的科幻创作是极具开创意义的。

得益于童恩正的专业知识与工作经验积累，《古峡迷雾》中充满了令人信服的细节描绘与丰富生动的场面描写，甚至有读者在阅读《古峡迷雾》后立志要成为一名考古学家。童恩正擅长以小见大，通过某一具体事物推演出宏大的故事。他所创作的第一篇科幻小说《五万年以前的客人》，即是通过对一块神秘金属的描述，牵扯出外星生命史前造访地球的故事。扎实的专业基础与以小见大的写作方式，让童恩正的科幻作品跳出了常规的游览、发明与问答模式，在探险元素与揭秘元素的加持下，形成了专业、严谨、可读性强的科幻故事。特别是他对主题的挖掘，对叙事方法的尝试，为后来的写作做好了充分准备，这是他能在新时期写出《珊瑚岛上的死光》这部扛鼎之作的主要原因。

6　萧建亨与《布克的奇遇》

《布克的奇遇》是共和国早期儿童科幻小说的标杆之作。故事完整地建立在儿童本位的基础之上，且充满童真和智趣。小说情节跌宕起伏，但读起来又轻松平易，作者的功力力透纸背。

萧建亨（1930—　），又名肖建亨，是新中国成立以后中国科幻小说的早期开拓者之一。萧建亨 1930 年 11 月 12 日出生于江苏省的苏州市，祖籍福建长汀，曾用过木船、小凡、萧凡、萧帆等笔名。1953 年，萧建亨毕业于南京工学院无线电系，毕业后被统一分配至北京电子管厂，从事技术工作。他在实习期间即提出了 24 条合理化建议，其中有 4 条是重大提案，为此获得了先进工作者的称号，并获得国务院的奖励。萧建亨 20 世纪 50 年代即开始科普科幻创作，先后写过不少受到广大青少年喜爱的科幻文艺作品，如《谜一样的地方》《影子的故事》等。

1956 年，他的电影剧本《气泡的故事》获全国科普电影征文奖二等奖。他曾参加《十万个为什么》的撰写工作。萧建亨曾读过凡尔纳的《十五小豪杰》并深受其影响。在共和国早期，他一共创作了 9 篇科幻小说。其中，1962 年少儿出版社将他和其他作家的几个短篇故事集结成《布克的奇遇》出版，形成了广泛的影响。萧建亨到现在还戏称自己为“老布克”。

在《布克的奇遇》中，马戏团的小女孩曾不幸断了一条腿，在整个马戏团中，小狗布克便是她最好的朋友。然而布克有一天在演出前突然失踪，马戏团上上下下都非常着急，却怎么也找不到布克。后来他们得知布克遭遇了车祸，当场死亡。然而三个月后，布克却自己回来了，只不过毛色有些不对。马戏团全员都很高兴，没有太在意毛色的问题，还是让布克继续演出，不过几天之后布克却突然跛了脚。而当天，布克被突然出现的陌生人带走。直到后来，这些奇怪的现象才一一被揭开原因。原来陌生人是医学研究所的教授，他为死亡的布克进行了器官移植，将布克的头移植到另外一只小狗身上，并在手术成功后不断修正移植带来的副作用，最终让布克起死回生。而这一重大医学突破，也让马戏团的小女孩最终有了健康的双腿，过上了正常的生活。

《布克的奇遇》是一部科学技术造福人类的喜剧，而这部喜剧通过萧建亨笔下的童真童趣来展示则增加了效果。共和国早期的科幻小说虽然多数发表在少儿刊物或者由少儿出版社出版，但全面符合儿童文学特征的作品也并不太多。郑文光、童恩正、王国忠和刘兴诗虽然也写少儿作品，但总是有一些超越少儿作品的表述混在其中，特别是有的作品虽然将小说主人公设置为少年儿童，但主人公的行为举止却脱离了少年儿童的轨迹。只有迟叔昌和萧建亨两位作家的作品，能充分站在儿童本位的立场上书写童心。萧建亨在《布克的奇遇》中展现出来的是发自肺腑的关乎童心的愉悦。他将自己沉浸于少年儿童的心中，精准地描绘出彼时孩童所能体验的快乐。小说中的人物云集于马戏团，日常生活展现出浪漫的童话色彩，而与孩童做伴的可爱动物成为勾连情节的关键符号，牵动了剧情发展与主人公的情感起伏。儿童是对未来充满期许的一批人，萧建亨着力唤起他们的这种期许。如果器官移植能让小狗起死回生，那么女孩的身体残疾的修改也必然是不成问题的；如果我们能修改不满意的自己，那么创造一个更好的自己也不会是一件做不到的事情。在这里，乐观主义不是外加的，是从故事中自然而然衍生出来的。这种乐观如果能充斥于青少年成长的全过程，又能获得科技的助力，那我们的未来将无可限量。

萧建亨是讲故事的专家，他的故事总是跌宕起伏，但这些起伏又总是围绕着小说中的科学情节逐渐展开。据萧建亨自述，他每写一篇稿子，都会出现几倍的废稿，因为每一个情节，每一个发展，甚至每一个话语，他都反复斟酌，不断修改。这种严谨态度使得他的小说永远是文字流畅，让人身临其境，忘却自己是在阅读。能达到这样的效果，还跟他对科学的钻研无法分开。萧建亨毕业于教会学校，从小就有很好的外语基础。在撰写任何一部作品的时候，他都大量阅读各种科技资料，从中寻找可能的启发和线索。他大学的专业是无线电，但他的阅读和创作却横贯许多领域。从最早的电影剧本《气泡的故事》到出版的第一本科普读物《谜一样的地方》，到他给《十万个为什么》撰写的词条，萧建亨的科普通常都是多学科的综合题材。这种综合能力为他的科幻创作提供了很好的积累。萧建亨自述说，他本来是希望从事纯文学创作的，但生活的发展使得他只能将创作的内容和形式暂时停留在科普创作的范围之内。用如此庞大的积累去触动心灵空间独特的少儿领域，暗示了研究他的作品需要从哪些地方入手。他最初的编辑郑延慧指出，萧建亨作品最大的特征就是爱。他对科学和人类充满了爱，而这些爱在作品中浓缩到每一个主人公的身上，也浓缩到每一个技术细节之中。

在“文革”之前，萧建亨已经发表的科幻小说除了《布克的奇遇》，还有《钓鱼爱好者的唱片》《铁鼻子的故事》《球赛如期举行》等。“文革”以后，萧建亨在谈论科幻小说的时候曾经说，他认为中国科幻小说从一开始就伏下了一个潜在的危机，这个危机就是“工具意识”，即把科幻当成普及科学的手段。科幻首先是小说，是文学，这是一个常识。萧建亨一直把科幻小说是文学的观念坚持融入创作，在新时期又进行了更多尝试，创作了一系列重要的科幻作品。

7 王国忠与《黑龙号失踪》

《黑龙号失踪》是一部短篇小说集，其中以《黑龙号失踪》《渤海巨龙》等故事为核心。《渤海巨龙》已经在前面的章节详细提到，这里更多讨论王国忠和《黑龙号失踪》这篇共和国早期难得一见的集合国际化元素、具有影视大片风格的科幻小说。

王国忠（1927—2010），编辑、科幻作家，出生于江苏无锡。1947年考入江南大学农学院农艺专业。1952年至1954年就职于华东青年出版社和《新少年报》，之后调任少年儿童出版社主持知识编辑室的工作，他还选拔了郑延慧等编辑一同参加工作。正是由于王国忠和郑延慧等许多编辑的努力，少年儿童出版社的科幻发表逐渐启动。业余时间里，王国忠也是一位很好的科普作家，他的作品包括科学童话、科学小品。在新中国成立后的17年间，他还发表过至少12篇科幻小说，其中《黑龙号失踪》影响较大。

《黑龙号失踪》故事讲述的是海底潜水机的发明者甄教授受到海军的邀请，利用自己发明的潜水机去太平洋深海一万米处打捞“黑龙号”沉船。“黑龙号”是一艘日本战舰，在抗日战争中的日军溃败后，载着从中国搜刮来的巨量黄金返回日本，却在太平洋中神秘沉没，这次打捞是要取回这笔属于中国人民的财产。一号潜水机在太平洋底一万米处遭到不明物体攻击而失联。科研人员在准备二号潜水机时，这片海域的怪事层出不穷。先是一号潜水机失踪处传来密码电波，紧接着这片海域又发现了带有鼠疫病菌的尸体。在二号潜水机造好并下水后，科研人员避开了水雷，最终来到沉船旁边，却意外发现了几个透明的大穹顶。经过勘察，这原来是日本人培养细菌的海底研究所，当年的731部队并未解散而是被搬到这里。最终甄教授和海军上校拍下了照片，准备将好战者的阴谋揭露给世界和平理事会。

《黑龙号失踪》拥有极致的画面感，精巧的情节转场与悬念设置让故事节奏明快，小说的首尾以儿童化视角切入切出。甄教授要准备一场听众为三千名小朋友的科学报告，而冗长枯燥的演讲稿被甄教授一再推翻。此时，部队寻求甄教授的帮助，并由此展开一系列的冒险。当最后甄教授返回住处时，便决定将这次生动的经历作为给孩子们作报告的素材。尽管小说首尾呼应了为少年儿童作报告的安排，但其间的整个故事背后所展现的话语逻辑则彰显着成人化的布局。在这个意义上，《黑龙号失踪》代表着共和国早期科幻的进一步完善，在照顾儿童化倾向的同时，更注重故事中成人化视角的考量。其突出表现为对国际局势的判断与对战争的反思，此前共和国早期的科幻小说中尚无类似作品，之前作者更关注先进科技给中国社会带来的影响。而从《黑龙号失踪》开始，国际化元素介入科幻，并且这种介入不单纯是人员到访与科技发明交流，而是通过回望二战、设置虚拟情节来达成警醒和反思。日本的侵华战争与细菌实验给中国人民带来的创伤以科幻的形式被表达，甄教授的深海潜水机第一次深潜竟然被水雷摧毁、731生化部队搬迁至海底等情节，则在科幻故事之外增添一份勿忘历史、热爱和平的表达。这种表达不单针对青少年，还适用于如火如荼进行建设的全体中国人民。

对于科幻小说，多年的编辑经验和创作实践，让王国忠产生了许多深刻的思想。他曾经谈道：宣传科学知识，不仅要宣传科学的历史和现在的成就，并且要瞻望未来的前景；这个任务，科学故事、科学童话、科学诗、科学小品都可以负担起来。但有一种任务是这些体裁负担不了的，这就是描绘人的劳动创造、新的科学技术等在未来社会中的地位和作用，展示几十年甚至几个世纪的生活画面，即未来生活的“真实”，那时人的精神世界、物质生活，以及人的创造发明、对于自然的驾驭能力等。所有这些，在《黑龙号失踪》这部作品选中都清晰地展现了出来。

郑延慧在分析王国忠科幻创作的时候特别指出，王国忠的科幻小说有一种强烈的社会意识，这是他区别于其他科幻作家的重要特色之一。这点突出体现在《黑龙号失踪》之中。王国忠曾经跟郑延慧表示，这部作品背后有真实的历史背景，写作的目的是让大家以史为鉴。恰恰是因为把科幻放在严峻的现实社会问题中展开，才使得科学发展既有正向也有负向的不同前景。海底实验室的正向发展，当然是熟悉海底资源，而反向发展则是用来为人类制造灾难。

主题的严肃性只是这部科幻小说的一个侧面，作品形式上的许多特色也值得在这里展现。“洋葱式”的圈层嵌套结构让作品变得更加丰富，在洋葱的核心是关于深海潜水器的发明创造。在那个年代里，深海探险还无法解决通信问题，而王国忠利用想象力参照海洋带电动物的构造创造了海底无线电通话方式并探索了波长等问题。不过，深海潜水器只是小说的技术核心，在这个核心之外，包裹了太平洋深处的海底实验室。在这个实验室的最外层，则是围绕人类命运的和平与战争之对抗。

综合而言，王国忠笔下诸如《黑龙号失踪》和《渤海巨龙》等科幻作品打破了这一时期科幻小说在各领域的诸多限定，在承接发明创造或发挥人的主观能动性等传统设定的基础上，兼顾儿童化创作与接受倾向，同时用成熟的叙事技法表达成年人的思维模式，并将足量的科学知识融入其中，开启了共和国早期科幻创作后半场的多元化景象。而其对历史元素与国际形势元素的运用和电影般的画面感让更广泛的读者获得高度的家国视野，并体会到生产建设中勇于奉献的大无畏情怀。

8　刘兴诗与《北方的云》

《北方的云》以优美的语言和宏大的气魄开创了地理题材科幻作品的新走向，作者将中国大地作为舞台，用人定胜天的观念和宏大叙事手法展现了人对大自然的管控，是作者以科幻的方式抒发“敢教日月换新天”情怀的代表性作品。

刘兴诗（1931—　），地质学家、科普作家、科幻作家。1931 年出生于湖北汉口，1950 年进入北大地质系，1958 年来到成都地质学院任教，从事户外地质考察工作。20 世纪 60 年代在好友的鼓励下进入文学创作领域。1961 年发表了第一篇科幻小说《地下水电站》，至“文革”之前发表了多篇作品，其中影响较大的是《北方的云》。

《北方的云》是一篇结合气象与地理题材的科幻小说，讲的是在北京有一所天气管理局，负责处理全国的气象要求。一天，管理局收到了内蒙古的降雨求助。原来当地发生地震，农业试验站地下水管全部被破坏，必须在一周内送来大雨，否则作物就会枯死。经过气象专家研究，决定利用在渤海湾登陆的一股自然气流，沿途补充水分来到内蒙古救急。不过前两次的传输都失败了。第一次是因为快到农业试验站时气流偏离了方向，即便主人公坐上飞机也没有赶上。第二次经过人工干预后，自然气流虽然按照预定路线来到农业试验站并且降雨，但降雨量却远达不到要求。最后气象管理局决定在渤海湾通过热核反应器蒸发海水，然后人工输送到内蒙古，最终满足了农业试验站的要求。

这一时期的科幻作品时常探寻浪漫主义的表现方法，但能在覆盖整个国土的范围内呼风唤雨，写成如此宏大的“南水北调”故事，则唯有《北方的云》最为成功。刘兴诗常常说，他的科幻小说是科研的延续，也许地质学家的身份让他将专业知识与小说创作更完美地融合。小说展示了中国的幅员辽阔与地大物博，“字字景语皆情语”地表达出地质工作者对山川大地的热爱。刘兴诗特别喜欢写外国题材的小说，语言也有一定欧化的特点，但用这样的语言描绘中国，则形成了一种独特的恢宏壮丽。

《北方的云》对彼时读者尤其是青少年读者带去的影响我们无法获知。但小说中热核反应器与日同辉，乘飞机千里之行，翱翔九天追逐水汽团，目之所及是祖国多样的地理环境，而最终解决缺水问题更印证出科技的力量，这些场景确实给人很强的震撼。云层中的水汽可以任由人类控制，给干旱的沙漠带来前所未有的气候改变，人们也可以乘坐高科技飞机与云团共舞，刘兴诗的浪漫想象为古代的飞天愿望赋予了当代科学表达，呈现出一种诗意。从某种意义上讲，《北方的云》在观念上给予了当时读者有关中国疆域的概念，让未能踏足这些地方的人也能有身临其境之感。

当然，从今天的角度看，《北方的云》这种大规模天气控制的故事，虽然可以凸显“战天斗地”的精神和人的主观能动性，但对环境所造成的影响以及是否真的能改善人类的长期生存等问题，还有待验证。

刘兴诗乐于写作跟自己专业相关的领域，这些实践逐渐让他形成了独特的创作理念。他提出科幻小说的创作也应该来源于生活，来源于现实，所以科幻作家应该从身边发现可以写作的题材。并且，他强调科幻小说要有中国特征。这些理念，在他其他的作品中也能寻到踪迹。例如《海眼》这篇小说将地理风物置于中国南方，细致地描绘了广西的喀斯特地貌，并通过寻水这一情节串联起为人民服务、团结一心、用劳动创造美好生活的爱国主义情怀。

第四章　粉碎“四人帮”之后及新时期科幻的发展（1976—1990）

导言

粉碎“四人帮”之后，特别是新时期到来之后，中国社会生活的各个方面发生了巨大变化。拨乱反正让许多观念回归理性和正常，改革开放使得科技、文化、教育等全面复苏，“四个现代化”的提出给国家的未来发展建立了一个全新的目标，知识分子政策的落实促使各领域的创造力得到极大的彰显。在这样的时代里，科幻文学迈出了晚清以降观念发展的重要步伐，重新确立了文类的核心和主旨，重建了美学标准。多种多样的尝试使得中国科幻的独特性开始萌发。在20世纪70年代末到80年代初的短短几年里，中国科幻得到了极为迅速的发展。一方面是自20世纪五六十年代创建并沿袭下来的作品模式正在走向成熟，这一模式的最大特征是以创新带动知识普及和社会变化。由于在理论和创作层面都获得了较多讨论，它酝酿出许多新的变式。另一方面，一批具有明确文类意识的作者开始积极要求突破单一创作模式的窠臼，期待在多个方向上进行探索。这些探索预示了中国科幻未来三十年的发展方向。但是，这种探索的代价是高昂的。在社会条件尚未成熟的情况下，争论和随后产生的一系列批评与批判，让中国科幻文学又一次堕入新的低谷。

第一节　创作背景

1　改革开放

从1976年开始，中国的政治和社会生活发生了巨大变化。粉碎“四人帮”终止了以阶级斗争为纲的主导思想，经济建设成为国家的主要目标，拨乱反正、解放思想成为社会的主要思潮。1978年有关真理标准问题的大讨论和随后的十一届三中全会，以及1981年的十一届六中全会，试图打破过去僵化的思想和体制，以全新的姿态面对未来。随着一系列旧认知被打破，新中国成立以来的历史问题也陆续得到了重新认识和评价。人民的日常生活开始变得轻松、丰富，头上的紧箍咒和人与人之间的紧张状态开始消除。在各行各业的改革之中，从根本上开始改变中国人个体命运的是教育体制改革。高考制度的恢复，让崇尚知识、重视科学文化的风气复苏。这些都在一定程度上为科幻文学的复兴创造了思想空间。

经过十年书荒的干涸年代，人们对文学的渴望奔涌而出。此时，大量经典的中外文学作品被重印，并一次又一次地打破销售记录。重版旧书只是文艺回归的一个方面。本土原创文学艺术扎实地、同时也是爆发式地产生。伤痕文学、反思文学、寻根文学、先锋文学、新写实主义等文学思潮相继出现。国外文学的翻译也极为繁荣，引进的包括古希腊以降数千年间产生的海量作品，也兼及西方最前沿的文学理论作品。除了原有的经典小说之外，推理、侦探、历史、爱情、科幻等通俗作品的引进也都取得了进展。翻译的国别从原来的以苏联、东欧为主，转向以欧美、日本为主。在影视方面，从 1978 年开始，西方科幻影视作品也逐渐被引入中国。其中最有名的是电影《未来世界》和电视剧《大西洋底来的人》。此外，日本漫画作品也开始在市场边缘出现。国内文艺的繁荣，积极促进了本土原创科幻的发展；而科幻的自我革新，某种程度上也是中国文学演进的先导力量。1978 年 1 月《人民文学》杂志发表诗人徐迟的报告文学《哥德巴赫猜想》，该文用一种独特的语言将科学和科学工作者的艰辛努力展现在广大读者面前。文章的主人公是中国科学院数学研究所的陈景润，他数十年如一日，在一个不到 6 平方米的小房间中刻苦推演，终于通过“1+2”的方式，推进了对哥德巴赫猜想的证明。诗人通过对科学家的细致观察，运用冷静的表述和诗的抒情，把多年来被遮蔽的科学工作者凸显出来。文章的发表立刻获得了整个社会的关注，包括《人民日报》《光明日报》在内的一些重要报纸全文转载，这促使科学和科学家前所未有地进入文化视野的核心位置。紧接着，1978 年 3 月，全国科学大会在北京举行，超过 6000 人参加。邓小平在会上提出“四个现代化，关键是科学技术的现代化”，“科学技术是第一生产力”。叶剑英发表了诗作《攻关》。时任中国科学院院长的郭沫若在此次会议闭幕式上发表了题为《科学的春天》的讲话，以诗人气质唱响了新一轮向科学技术进军的赞歌：“科学是讲究实际的。……同时，科学也需要创造，有幻想才能打破传统的束缚，才能发展科学。”一时间，科学、科学家、想象、创造、未来等词汇风靡各报刊，全民学习科学、推动科学发展的风气得以建立。在这样的状态下，科幻文学这一兼备科学、想象、未来、创意和创造的文学类型大力度地重新返回社会文化领域，便成了可能且必然的事情。

2 科学普及与儿童文学的复苏

新中国的科幻文学事业是由科普创作和儿童文学所共同孕育的。与社会大环境的复苏相适应，这两个领域也逐渐重新走上正轨。

在科普创作方面，全国科普创作座谈会在上海浦江饭店召开期间，于1978年6月5日召开了中国科学技术普及创作协会筹委会第一次会议。会议由全国科协书记处书记王文达主持，董纯才和顾均正、叶永烈等16名科普和科幻作家列席。在此次会议之后，全国各地先后召开了科普创作座谈会，辽宁、河南、上海等地均成立了科学技术普及创作协会筹备委员会，其中上海市科普创作协会（2004年更名为“上海市科普作家协会”）在当年11月28日即宣布成立。1979年8月14日，中国科学技术普及创作协会（1990年更名为“中国科普作家协会”）第一次全国代表大会召开，胡耀邦、邓颖超等党和国家领导人参与会议。在会上，协会宣布成立，董纯才当选为理事长，茅以升、高士其任名誉会长，王文达、方宗熙、叶至善、顾均正、贾祖璋、温济泽任副理事长，王麦林任秘书长。同年，在科普作协下设的“科学文艺委员会”（先后使用过“科学文艺创作研究委员会”“科学文艺专业委员会”等名称）成立，至此“中国科幻小说家终于有了一个自己的组织”。以中国科协为代表的官方机构实现了对科幻作家、科技专业出版社的全方位管理和指导。在一个相当长的时间段内，中国科普创作协会及其下属科学文艺委员会是吸纳中国科幻作家的主要组织，特别是在1979年至1991年之间，由其开展的活动具有导向意义。

在儿童文学方面，1978年10月，由国家出版局、教育部、文化部、共青团中央、全国妇联、全国文联、全国作协、全国科协联合在江西庐山召开全国少年儿童读物出版工作座谈会，分析了过去“左”倾思潮干扰的严重后果，积极整顿，改变落后状况。会议还讨论了儿童文学的特点，认为应该有知识性，应该提倡题材、体裁多样化，坚持“双百”方针。一些以科幻题材为主要创作方向的作家参加了会议，会议也对繁荣科幻创作展现了巨大热情。

科普和儿童文学的全面恢复，使得处在两者交接点上的科学文艺也繁荣发展起来。科学文艺原是来自苏联科普作家伊林的概念，主要被阐释为“用科学全副武装起来的文学”，也有人认为，这其实是一种以故事的方式讲述科学的作品。这一概念在进入中国之后，其内涵便获得了拓展。人们逐渐开始用它来指代一切使用丰富的文学话语谈论科学的作品。如前文提及的报告文学《哥德巴赫猜想》，便被视为科学文艺的典型代表。在更宽泛的意义上，科学文艺一般被视为包括科学小品、科幻小说、科学故事、科学童话、科学诗歌、科学散文、科学寓言等的庞大门类。

在“文革”结束之后的文化复苏浪潮中，科学童话和科学小品是科学文艺中恢复最快的门类，科幻小说“新入者”后来居上。从少年儿童出版社 1976 年创刊的《少年科学》杂志和少年报社的《少年报》开始，科幻小说逐渐风行。随后，一些出版社也启动了与科幻相关的出版项目。仅科学普及出版社与江苏少年儿童出版社、福建人民出版社、江苏人民出版社等合作出版的“儿童科学文艺丛书”，便连续以同样的装帧设计出版了一百多种读物，其中有许多是科幻小说。海洋出版社、地质出版社、江苏科学技术出版社等更是直接出版了科幻系列。

科普的复兴、儿童文学的发展给科幻创造了极大的机会和空间，但科幻文学是否仅仅会停留在这两个空间？这是时代给当时的作家和理论工作者提出的重要问题。

第二节　基本面貌

1　概况

（1）阵地创建，出版活跃

随着国内图书行业的全面恢复，科幻图书出版和发行呈现出前所未有的繁荣。一大批出版社尝试以期刊、报纸等多种方式，打造科幻出版平台。

期刊在这个时期的科幻繁荣中起着十分积极且重要的作用。首先是部分科普期刊开始发表科幻作品。如《少年科学》几乎每一期都发表科幻小说，其他定期或不定期刊登科幻作品的期刊还有《科学画报》《我们爱科学》《科学时代》《科学 24 小时》《青年科学》等。其次，科学文艺专业期刊开始出现，这就为科幻的集中发表提供了阵地。其中最重要的杂志包括《科学文艺》（1979 年创刊，后更名为《奇谈》，1991 年更名为《科幻世界》，仍在刊行中）、《科幻海洋》（1981—1983，共 6 期）、《智慧树》（1981—1986，共 33 期）、《科幻世界》（1982，共 3 期）、《科学文艺译丛》（1982，共 4 期）等。最后，在这一时期还有如《人民文学》《北京文学》《上海文学》《四川文学》《新港》《山花》《钟山》等具有广泛社会影响的纯文学刊物和《儿童文学》《少年文艺》《巨人》《儿童时代》《中学生阅读》等少儿刊物也会零星发表相关作品。

报纸同样给科幻作品的发表留出了足够空间。报纸因编辑和出版快速而灵活，能够对社会热点进行迅速反应，且开设许多综合性版面和各类副刊，因而往往成为集中登载、讨论科幻作品和科幻理念的平台。在科幻热兴起的 1980 年前后，包括《光明日报》《解放军报》《中国青年报》《工人日报》和一些省级报纸如《文汇报》、各类科技报如《北京科技报》等都会发表科幻小说。由哈尔滨《科学周报》编辑部编辑的《科幻小说报》（1981 年 7 月以《科学周报》副刊增刊形式开始试刊，至同年 12 月底共出版 9 期，后停刊）则在一定意义上是这个领域中出现的专门报纸。

在图书方面，上海的少年儿童出版社首创了邀请作家到出版社所在地进行专项写作的特殊约稿模式，童恩正的《古峡迷雾》（1978）长篇新版、萧建亨的《密林虎踪》（1979）、刘兴诗的《海眼》（1979）的长篇新版等正是在这样的情况下迅速出版。少年儿童出版社不但重视老作家，也重视从有潜力的非作家那里发掘作品。叶永烈在“文革”前本来是科普读物的作者，但被编辑沙孝惠看中，应他约请撰写了《小灵通漫游未来》并获得成功。其他出版社也出版了一系列作品，如中国少年儿童出版社出版了原本写作科普读物的郭治的《小乒乓变了》（1979）和科幻作家尤异的《神秘的信号》（1980），上海人民出版社出版了尤异的《未来畅想曲》（1979），春风文艺出版社出版了张笑天的《回来吧，罗兰》（1979），花山文艺出版社出版了孟伟哉的《访问失踪者》（1983）等。在前文提及的“儿童科学文艺丛书”的百余种图书中，科幻小说也是重要组成部分，其中包括如嵇鸿等的《海底恐龙》（1978）、萧建亨的《梦》（1979）、郑文光的《海姑娘》（1979）等。海洋出版社更多聚焦成人科幻文学的编辑和出版。他们邀请《科学画报》主编饶忠华主编了《科学神话：1976—1979 科学幻想作品集》（1979，与林耀琛共同主编）、《科学神话（二）：1979—1980 科学幻想作品集》（1980）、《科学神话（三）：中国科幻小说年鉴》（1983）和《中国科幻小说大全（上、中、下）》（1982），对中国过往科幻小说和年度最佳作品进行筛选整理，并且出版了作家们的新著合集《冰下的梦》（1980）。人民文学出版社出版了叶永烈的《世界最高峰上的奇迹》（1979）、郑文光的《飞向人马座》（1979）、童恩正的《雪山魔笛》（1980）、程嘉梓的《古星图之谜》（1985）等个人作品和《五万年以前的客人》

（1978）这样的多人作品集。地质出版社出版了金涛的作品集《月光岛》（1981）和多人合集《方寸乾坤：科学幻想小说集》（1982）等。与此同时，海外科幻小说的译介也充分发展，科幻作品的形态趋于多元。

整体来看，这一时期介入科幻出版的机构遍布全国各地，广东、江苏、四川、湖南、黑龙江等各地的科学技术出版社和人民出版社，以及全国性专业科技出版单位，均译介出版了不少作品。其中科技类的专业出版社，如海洋出版社和地质出版社等，在考虑如何形成自身特色的科普风格时，选择将科幻当成主打品牌之一，因而很快成为科幻出版的中坚力量。位于北京、上海等地的老牌少儿出版社因为长期以来介入科幻创作，积累了丰富的作者资源，出版了许多作品。新成立的天津新蕾出版社，也将科幻作为一个重要的出版方向。人民文学出版社的少儿部门出版了不少优秀作品合集或新作单行本。在所有这些出版社中，最强势介入科幻的主要是海洋出版社、新蕾出版社、江苏科学技术出版社、广东人民出版社、少年儿童出版社和科学普及出版社。这些出版社不但以丛书、书系、期刊形式出版原创或重新整理的本土科幻作品，还介入国外作品的翻译出版；它们不但成为科幻出版的核心，还无形中起到汇聚、培养科幻作家与翻译的功能。

总结起来，粉碎“四人帮”之后科幻创作就开始逐渐恢复，改革开放则使得科幻作品空前繁荣，老作家返回岗位，新作家脱颖而出。由于“文革”造成的严重书荒，加上“四个现代化”建设的呼唤，新时期早期科幻小说的销量多数非常大，例如《科学文艺》首期发行便有 15 万册，1980 年的最高发行量则达到 20 万册，《科幻海洋》发行量也超过 40 万册。

（2）作品丰富，作家多元

从 1976 年到 1983 年出版的科幻小说图书有 120 余种，在报刊上发表的科幻作品接近 1000 篇，作家队伍则扩展到了 200 余人。在这一时期的原创作品中，叶永烈的《小灵通漫游未来》（少年儿童出版社，1978 年 8 月）和童恩正的《珊瑚岛上的死光》（《人民文学》，1978 年第 8 期）最具有“破圈”的社会影响力。

《小灵通漫游未来》采用少儿科幻的手法，集中地将深入每个人生活的未来科技奇观全景式地进行展现。该作累计销售超过 300 万册，先后被改编成连环画、电影剧本等形式，成为国内科幻畅销文学的始祖，且最终化为一种时代的共同记忆。作为畅销文学的科幻小说，最迅捷的反应是占领了报纸阵地，《人民日报》《解放军报》《光明日报》《工人日报》《中国青年报》《文汇报》等报刊上均有对这部作品的评论。也恰恰是由于《小灵通漫游未来》的畅销，产生了对畅销科幻是否能算是优秀作品的争论。童恩正小说《珊瑚岛上的死光》发表于《人民文学》。作品描写海外华人科学家扎根科研，厌恶资本主义金钱万能的观念，对伟大的祖国怀有赤子之心。该作于次年获得第一届全国短篇小说奖，这标志着科幻小说在当时主流文坛上登堂入室，进入纯文学的“密室”当中。在《人民文学》的示范之下，《四川文学》《北京文学》《上海文学》《新港》《当代》《小说界》《钟山》《花城》等纯文学刊物也都尝试刊发科幻小说。但有关科幻小说是否应该属于文学的争论也由此产生。上述两个作品和相关的争论，在很大程度深化了人们对科幻的思考，同时也把科幻置于更广泛的社会与文学聚光灯之下。

随着科幻文学在社会生活中的凸显，科幻作家也成为大家关注的对象。叶永烈和《小灵通漫游未来》等作品的名字屡屡被各种人提起，邀请作家针对科幻相关的问题发表看法也变成了常态。其中，以叶永烈、郑文光、童恩正、萧建亨、刘兴诗、王晓达等发表的创作谈最多。他们的文章往往通过某种文类自觉，探测到科幻理念和创作方法的核心问题。

新时期的科幻作家中，多数人受过大学教育，仅在科研院所或高校工作的就包括郑文光、童恩正、刘兴诗、王晓达、步实、应其（郝应其）、施鹤群等，另外一个很大群体来自新闻出版和影视行业，包括叶永烈、金涛、王亚法、戴山、王金海等。由于前者的背景跟科技、教育、社会文化有紧密联系，他们的创作从小世界跳入大世界，发表对科幻看法时有较强逻辑自洽性。后者则由于长期处在跟观众或读者接触的岗位，创作更有对象感，能够较为准确地把握不同结构读者的需求。科幻作家中的第三类是儿童文学作家和中小学教师，其中包括鲁克、嵇鸿、郭治、苏曼华等。由于这类作者对孩子的生活比较熟悉，作品写得很有童趣，深受孩子们欢迎。科幻作家中的第四类是专业作家，代表人物是萧建亨。萧建亨毕业于南京工业学院无线电系，曾经在北京某无线电工厂工作，“文革”之后到苏州市文联从事专业创作。此外，还有一批对写作科幻情有独钟的学生，包括缪士、吴岩等。缪士是大学在校学生，吴岩还在中学读书。他们的作品往往闪现出一些有深意的未来之光，但在成熟度上还需要磨炼。

科幻作家的上述分类只是一个非常粗浅的划分，且由于拨乱反正和改革开放带来的社会变动，一些作家的职业也发生重大变化。我们很容易发现，在这个时期，中国科幻作家的身份特征和学科背景逐渐走向多元化。这一过程与创作理念的多元化相互影响。因此，当时的中国科幻文化兼有事业性的政府组织和非政府的亚文化两种形态。

（3）译介升温，尝试海外交流

即便在“文革”期间，国内对外国科幻小说的译介也并未停止。日本作家小松左京的《日本沉没》（李德纯译）就是1975年在人民文学出版社内部出版的。“文革”之后，这种内部出版仍然延续，如奥威尔的《1984》于1979年被翻译，刊于当年的《国外作品选译》第4—6期。但面向大众阅读市场的译介作品，是在新时期开始后逐渐勃兴的。经历了晚清时期对凡尔纳的推崇、民国时期对威尔斯的热衷以及新中国成立之初的17年间对苏联科幻小说的偏爱，这一时期的科幻翻译可谓某种查缺补漏的工作，大量找回被忽视了多年的西方和日本作品。在所有翻译作品中，王逢振和金涛合编的外国短篇科幻小说集《魔鬼三角与UFO：西方著名科学幻想小说选》（海洋出版社，1980）选文典型、视野宽广，兼顾世界各国、各个阶段的科幻流派，是新中国第一本全面介绍西方科幻小说从黄金时代到20世纪70年代发展的作品选，书中所选作品涵盖阿西莫夫、克拉克、布拉德伯里、谢克里、奥尔蒂斯等。该书特别注重各种流派的纳入，因此在一定程度上更新了国内读者对国外科幻文学的认知。属于这种多国科幻作品的选本还包括施咸荣主编、上海文艺出版社出版的《外国现代科学幻想小说（两卷本）》（1982），陈珏翻译、宝文堂书店出版的《当代美国科幻小说选》（1988）等。

在英美科幻小说方面，江苏科学技术出版社发行了《威尔斯科学幻想小说选（两卷本）》（1980），选择了作家的六部重要作品跟读者见面，还出版了王逢振编的美国科幻小说选《死亡曲》（1982）和陈渊、何建义翻译的《弗兰肯斯坦》（1982）。广东科学技术出版社推出了迈克尔·克赖顿的《死城》（1980），并启动了“科学小说译丛”计划，出版了克拉克的《2001年……》（1981）等多部长篇作品。湖南科学技术出版社出版了克拉克的《2001年宇宙历险记》（1981）。科学普及出版社出版了阿西莫夫的《我，机器人》（1981）和克拉克的《天堂的喷泉》（1984）。贵州人民出版社出版了西马克的《奇怪的驿站》（1981）。福建人民出版社出版了布拉德伯里的《午夜以后》（1981）。黑龙江人民出版社出版了《空中岛与魔村》（1981）和《C字滑行道》（1981）。新华出版社出版了《星际旅行》（1980）。科学技术文献出版社重庆分社出版了国外科幻小说选《女总督谢蒂塔》（1980）。安徽科学技术出版社出版了《古树楼里的情人》（1981）。明天出版社出版了克拉克的《海豚岛》（1987）。

在苏联科幻小说方面，海洋出版社出版了孟庆枢和金涛主编的《在我消逝掉的世界里：苏联著名科学幻想小说选》（1980），该书全面反映了苏联科幻的发展。地质出版社的“探险和科幻小说丛书”翻译、重译出版了苏联作家别利亚耶夫（又译别里亚耶夫）的《水陆两栖人》（1981）、《找到面目的人》（1981）、《沉船岛》（1982）等。科学普及出版社重印了《陶威尔教授的头颅》（1981）。江苏科学技术出版社出版了《亚·别里亚耶夫科幻小说选》（1982），四卷几乎涵盖作家的所有重要作品。该社还出版了卡赞采夫的三部曲《太空神曲》（1980）、《熊熊燃烧的岛》（1983）和《希望之城》（1984）。辽宁科学技术出版社出版了叶弗列莫夫的《仙女座星云》（1985）。新华出版社出版了德涅普罗夫的《青春永驻的秘密》（1980）和《泥神》（1982）。原子能出版社出版了《岸边告别》（1983）。

改革开放前后，日本科幻引发国人关注。小松左京的删节版《日本沉没》（1975）和堺屋太一的《油断》（1976）是内部出版发行的两部作品。粉碎“四人帮”以后，日本科幻得到更多关注。其中最重要的作家就是星新一和小松左京。星新一作品短小精悍，为国人所未见，因此引发了出版热潮，计有江苏科学技术出版社《保您满意》（1982）、春风文艺出版社《1 分钟小说选》（1983）和《1 分钟小说选（续集）》（1985）、湖南人民出版社《星新一微型小说选》（1984）和《不速之客》（1985）、北岳文艺出版社《波子小姐》（1985）等。吉林人民出版社于 1986 年出版了《日本沉没》内部印行版的增订公开版。除此之外，天津人民美术出版社出版了石森章太郎的《雨宫明历险记》（1980），海洋出版社出版了眉村卓的《太空少年》（1982），辽宁少年儿童出版社出版了“当代日本少年文学丛书”中王敏主编的《科学幻想小说选》（1990）等。

在科幻理论方面，黄伊搜集国内外相关创作谈和理论文章，主编了《论科学幻想小说》（科学普及出版社，1981）和《作家论科学文艺（共两辑）》（江苏科学技术出版社，1980）。

在这一时期的译介活动当中，陈渊、王逢振、吴定伯、郭建中、孟庆枢、施咸荣、刘板盛、李德恩、傅惟慈、董乐山、陈珏等都做出了重要贡献。国外科幻作品的译介对国内的科幻作家们也产生了极大的影响，科幻创作从题材、手法到目标、理念都在敞开视野之后受到了全方位的冲击。

对国外科幻作家作品、创作理念的推介，不仅仅拓宽了国内作者的写作题材，而且激发了本土科幻作家、爱好者深入探索世界科幻历史、研究相关理论问题的激情。中国科幻正是在这种主动的学习交流当中，逐渐树立起了本土科幻创作的理论基础。在北京长期从事西方文学研究的中国社会科学院外国文学研究所王逢振在《光明日报》发表《西方科学小说浅谈》（1979）一文，从理论和实践两方面概述了西方科幻发展的历程，并指出其中的优秀作品是“新形式的严肃小说”。

在这一时期，中国与海外科幻界开始了双向交流。国内在广泛引进小说、电影、电视剧等多种形式的科幻作品的同时，也与日本、美国、英国、德国等国家建立起了多个层面的联系。1982 年，美国匹兹堡大学文学院教授菲利普・史密斯在上海外国语学院访问并开设英语科幻课程，该课程的中方教师吴定柏此后即在中西科幻译介、交流当中扮演了重要的角色。杭州的郭建中不但参加了多个中国作品向国外翻译的计划，在杭州大学建立了科幻小说研究中心，还在 20 世纪 90 年代将美国作家冈恩的《科幻之路》译介到中国，为国内读者提供了极为难得的科幻史框架。

改革开放时代的中国科幻在海外也引起了关注。叶永烈是这一时期向海外介绍中国科幻的重要代表，他撰写的介绍文章被翻译成英语、日语、德语等多种文字。其他作家如郑文光等，也多次接受了海外媒体的采访。海德堡大学鲁道夫・瓦格纳、哈佛大学王德威等知名学者，也从这一时期开始关注、研究中国科幻创作。

中日之间的科幻交流颇为频繁。1980 年，中国科学幻想小说研究会成立，创始人和首任会长是日本著名翻译家深见弹，早期会员包括翻译家岩上治（笔名“林久之”）和科幻研究者武田雅哉、野口真己，后期还有立原透耶、上原香等。在国内，以孟庆枢、陈真等为代表的中国翻译家，当时即引入了包括星新一作品在内的一批重要科幻作品。叶永烈与日本科幻作家、学者的交往最为密切，他不但帮助编订选集、搜集著作、查找资料，而且在与日本作者的通信中逐渐完善了自己在“惊险科幻小说”、科幻创作理论等多个方向上的思考。

中国科幻界与欧美之间的交流，以几次作家来访最为重要。1979 年 11 月，布莱恩・奥尔迪斯作为英国文化名人访华团的一员首次造访北京，受到时任副总理邓小平的接见，写作了游记《飞向“长城”星球》。“长城星球”由此成为英语世界里中国科幻的一个标识。在奥尔迪斯的提议下，世界科幻小说协会（World Science Fiction，简称 WSF）经由会员匹兹堡大学菲利普・史密斯教授介绍，协会美国秘书、哈珀学院伊丽莎白・安・赫尔博士授权，吸纳叶永烈、郑文光、童恩正、萧建亨、刘兴诗入会。该协会的其他中国会员还包括王逢振、吴定柏等，吴岩曾获得推荐，因故未能加入。20 世纪 80 年代末，杨潇、谭楷等一批四川科幻编辑、作者集体加入了世界科幻小说协会，其中杨潇于 1989 年受邀赴圣马力诺参加第 45 届年会，并在各国科幻作家的支持和帮助下于 1991 年 5 月在成都召开了第 47 届年会。

在这一时期，一批中国科幻作品被译介到海外。1984 年 11 月，在德国出版了第一本海外编选的《中国科幻小说选》。后续在美国、日本等地也出版了选集，世界科幻界因此开始关注和了解中国科幻的发展路径与重要作品。

（4）思想解放，创作理论变革

在这一时期，中国科幻领域的思想解放和创作理论变革主要表现在两个方面：第一是科幻的发展对整个中国文化的影响，第二是科幻文学自身的改变与创新。

在一定意义上讲，科幻创作的复苏，科幻作家的大胆探索，是思想界、文艺界整体进行思想解放和革新的先声。在思想性方面，科幻作者在新时期阶段性地超越了科幻小说以科普为核心的功利主义，试图从文学本质出发，回到以人的命运、人的存在为核心的文学观念。作品中的人一旦不是科学知识的中介，立刻就被赋予了历史使命：他们必须去回答比科学传播更重要的命题，必须对诸多社会现象进行全方位的反映。一些作品甚至参与到拨乱反正的政治运动之中。如有位作者借助时间机器，探索检验真理的标准在不同时期的变化，给中央正在进行的历史性的思想解放增添了文学艺术和历史的支撑。此外，受到当时伤痕文学、反思文学等文艺思潮的影响，科幻作家主动承担起超越科学普及的全新任务。他们要超越时代，去创造性地回顾，去科学地、切合时代要求地展望未来。在这方面，郑文光的《星星营》《地球的镜像》《命运夜总会》、叶永烈的《巴金的梦》、萧建亨的《乔二患病记》、金涛的《月光岛》、魏雅华的《温柔之乡的梦》《神奇的瞳孔》、吴岩的《八号无菌室》《飞向虚无》等，从文化历史和心理角度反思了过往，又从社会变革、启蒙、生态危机等方面探索了未来。

在科幻文类的自身变化方面，童恩正提出的科幻要以传播“科学的人生观”代替传播“科学知识”的思想，质疑了人们反复称赞的《月界旅行辩言》中旨在科学普及的科幻观，为科幻小说走入文学深处做好了准备。郑文光、金涛、魏雅华等开创了“科幻现实主义”。在这一时期，中国科幻作家逐渐表现出了明确的文类意识，不但要求摆脱过分功利性的定位，而且做出了深刻的理论探索。这些本土化的科幻理论，经历了从学习、介绍到自我探索与实践的快速演变的发展过程。从科幻作家彼此之间、与其他论者之间的笔谈、争鸣开始，叶永烈《论科学文艺》（科学普及出版社，1980）、黄伊主编《作家论科学文艺（共两辑）》《论科学幻想小说》等专著、文集出版，中国科幻理论在争辩与回顾中逐渐成形。

在中国科幻史方面，这一时期的探索得益于叶永烈与海外学者如武田雅哉等人的交往和努力。在 1981 年前后，他们通过发掘史料，将中国科幻小说的起点推进到 1904 年，发现了荒江钓叟在《绣像小说》上连载的《月球殖民地小说》、东海觉我（徐念慈）的《新法螺先生谭》。其中叶永烈《中国科幻小说发展史》一文的中文版因故未能刊发，但其日文、德文、英文版本曾在国外报刊上发表。

科幻创作理论的革新并不是一帆风顺的。一些社会力量对这种变化持有怀疑态度，甚至开始反对。有关科幻文学的讨论遂逐渐展开。此前，科幻小说从属于科学文艺，被视为以文艺手法普及科学的一个种类。此时，围绕科学文艺的本体特征，展开了一系列尖锐交锋。一批科学家、作家、科普学者、编辑发表了科幻必须以普及科学为宗旨的文章，其中以甄朔南、鲁兵、郭正谊、赵之等人的批评最具代表性。随着讨论的展开，质疑的对象从单一小说逐渐演变为整个科幻文类，社会影响逐渐加大。为了应对批评，科幻作家强化反思，认为科普只能是科幻文学的一个侧面、一种功能，科幻文学的核心价值更应该是感动人、激发人对生活和宇宙的全新理解。由于这些探讨涉及科幻文类的合法性、本体特征、大众和市场属性等多个重大命题，当时几乎所有的科幻创作者都被动或主动地卷入讨论，中国科幻思想迅速完成了一轮提升。

以上述争论为起点，在坚持以往的“科幻是普及科学知识的工具”之外出现了一些各具特色的创作理念。这些理念包括“引起读者们对科学的关心，兴趣和爱好”（萧建亨）、“表达科学的人生观”（童恩正）、践行“科幻现实主义”（郑文光）、创造“惊险科幻”和“走向通俗文艺”（叶永烈）以及“现实科学研究的继续”（刘兴诗）等。

这些提法的出现往往伴随着作者的陈述和创作，也可能伴随来自不同渠道的批评。在这些争论当中还诞生了“蝙蝠论”“两种构思”“硬科幻和软科幻”“社会性的科幻小说”等具有本土特征、影响至今的理论观点。

必须强调的是，中国科幻理论的争论是围绕创作探索展开的，作家越是参与到这种争论，就越是会从创作方面展现自己的观点，而这反过来引发了更强的理论批评。例如，为了强调科幻作品并非为科普而创作，童恩正有意在《珊瑚岛上的死光》中略去了关于激光技术的原理描写；叶永烈则参照侦探小说模式，结合国内公安探查案件的实际，大量创作关于用科学小道具破案的侦探故事；金涛、魏雅华、郑文光等则强调科幻作品要把科技放置在更广大的背景下进行观察和书写，通过凸显社会现实的当下状况和未来发展，“科学”逐渐被视为现实的一个组成部分；吴岩采用当时国内罕见的反乌托邦和末世话语，在生态灾难的宏观尺度上呈现科学。

科幻作家的这些尝试，意在全面探索文类的可能性。为了这个目标，必须打开狭隘科学话语和科学观念的遮挡，让文学全面介入，敏锐地体察现实生活。他们一方面开始书写科技产品的使用者、受害者，以及市场环境下的科技研发、生产、消费过程，另一方面尝试将科学概念和技术产品视为某种直指现实本身的隐喻概念，认为科幻小说是真正能够去书写现代科技影响之下社会现实的特殊文学类别。从文化脉络上看，这些宏大的任务实际上以革新的方式，承接和呼应了晚清以降中国知识分子对科学甚至科幻小说的功能性定位，进而为思想解放和改革开放提供了全新的立论方式和思维路径，因此既收获了认同，也招致了反对。

值得注意的是，这一时期除了广泛引发关注的围绕科幻中科学的地位和存在方式等展开的强烈争论之外，关于“幻想”的地位和存在方式的争论同样重要。在当时的社会文化语境中，“幻想”同样遭遇到许多非议。例如叶永烈的《石油蛋白》在发表之时，《少年科学》编辑部就决定在“科学幻想小说”中删去“幻想”一词，以“科学小说”的名义发表。此后，随着郭沫若在《科学的春天》中将科学家与“幻想”彼此密切联系，国内社会进一步开放，科幻小说的名称逐渐得到人们的接受。但在各种评论中，依旧常见幻想会把人的思想拉得太远、脱离生活的论调，甚至将它与“逃避主义”相互联系。科幻作家们一方面虽然坚持科幻作品的类型特征就必然要求充满幻想，但另一方面也不得不为此妥协。例如，郑文光开始倡导“科幻现实主义”，并在作品中减弱了想象场景建构，更多谈论现实。这一点被评论家鲍昌认为是“将现实和未来放在一起考虑”。叶永烈也在《魔盒》和《五更寒梦》等作品中几乎消解了科幻文类的陌生化特征。其他作者如萧建亨的作品本就具备浓厚的现生活意味，魏雅华、金涛等则试图把现代社会的当下问题投射到未来，其指向仍旧在当下。对科幻小说进行“反幻”或“脱幻”的目标有两个，第一是满足作家进入“主流”，特别是进入“现实主义”的渴望；第二是摆脱类似“想入非非”“逃避主义”等批判的干扰。尽管这些尝试的结果偶有可圈可点之处，部分作品确实受到了一定关注，但它们在科幻读者中的反应却呈现出明显的两极分化：赞扬者认为这是中国科幻走向成熟的标志；而反对者认为它们丢失了文类的特长。去掉幻想、走向现实的另一个现象是引发了对政治倾向性的质疑，上纲上线的评论开始出现。

但无论怎样，粉碎“四人帮”和改革开放初期，在拨乱反正和强烈的变革热情的驱使下，中国科幻作家做出的理论和实践成果都应该被认真记录和整理。思想解放的年代带去的是创新的多元和思考的多元，这恰恰展现了时代的特征。此时，担任中国科协主席的钱学森就在一次对文学界的讲话中提出，要去书写处于日常生活之外的由现代科学技术所揭示的“十几二十个世界”，因为它们能够“把我们引向远处，引向高处，引向深处，使我们中华民族的精神境界有所发扬提高”。钱学森的这一想法与晚清以降中国知识分子将科技与人类精神世界彼此勾连的态度如出一辙。但遗憾的是，在另一些地方他又未经调研就轻易否定科幻作品。这些复杂多样的言论所依赖的语境、观点的含义以及造成的影响有待收集整理，在时间中沉淀。

新时期中国科幻的曲折发展，对20世纪中国科幻史的演进至关重要。改革开放以后，中国科幻的繁荣、创新和争论，使得人们对于诸多理论问题进行了深入的思考。作品的丰富，对旧模式的挖掘、继承与完善，以及对新路径的多维探索，都具有继往开来的作用。至此，诞生于西方的科幻小说在中国发展起属于自己的传统，中国科幻初步找到了自己的独特表达形式。许多当今仍在活跃的科幻理论思想和核心问题，如科幻现实主义、科幻未来主义、中国新科幻等，都可以在这个时段找到最初的萌芽。

2 过程分期

改革开放初期，中国科幻的发展演变极为快速，又跟各种社会思潮、国家的政治与文化发展紧密相关，因此虽然较受关注但也容易产生误解。我们经过认真梳理，将这个时段的中国科幻小说发展历程分成如下几个时期，以期详细展现前后变化的过程，为后人的研究提供参考。

（1）肇始期

1976年初，少年儿童出版社的《少年科学》杂志在上海创刊。创刊号即发表了叶永烈的《石油蛋白》。《石油蛋白》原名《奇异的蛋糕》，故事非常简单，主要介绍小记者采访滨海市石化企业石油脱蜡的工艺创新。据责任编辑王亚法回忆："在1976年初那个'黑云压城城欲摧'的日子里，要发表一篇科学幻想小说是颇为不易的。当时编辑部收到叶永烈同志的科学幻想小说《石油蛋白》一文后，的确为难了一阵，特别是'幻想'一词大家都不敢把它标上。好在迂回曲折、避实就虚是当时文场中有头脑的知识分子的防身法。于是乎大家一思量，就把'幻想’二字用红笔勾去。”这篇作品即便没有采用科幻小说的标识，但在那样的年代采用故事体谈论科学，而且多少带有科学幻想成分，因此在读者中引发了极大反响。为此，《少年科学》杂志决定设立一个专栏专门发表这类作品。次年，《世界最高峰上的奇迹》(《少年科学》，1979 年第 2、3 期）发表。该文用丰富曲折的故事讲述了古生物学家与其他行业的从业者一起完成了复活恐龙的伟业。小说分两期连载，造成巨大轰动。随后萧建亨的《密林虎踪》（《少年科学》，1979 年第 4、5 期）仍然采用连载方式发表。考虑到此时的文化环境已经允许想象力拥有更大的发挥空间，《少年科学》杂志在这一年把这个故事栏目定名为“科学幻想小说”。这一尝试获得了很大的成功，不但吸引少年阅读，而且也赢得了不少成人读者。

在《少年科学》率先刊登科幻作品的同时，上海《红小兵报》《儿童时代》等报刊也开始发表科幻小说，其中较知名的如王亚法的《强巴的眼睛》（《红小兵报》，1977 年第 3 期）。随后，粉碎“四人帮”后逐渐开始恢复或新办的科普类报刊也开始发表科幻小说。全国科学大会以后，发表科幻作品变成了各类报刊的常态，小说专辑也得以出版。

（2）复苏期

与共和国建立之初少年儿童出版社就及时组织科幻创作力量一样，改革开放之后，依旧是这一出版机构首先对科幻的价值表现出了重视。他们很早就约请老作家萧建亨到上海进行短期写作。据萧建亨回忆，在这段时间里他还协助出版社联系上了童恩正、刘兴诗等作家，并邀请他们一起奔赴上海。聚集在一起的短暂时间让这些作家相互熟悉，建立了友谊，也奠定了此后相当长时间内科幻作家们依托出版机构进行创作和交往活动，进而共同推进科幻事业发展的基本模式。很快，这批“归来者”就创作出大量优质的作品，成为这一时期的主力作者。

“四人帮”的粉碎和改革开放的逐渐推进，让“归来者”心中充满创作的渴望，而他们对科幻的思考又被融入了沉淀下来的时代记忆。独特的情绪、情感和政府重视科技、重新开始信赖知识分子的做法，让他们的创作像火山一样爆发出来。恰恰是由于在创作探索上走得最远，他们在理论思考上也最为超前。

这里所说的“归来者”，包括萧建亨、刘兴诗、童恩正、刘后一、郑文光、嵇鸿和鲁克等。“归来者”们在个人经历和创作方面具备许多共通之处。他们经验丰富，已经跟读者建立过很好的科幻交往，大多数有着与科学研究实践或者教育活动密切相关的生活体验。“归来”之后的第一批作品，往往与“文革”前的创作存在密切的联系，有的甚至是此前作品的修改或扩充版本。他们在“文革”前后创作或发表的作品呈现出极为重要而深刻的时代印记，值得我们更深入地比较研究。

“归来者”在自己重回创作的同时，还会带动合作者形成创作组合。例如，在 20 世纪 50 到 60 年代曾经翻译过凡尔纳科幻作品的俄文翻译家王汶跟自己的儿子迟方合作，撰写科幻小说。后来，迟方出版了一系列深受孩子喜爱的作品。嵇鸿“归来”之后的创作，多数是跟自己的女儿嵇伟（缪士）合作进行撰写的。这也让嵇伟成为这一时期重要的女性科幻作家。

“归来者”中甚至还可以包括那些早在“文革”前已经开始科幻创作但并未正式发表的作者，叶永烈就是此类作者中的典型。据叶永烈回忆，他的科幻创作始于 1961 年，他当时就已经写成了《小灵通漫游未来》的初稿《小灵通的奇遇》。

在“归来者”复苏的同时，一群“新入者”也发现了科幻这种文体的存在。这些人如饥似渴地从这种过去很少见到的文体中找到了自己的创新空间。这些“新入者”包括宋宜昌、王晓达、金涛、郑渊洁、王亚法、尤异、王金海、王川、章以武、未燎、应其（郝应其）、田文仲、王念赤、郭治、绿杨、吴岩等。大量新作家的进入，给新时期科幻小说注入了活力，让作品的形式更加丰富，也建构了大量出版的创意基础。

1979年夏中国科普作家协会成立科学文艺委员会，文学理论工作者郑公盾担任了这个委员会的主任委员。第一届副主任委员由叶永烈、萧建亨、童恩正、郑文光担任。这些人基本都是科幻作家或跟科幻创作具有关联性的人。成立之后的见面会，杜渐、王逢振、王晓达、叶冰如、李夫珍、盛祖宏、金涛等均有出席。1980年7月23日至30日，中国科普作家协会科学文艺暨少儿科普研究年会在哈尔滨友谊宫盛大召开，刚刚创刊的《科学文艺》和即将创刊的《智慧树》也派代表出席会议。叶至善、郑文光、萧建亨、郭以实、赵世洲、郑延慧、余俊雄、石工（陶世龙）等许多科普科幻作家到会。会上，哈尔滨《科学周报》的负责人宣布，他们将主编一份专业的科幻报纸《科幻小说报》。哈尔滨会议是改革开放之后中国科幻发展到达鼎盛时期的一个重要会议。会议除了讨论科幻创作的多种内容与形式之外，还重点讨论了发表阵地的建立等许多问题。老作家的归来和积极活动，对新作家产生了重大影响。

科幻作家组织的出现，改变了中国科幻创作"散兵游勇"的局面；各级政府层面的出版规划，以及较大范围发表科幻作品的专业期刊的出现，为创作的更大繁荣奠定了基础。与此同时，考虑到当前科普和科幻事业发展的热火朝天局面，各地都有大量的热心者想要投入写作，为此，科幻作家们不得不在大力创作的同时，协助组织创作力量，在新成立的各个省市科普作家协会、发表科幻作品的出版社组织的笔会、座谈会、培训活动中进行演讲。这些讲座后来被编辑成几本选集，其中较有代表性的包括《科普作家谈创作》（地质出版社，1980）、《作家谈儿童文学》（湖南少年儿童出版社，1983）等。叶永烈是所有人中进行讲演、培训最多的一位。1979年3月，由于创作了包括科幻小说在内的大量广受读者欢迎的作品，叶永烈因其突出贡献获得文化部和中国科协颁发的“先进科学普及工作者”称号。为此，他得到更多去全国巡回讲演的邀请。他先是把自己的讲稿印刷出来供讲课使用，后来干脆把它扩充成《论科学文艺》（科学普及出版社，1980）。

（3）文类觉醒期

在作家队伍快速扩大、成长，社会需求日渐庞大的背景下，先前一直被框定在知识普及围栏之中的科幻作品已经很大程度走向围栏之外，一系列作品将自己的触角伸向生活的更多方面。换言之，从周树人的《〈月界旅行〉辨言》就开始创建的中国科幻大厦已经无法为科幻作品提供足够的空间，探索更加辽阔的科幻领地箭在弦上。此时，文学界已经轰轰烈烈地掀起了伤痕文学、反思文学的热潮。跟科幻文学临近的儿童文学也受其影响，在童话和儿童小说方面开始了类似题材的创作。科幻作家对此感到焦躁。在他们看来，跟过去一样的普及科学知识的任务自然是必须完成的，但作为一种文学作品，如果永远是科学技术发展的附庸品，没有自己的文类独立性，不负起文学本身的伟大责任，就无法给这样的时代交上自己的答卷。

率先在理论上寻求建树的人是童恩正。为了打破“科普工具论”的漫长禁锢，他明确地表达出了一种革命性的姿态，要将科幻小说从“以科普为目的”的枷锁中拉出，将这一文类的文学价值和社会价值提升到工具化的“科普功能”之上。在《谈谈我对科学文艺的认识》（《人民文学》，1979年第6期）中，童恩正阐释了他个人近期“科学文艺”的写作目的、写作方式和作品结构。他认为，科学文艺作家更需要注重的，恰恰不是已经被叫喊很久的科学知识普及，而是去传达知识之外的“科学的人生观”，去塑造典型人物。这一观点在作者稍后发表的《关于〈珊瑚岛上的死光〉》（《语文教学通讯》，1980年第3期）中得到进一步阐述。他还提出“科幻小说”应当从“科学文艺”中单独提出，并予以明确的论述。

童恩正尝试用理性的文字将强烈的主体意识和表达愿望进行理论化阐释的文章引起了热烈反响，他宣告了我国科幻小说的“功利主义”时代的终结。与童恩正持类似观点并在同一时期发出声音的人并非少数。萧建亨在 1979 年江苏人民出版社为其出版的科幻小说集《奇异的机器狗》的后记中同样从科学知识与科幻小说的关系的角度，否定了科幻小说的工具性。郑文光是思考最为深入、后续影响也最深远的作家。1981 年，郑文光在《儿童文学研究》第 7 辑上的文章《科学文艺杂谈》中，将“科学幻想小说”单立一节。他不仅再次表明，科幻小说并非科普读物，在科学描述方面应该更为自由，而且也提出了重要的观点：“好的科学幻想小说无论假设故事发生在多么遥远的未来，也应该和当前社会的现实斗争密切相关”，科幻小说应该“剖析人生，反映社会”。这些观点后来被总结为“科幻现实主义”，并最终发展成为中国科幻中的“社会派”。这是打破“科普论”之后最重要的本土科幻文学流派。

科幻作家的理论思考深深地影响了他们的创作实践。童恩正之所以能提出这样的观点，有可能是他在修改《古峡迷雾》时获得的经验。跳出纯粹的科学普及，去寻找科学与社会的结合点，进而铺陈小说情节的方式，是《古峡迷雾》新旧版本之间关键性的差别。尽管新版《古峡迷雾》反响不佳，但这一失败并没有动摇他继续尝试的努力，他反而愈挫愈勇。《珊瑚岛上的死光》彻底抛弃普及科技知识的目的，将注意力转向对一批华人华侨科学家群像的塑造。在这样的努力之下，科学家形象开始变得丰满。小说中的海外华人科学家多年来身在国外却心向祖国，秉持中国人的道德传统，拒绝科学为资本服务。他们虽然凭借自己的科研贡献已经能跻身高层，但一反资本主义社会的逐利逻辑，希望科学能够对人类的和平与正义做出贡献。特别是故事主要发生在一个虚构的太平洋孤岛之上，这平添了一种回到过去的宁静感，也把许多社会线索屏蔽和抽离。遥远的西方世界和跟它对立的更加遥远的祖国，都在画面之外。西方世界的物质逻辑跟东方世界的精神逻辑，就在这个小岛上的两位科学家及其遭遇中尽情展开。这样的作品即便在主流文学当中也极为独特。

在此之后，一个全新的、尽管并不那么一帆风顺的局面即将开启，其影响直达新世纪。科幻作家们开始自觉或不自觉地介入科幻理论的探索当中，中国科幻自身的文类意识逐渐觉醒。

在童恩正发表创作和言论的同时，其他作家也在尽情展示自己对科幻作为一种文学的全新理解。“归来者”中的郑文光、叶永烈、萧建亨、刘兴诗以及“新人者”如王晓达、魏雅华、金涛、宋宜昌等也都开始大踏步地探索和确立拥有清晰个人色彩的文学风格。

文类的破旧立新，成为科幻作家追求的共同目标。萧建亨不无感慨地谈到自己这一辈人过去的创作：“无论哪一篇作品，总逃脱不了这么一关：白发苍苍的老教授，或戴着眼镜的年轻的工程师，或者是一位无事不晓、无事不知的老爷爷给孩子们上起课来了。于是，误会——然后谜底终于揭开；奇遇——然后来个参观；或者干脆就是一个从头到尾的参观记——一个毫无知识的‘小傻瓜’，或是一位对样样都表示好奇的记者，和一个无事不晓的老教授一问一答地讲起科学来了。参观记、误会法、揭开谜底的办法，就成了我们大家都想躲开，但却无法躲开的创作套子。”他自己的创作，也更多地朝科学家的生活、科学带给社会的变化转向。这就是他发表的《搏斗》《重返舞台》《沙洛姆教授的迷误》《乔二患病记》等作品的初衷。

郑文光曾经在中国文联工作，对主流文学界非常熟悉。他的变革目标更多是让科幻融入主流文学。在《“白蚂蚁”和永动机》《星星营》《地球的镜像》等作品中，他尝试将伤痕文学引入科幻小说。此后，他又提出科幻现实主义，强调科幻作品必须关照当下的生活。

叶永烈在创作中摸索，又在讲演中逐渐提纯自己的想法。他在《论科学文艺》中提出，科幻小说通过小说来描述奇特的科学幻想，寄寓深刻的主题思想，具有“科学”“幻想”“小说”三要素，即：它所描述的是幻想，而不是现实；这幻想是科学的，而不是胡思乱想；它通过小说来表现，具有小说的特点。这个定义后来被收入《辞海》。在这样的观念指导下，他先后撰写了《腐蚀》《并蒂莲》《爱之病》等作品。这些作品围绕科学道德、科学家生活铺陈事件，很少有过去小说中那些引人注目的科技创新。

一旦面临更多让作品反映生活的问题之后，作家们感觉自己的使命和存在意义比过去更加重大。1980 年，在记者金涛的努力下，《光明日报》用大半个版面发表了四位著名科幻作家的新春感言。在这个专版中，叶永烈总结了近期科幻的蓬勃发展势头，提出了未来几年的发展趋势。萧建亨认为，当前的时间过分紧迫，许多事情都要赶快完成。郑文光提出要学习夸父逐日精神，“要在这片物质和精神的瓦砾堆上，培养造就一代社会主义新人”。而童恩正恩则直接挑明，“我深感历史放在我们双肩上的重担的分量”。

（4）多元探索期

在寻求创新和思想解放的背景下，中国科幻作家在这一时期做出了极为丰富、多元且深刻的探索，涉及文学的社会功能、题材、手法等多个方面。

首先，科幻文学的社会功能日趋多元。从整体上看，那个年代的中国科幻文学创作大致分为三个走向：第一种走向是强调科幻小说能够参与科普事业，但其方式并不局限于传播科学知识，因而也并不应当以知识的正确性进行评价；第二种走向是强调科幻小说作为文学形式的社会价值，但同时也尝试彰显其文类特殊性；第三种走向则强调科幻创作的娱乐和市场价值，在这一方向上的市场实践往往早于相关的理论思索。需要指出的是，当时每位作家自身的观点本就在不断的发展变化当中，特别是其中有不少是为了对当时所遭受的诸多批评而做出的回应，因此相关阐释往往缺乏系统性和理论支撑。

在提出科幻小说并非直接的科普工具之后，童恩正以及萧建亨、郑文光等都提出科幻应服务于更宽泛也更具历史纵深感的“四个现代化”建设。童恩正的“表达科学的人生观”，萧建亨的“引起读者们对科学的关心，兴趣和爱好”，郑文光的塑造“八十年代的社会主义新人”“一种掌握现代化科学思维方法的人”等，大致都在此范围内。这些理念在提出之时，在很大程度上还只是要求重新理解科学普及这一“改造社会的任务”，但在精神内核上却跨时代地接续了苏联提出的塑造“未来共产主义新人”的观念，在一定程度上也启发了今天的“科学传播”的理念。在这一理念当中，科普不能仅仅普及科学知识，要传递科学精神、科学方法、科学审美、科学价值观，使读者了解科学家的职业、生活和社会角色。

对科幻小说的文学和社会价值，部分作家认为科幻创作“应该成为‘生活的教科书’，以其社会艺术价值而长存于世”（肖雷）。也有人认为，面对着快速变化的社会，科幻小说能够“为人们精神和心理上的适应能力作必要的训练和演习”（杜渐）。郑文光甚至认为，“我们社会主义中国的科幻小说应该是马列主义的教科书，甚至在探索马列主义的发展方面它都应该作出自己的贡献”。这些提法催生了以金涛、郑文光等为代表的“科幻现实主义”。

其次，题材得到了极大的丰富。在这方面，本阶段中国科幻最重要的收获，是将社会现实题材纳入科幻小说的创作范围之内，同时又吸收了伤痕文学、反思文学、知青题材文学的成果。郑文光是其中影响最大、成就最高的作者，其代表性作品包括《地球的镜像》《命运夜总会》《“白蚂蚁”和永动机》《星星营》《哲学家》。此外，张笑天的《回来吧，罗兰》（1979），金涛的《月光岛》（1981），魏雅华的《温柔之乡的梦》（1981）、《我决定和机器人妻子离婚》（1981）、

《神奇的瞳孔》（1983），叶永烈的《腐蚀》（1981）、《巴金的梦》（1988），孟伟哉的《访问失踪者》（1983）等，也应该算在其中。对以想象力为核心的科幻作品来说，现实题材的拓展存在着创作和美学统一性方面的障碍。为此，作家们开发出一系列方法来完成这一任务。提供一个具有超越性的视角或立足点，从而获得对现实事件进行展现、做出评价的有利地位，是方法之一。在这里，前期较为常见的是借由外星人、机器人之口直接批判社会现实，后期较为成熟的作品往往将科幻设定或科学名词与作者试图批判的社会现象进行联系，从而以一种高密度的形态同时展现幻想形象与现实事件。在开发新题材的过程中，传统题材科幻的写作也仍然在按部就班地进行。其中，王晓达的《波》《冰下的梦》、童恩正的《追踪恐龙的人》、萧建亨的《搏斗》、王川的《震惊世界的喜马拉雅—横断龙》、郝应其的《驯火者之死》等都是这方面的佳作。萧建亨在《不睡觉的女婿》中，尝试把中国传统文化中的一些跟科技相关的部分纳入科幻写作，并且取得了很好的成绩。萧建亨和叶永烈都尝试将心理学引入科幻，这类作品的典型是《梦》《沙洛姆教授的迷误》和《魔盒》。这一方面的引入也从另一个角度消融了社会科学跟自然科学的边界。此外，晚清以降中国科幻作者长期追求的全球化视角，特别是以整个地球为情感投射对象的家园感、人类的命运共同体的愿景，在宋宜昌的长篇小说《祸匣打开之后》中得到了体现。在此之前，对类似主题较有成效的探索主要集中在20世纪50年代郑文光的部分短篇当中。

最后，这一时期的科幻作家还在创作手法和文体等重要命题上，进行了充分的总结与创新。在对已有方法总结方面，饶忠华和林耀琛通过主编“科学神话”系列、《中国科幻小说大全》等跨年代作品选后发现，科幻小说创作跟其他小说形式的差异是，这种作品内包含有“两个构思”。“两个构思”指的是所谓“文学构思”和“科幻构思”或“科学构思”。“两个构思”理论的提出，迫使人们关注科幻创作中以情节、叙事、形象、想象力等为核心的文学要素，有力打破了此前以科学知识的正确性作为科幻评判标准的陈旧做法，为科幻写作者提供了新的价值指引。在文体创新方面，作家尝试各种新的小说写作方式。叶永烈在《智慧树》杂志上发表的《小黑人的梦》，标为“意识流科幻小说”。这实际上表明，部分作者有意地超越了对西方科幻潮流的借鉴，主动地从更广大的文学文化传统中汲取营养，并将其视作富有先锋精神的文学实验。当然，叶永烈最重要的创新方向是所谓“惊险科幻”。早在他仍然采用传统科幻写法的日子里，他就提出科幻创作可以采用提出悬念、层层剥笋、篇末揭底的方法完成。当他领悟到这恰恰是惊险小说的创作方法之后，便立刻充满热情地开始了惊险科幻的写作。在这样的作品中，作家广泛地将国际局势、间谍特工、探案罪犯等属于侦探小说的内容纳入科幻，建立了自己的创作模式。国际局势与间谍特工题材在中国可以追溯到“文革”前王国忠的《黑龙号失踪》《渤海巨龙》、童恩正的《古峡迷雾》等。新时期开始后，童恩正的《珊瑚岛上的死光》、王晓达的《波》《冰下的梦》、魏雅华的《“飞毯”的风波》、谢础的《夜空奇遇》等属于这类题材。但叶永烈把这类故事当成一个独特的子文类，结合国外侦探小说、间谍小说、推理小说的写法创作科幻小说，写出了以金明为主人公的所谓“金明”系列，塑造了金明、戈亮等侦探形象。这些作品中比较有代表性的包括《碧岛谍影》《暗斗》《黑影》等。

作家们对科幻认知的改变影响了他们的创作，但外界对这种变化并没有真正接受。在那个时代，科幻一方面轰轰烈烈地朝向纯文学、正统文学的方向前进，另一方面又汇入娱乐文学、流行文学。这两个方向都在弱化原有科幻理论中强调科学普及的内容，因此都引发人们的议论。此外，在销售市场上，一系列科幻小说比科普读物甚至纯文学作品更加受到读者追捧。以上多方面的探索，共同导致了都后来的大范围争论，其内容、过程之复杂远非标签化的“姓科姓文”之争所能概括。

（5）“小议”争论期

对科幻繁荣的不同意见最先是出现在一些会议上的对作品的争论。此后，《中国青年报》“长知识”副刊设立“科普小议”栏目，为争论提供了主要阵地。虽然这个阵地表面看是针对科普建立的，但内容大量指向科幻作品。根据前后顺序，该栏目上的科幻争论大致可分成预热期、伪科学期、灵魂出窍期等几个阶段。

1979 年 4 月到 7 月初是科幻争论的预热期。这期间发表的文章主要谈论科普读物中的各种科学错误以及科普作品应该怎样建构趣味性。在这些讨论背后，存在一个一脉相承但未曾言明的判断：科普作品中的“错误”，有可能是因为过分强调增加趣味性所带来的。在这个时段发表的批评文章往往意味深长。例如赵世洲在《趣味性在哪里？》一文中就认为，科普作品的趣味性应该是科学，从文艺和表达上寻找趣味性是一种歧途。鲁兵则在《形式与内容的结合——再谈趣味性》中指出，科学文艺的根本任务是“传播科学知识”，因此科学是根本性的内容，文学不过是外在形式，形式自然应该为内容服务。在预热期，相关文章主要是从科普作品的一般错误引入，其矛头逐渐指向了科学文艺范畴。但这些批判仍然停留在泛指的层面上，而当宽泛的指责转向明确的作品、作家，争论和批判就进入了下一个阶段。

从 1979 年 7 月中旬开始，科幻小说成为重点批评的对象。一个讨论的对象是根据叶永烈的小说《世界最高峰上的奇迹》改编的连环画《奇异的化石蛋》。该作品突然被称为“伪科学的标本”，因此这一时期简称为“伪科学期”。在相关讨论文章中，以 1979 年 7 月 19 日甄朔南发表的《科学性是思想性的本源》的抨击最为猛烈，作者明确地将《奇异的化石蛋》作为剖析的标本，并提出其中的三个科学知识“错误”：首先，循着恐龙脚印找不到恐龙蛋，因为二者化石的形成条件差异较大；其次，以“古代莲子复苏”单一案例来推断恐龙复苏不符合逻辑；最后，蜥脚类恐龙根本没有蹼，小说中的生物不符合古生物分类学。在列出这些言之凿凿的论据之后，作者进一步总结：“只有在真正的科学（而不是似是而非的伪科学）基础上，才能提炼出有价值的思想。反之，不管用什么文艺形式乔装打扮，也还是离真理越来越远，达不到预期的效果……以上所述，正是一篇科幻故事所应该解决的思想性问题……伪科学只能导致无益的思想混乱。一句话，科学性是思想性的本源。”在文章中，作者还暗示小说对科研主体身份塑造存在着过往的政治残余，因为工人、农民也被写成了重要的科研人员。面对恐龙专家的学术和政治质疑，叶永烈敏锐地觉察到了其中所蕴含的倾向，特别是“伪科学”这一定位暗藏着将相关批评无限上纲的可能性。1979 年 8 月 2 日，叶永烈试图回复这个强烈的批评。在《科学・幻想・合理——答甄朔南同志》一文中，他首先提出不能以当下现实科学进展来要求科幻作品：“一般的科普作品是描写现实的科学，而科学幻想小说却是通过娓娓动听的故事描述幻想中的科学境界，或写诱人的未来，或写遥远的古代，或写人类未到过的地方，燃起读者变美好的科学幻想为现实的强烈欲望。然而，也正是因为科学幻想小说写的是幻想境界，常常遭到一些用现实的眼光看它的人的非难。”其次，他回到了现实科学的范畴之内，对所谓“三个错误”进行了回应：第一，设想一只古代的恐龙，在下雨中的南坡走到北坡阳面下蛋，脚印跟蛋化石共存的条件就具备了；第二，原文曾经以许多不同时代被复活的生物或微生物案例进行类比和推理，具有较强的说服力，但在出版连环画时因篇幅问题省略了部分内容；第三，科普读物中曾经有过水中恐龙的描述，部分证据恰恰来自甄朔南本人。最后，叶永烈提出，不应当以科学错误否认科幻作品的多方面价值：“很多科学幻想小说是写遥远的未来的，而作者并未亲自到过未来世界，他只能以现实科学为依据加以推测，在推测时也可能产生某些错误。然而，瑕不掩瑜，只要科学幻想小说的幻想大致上符合科学，就会给读者许多鼓舞。‘燕山雪花大如席’，从现实的角度来看这句诗是荒谬的，从诗人的角度来却是难得的佳句。同样，没有夸张，没有大胆的幻想，那么科学幻想小说犹如通灵宝玉失去了光辉。”叶永烈针锋相对的反驳激发了原作者进一步的批评。甄朔南于8月14日在“科普小议”栏目又发表《科学幻想从何而来——兼答叶永烈同志》，继续强调以现实科学的准确性作为评价科学幻想小说的基本出发点：“所谓‘科学幻想’，是建立在科学基础上的幻想，因此科学幻想小说首先要尊重不以人们主观意志为转移的科学事实……忠于事实才能忠于真理，有了正确的科学内容才能有较高的思想性和趣味性。……我国的科学幻想小说正处于萌芽状态，我们不能求全责备，但是忠于科学的原则是必须坚持的。”叶永烈随后还继续撰写了辩解文章，却被编辑部以“内容过分专业化”的理由拒绝发表。至此，有关科幻小说的诸多细节是否符合科学的“伪科学”争论被强行终止，但以“科普小议”栏目为核心阵地展开的讨论仍在继续，并迅速延伸到了关于“科学”“科学文艺”等关键性概念的解释方面。这一时期诞生了后来影响深远的“灵魂出窍”概念，故称之为争论的“灵魂出窍”期。

在争论的这一阶段，“科学文艺”这一模糊概念的本质属性、目的、价值等成为争论的又一个焦点。首当其冲的是童恩正1979年6月发表在《人民文学》上的《谈谈我对科学文艺的认识》。1979年8月14日，儿童文学作家鲁兵在“科普小议”栏目发表《灵魂出窍的文学》，指出：“科学文艺是科学，是文艺化的科学。科学文艺是科普著作的一个组成部分。科学文艺是采用文艺形式的科普著作，采用文艺形式的科普著作就是科学文艺。童恩正同志说科学文艺有别于采用文艺形式的科普著作，这是将一事物的名与实隔离开来。科学文艺失去一定的科学内容，这就叫做灵魂出窍，其结果是仅存躯壳，也就不成其为科学文艺。”鲁兵重点批判了科学文艺要描写科学人生观的观点，认为这种说法没有意义，因为科学不仅包括具体的知识，还天然地具有人生观的意味。至于采用科学仅仅提供科幻小说背景、强调具体情节的写作方式，不仅未必能写出优秀的作品，而且将会使得作品从根本上就不属于科学文艺。在他看来，童恩正的理论是不忠于科学、无科学的科学文艺理论。这篇文章发表之后，社会反响强烈。特别是“灵魂出窍”一词，在当时暗示着远超文学批评活动的意味，因而引发了较大的舆论声浪。11 月 11 日，在童恩正没有对此发表任何反对意见的情况下，“科普小议”再次刊出了鲁兵的《幻想篇》一文，指出幻想必须建立在科学的基础之上，并非可被视作与科学同等重要的因素：“科学幻想，不是无本之木，不是无源之水。科学幻想作品的作家在一个学科方面，掌握了丰富的知识，作过必要的研究，才能产生可贵的幻想。”这些争论虽然都直指科幻小说，但都采用了其上位概念科学文艺。因此作为一个插曲，1980 年 6 月 23 日盛祖宏在《光明日报》的“科学”副刊发表《请爱护科学文艺这株花》，文中提到争论要与人为善，指出扣帽子不利于争论，要爱护科普作家。这一为各方缓颊的尝试，同样迅速遭到了批判。7 月 3 日，“科普小议”发表李凡的文章《请别打岔》，指责盛文改变论题，用寻找批评动机来回避直接争论。

有关童恩正科幻理论的争议，后来转换成所谓的“姓科姓文”之争。“科普小议”于 1980 年 7 月 10 日刊出赵世洲的《不能只走一条道》，该文认为，如果允许科学文艺当中存在不介绍科学知识的科幻小说，那这类作品也不属于科学普及的范畴；需要进一步提倡发展的，是另一些介绍科学知识的科幻作品。赵之的《名实之辩》于 11 月 20 日发表，指出威尔斯的科幻小说是好作品，但不属于科普。该文看似中立地提出应当允许辩论科幻的性质、内涵，实际则暗示这些作品不应该在当时的科普出版物中进行发表。文章还引用郑文光在《科学文艺小议》(《人民文学》，1980 年第 5 期）中的观点，认为“不容许常识错误”和“世界观和方法论上应该符合科学”是过低的要求，仍旧消解了科幻小说的“科学性”。此时环境相对宽松，负责科学文艺专业委员会或科普创作协会领导工作的同志也做出了一定的批评性表态。1980 年 12 月 4 日，郑公盾在《中国青年报》发表《科幻小议》，指出当时科幻作品的两个问题：第一是闭塞，把国外实现的东西当幻想写；第二是把完全没有科学依据的东西作为科幻故事来加深艺术熏染。“科学幻想的起点应当是当前的科学实际状况，脱离这个起点或落后这个起点，都是容易出毛病的。”他还指出，人们常常引用列宁的话赞扬幻想，但列宁的话其实是相反的意义。想要写好科幻，应该像凡尔纳那样地认真学习科学。文章的最后作者又说：“我这样说，绝不是说科幻小说的幻想必须成为现实。科学幻想中的科学的客观可能性，不等于科学的客观真实性。科学允许假设。……科学如此，何况是科幻文艺创作呢？”叶至善于 1980 年 7 月 24 日发表《我和恐龙》，文章围绕美国电影《洪荒世界》展开。他指出，故事中的科技内容基本都是正确的，这样的故事虽然荒诞，但真假容易说清。

1980 年中国科普作家协会科学文艺暨少儿科普研究年会在哈尔滨召开期间，萧建亨对上述问题进行了总体分析。发言稿首先在《科学文艺》发表了部分章节，后全文收录在 1981 年黄伊主编的《论科学幻想小说》一书中，题为《试谈我国科学幻想小说的发展——兼论我国科学幻想小说的一些争论》。作者认为，科幻小说是时代的产物，处理好科学与文学的关系是科幻小说的关键。“姓科姓文”之争虽然是近期爆发的，但应该说争论早就潜藏在创作的内部。他充分肯定了童恩正的创新观念对科幻小说发展的贡献，认为这是说出了大家心里想说的话。但同时他也指出，将科幻等同于科学文艺是论述错误。童恩正的想法，不能被用于科学童话等其他科学文艺的类型。对于科幻小说中的科学，萧建亨认为应该是一种模糊的集合，既包括社会科学也包括自然科学。科幻小说无论描写过去还是未来，都为现在服务。

除了以上争论之外，《中国青年报》“科普小议”栏目还刊登过其他引发类似争论的文章，如文继善的《恐龙和大象》（1979 年 8 月 23 日）围绕人民文学出版社出版的《五万年以前的客人》封面上恐龙和大象同框进行批评，封根泉的《科学的媒人》（1980 年 6 月 26 日）批评了美国科幻电影《未来世界》，此外还有围绕是否应该赞扬《智慧树》发表的中学生吴岩的作品《引力的深渊》的讨论等。随着讨论的扩大，更多报刊被卷入科幻批评和讨论，如《文学报》关于是否应该鼓励叶永烈的“惊险科幻”的争论，《科普创作》对魏雅华《温柔之乡的梦》是否诋毁了国外科普大师阿西莫夫的机器人三定律的质疑等。相关争论也引发了其他人的关注和回应，其中影响较大的有董鼎山、杜渐等在《大公报》《开卷》《读书》杂志上的系列争论。

为了抵抗社会舆论中开始形成的科幻文学的负面形象，时任中国科普作家协会科学文艺委员会主任委员的郑公盾亲自撰写了大量为科幻文学呼吁和正名的文章。《科幻小说报》《科幻海洋》《科学文艺》等报刊还采用大量收集、发表了当代科技、文学和文化名人为科幻小说的地位提高所作的呼吁文章，给自己增添力量。海洋出版社出版的《科幻海洋》杂志连续刊发了高士其、郭启治、茅以升、缪俊杰、华罗庚等的文章，阐述他们支持科幻文学的观点。此外该刊还邀请茅盾为刊物提名，并发表了符真的短文《感谢茅公关怀，办好科幻海洋》（1981）的社论。《科学文艺》（四川《科幻世界》的前身）则邀请马识图等人为其撰写文章。

（6）批判期

1982年初，科幻争论趋于白热化。原本支持科学文艺的科协领导如钱学森、温济泽等，迫于压力开始在《人民日报》等报刊上发表文章，批评科幻小说“很多内容不科学”，“是对青年的‘污染’”，提倡写“科学家脑中的幻想”，而不应该写“科学家谈情说爱”，特别是太空、登月等题材“没有太大的意思”。这些批评很快发酵，各大报刊都发表了类似的文章，历数科幻作品中的问题，科幻俨然变成了文学的重灾区。在科幻界，对科幻的批评很快跳过了对作品中科学硬伤的寻找，迅速转向作品的“思想性”，认为科幻小说是“对科学的污染”。较为典型的批评有：叶永烈的《自食其果》“不是科学也不是文学”，“脱离了马克思主义”；魏雅华的《我决定和机器人妻子离婚》“引导人们去追求资产阶级民主”等。在此前“灵魂出窍”的基础上，有评论认为它们是“鬼魂附体”（鲁兵），是“对科学的污染”（钱学森）；赵世洲认为存在“使青年陷入迷惘”、遭受“精神污染”的风险；梁耀等延续早前甄朔南的批判，将一些作品斥为“伪科学”。更有批评者认为，中国科幻小说的整体状况是，自党的十一届三中全会以来，“假借科学幻想名义，实际上肆意违反科学的社会政治问题的小说”，“总共要占到将近 60%”（张申）。在这一阶段，受到批判的科幻作家还有郑文光、童恩正、尤异、徐唯果、任志勇、王金海等。

与此同时，在书刊出版方面，科幻创作也逐步受到打击。1981 年底，黑龙江省哈尔滨市科学技术协会党组提出申请，希望将由其主办的已试刊 9 期的《科学周报》副刊《中国科幻小说报》转为正式报纸，但很快收到“未获批准”的通知，且被要求停止试刊。4 月 21 日至 27 日，中国科普创作研究所（1987 年以后更名为中国科普研究所）在北戴河东山宾馆召开科普创作的理论研究及重点创作选题计划会议。6 月，由该所研究室主编的内部刊物《评论与研究》出版，集中刊登了一批针对科幻小说创作，特别是批评叶永烈、魏雅华等人的文章。此后，迫于压力，科学普及出版社及各地分社，海洋出版社、地质出版社等科技专业出版社，纷纷取消了原定的科幻书刊出版计划，由它们主办的刊物也大幅度减少甚至停发科幻作品。

正在批评舆论逐渐上纲上线的同时，当时最具影响力的科幻作家叶永烈在工作中出现了失误，而后又遭遇构陷。社会舆论对科幻文类及科幻作家的批判声音愈来愈大。在这样的背景下，科幻作家开始以各种方式进行自我辩护。《文谭》杂志 1982 年 8 月总第 4 期上同时转载发表了《不是科学，也不是文学》和《关于科幻小说评论的一封信》。前者的作者为鲁兵；后者由当时主要在四川地区活跃的童恩正、刘兴诗、王晓达、贾万超、刘佳寿、董仁威、谭楷、张大放、章邦鼎、晏开祥、曹建、徐清德十二人联名发表，认为鲁兵“完全是用对敌人的态度来对待自己的同志，用专横武断来代表民主讨论”，质疑刊登该文的《中国青年报》“科普小议”栏目的“编者是否想过自己的职责”。叶永烈则于 1982 年 12 月 12 日，因未经同意转载《科幻小说创作参考资料》文章一事，去信要求《中国青年报》对“长知识”副刊的编辑进行组织纪律教育并作检讨。该副刊负责人写了一封“万言信”进行反驳。1983 年 1 月，童恩正牵头，叶永烈执笔初稿，童恩正、王晓达等改定并寄出了题为《对于当前科学幻想小说创作和评论的几点看法》的联名信，主要内容除了总结过去几年间的科幻状况和成绩之外，还明确反对过分政治化的批评。该信当时寄给各领导部门、各省级出版社和报社以及《文艺界通讯》（中国文联内刊）、《文艺情况》（《文艺报》内刊）等。从 1983 年 4 月初开始，同样是当时国内科幻作家中具有代表性的郑文光，其一系列创作和观念遭受强烈批判，郑文光本人多次去电相关编辑部进行申诉、争论。当月 26 日，郑文光突发脑血栓，此后停止了科幻创作。

1983 年 10 月 18 日至 20 日，中国科普创作协会在北京香山召开“全国科幻小说座谈会”，即后来所谓“香山会议”。除科协领导、科普评论家、科幻作家、编辑参会外，还有中共中央宣传部文艺局的郭运德、邓惠芳等参与。会议本来的目标是为了即将召开的科普作协代表大会增进团结，但一开始就被引向对科幻的批判。10 月 29 日，《光明日报》刊发房亚田的《警惕“科幻小说”中的精神污染》。31 日，中国科协第二届常务委员会第八次会议召开，科协主席周培源主持，副主席钱学森、裴丽生等参加会议。会议明确提出“科协的工作中，也有精神污染问题，比较突出的是科学幻想小说方面的问题”，“科技界要同文艺界一起深入细致地做好清除精神污染的工作，科协系统的科普刊物要认真地进行清理，并采取有效措施，整顿和加强编辑部”。相关文件逐级下发到全国县级以上党委和干部。11 月底，《文艺报》和中国文联理论研究室，上海、成都等各地科普创作协会，以及《科学文艺》等刊物编辑部等，纷纷召开座谈会，学习相关会议精神，并对创作、出版进行自查。

此后，各地的科幻活动、研究会、笔会等大幅度减少。1984 年 12 月 20 日至 26 日，在“庆祝高士其同志从事科普与文学创作五十周年暨八十岁诞辰”庆祝活动期间，中国科普作家协会第二届科学文艺委员会在北京召开会议，温济泽、童恩正、郑文光、郑公盾、萧建亨、宋宜昌、周梦璞、王麦林、王亚法、黎先耀参加。会议选举童恩正为主任，叶永烈为副主任委员。叶永烈提议继续出版内部动态性刊物《科学文艺信息》，由王晓达担任主编。

在这样的科幻创作整体遭受强烈打击的环境下，这一文类的自我探索与发展陷入停滞，作家队伍迅速萎缩，社会影响也一落千丈。

（7）蛰伏期

从 1983 年底开始，中国科幻的发展仍在继续，但出版的势头已经远远不如从前。1984 年发布的《国务院关于对期刊出版实行自负盈亏的通知》，要求各个出版单位实行“独立核算，自负盈亏”。这一来自政策方面“自上而下”的压力，促使期刊出版业朝市场化方向转型。出版单位由“单纯生产型”逐步转化为“生产经营型”，由文化产品的生产者和传播者转变为文化生产的组织管理者。一系列报刊的“关停并转”，以及专业出版社对科幻题材书刊的持续拒斥，使得科幻作品的发表平台大大减少。

在这种情况下，80 年代中后期国内科幻作品的发表量维持在一个较低的水平上。以往支持科幻的儿童刊物，只有《少年科学》在继续以往的努力，坚持每期发表科幻小说。在之前几乎每期发表科幻作品的科普期刊上，如《科学之友》《科学 24 小时》《科普创作》等，科幻作品大为减少，发表的总量约为 30 篇。至于在主流报刊和文学期刊上原来常见的科幻小说作品，此时基本绝迹。

成都的《科学文艺》和天津的《智慧树》成为硕果仅存的两家科学文艺专业杂志，仍在坚持发表科幻作品，但也陷入为平台的生存而艰苦努力的困境中。1985 年，两杂志合办“中国科幻小说征文”（即首届“银河奖”），一年左右的征文期内共收到投稿近 2000 篇，最终评出获奖作品 23 篇。1986 年，在“银河奖”颁奖典礼上，除了各家出版社、杂志社之外，中国科协、中国作协和当地科协、作协分会及文联均参与了授奖仪式。中国作协书记处常务书记鲍昌顶住压力到会，发表了热情洋溢的发言。但这些活动未能挽回颓势，不久之后《智慧树》宣布停刊，《科学文艺》的发行量也极为低迷。

1987 年，谭楷的《“灰姑娘”为何隐退》、叶永烈的《中国科幻小说的低潮及其原因》等文章先后发表，对这一时期的科幻创作及相关争论有所总结和反思。随后，有另一些人也参加了这场反思回顾。大家普遍认为，已经濒于消失的科幻文学并非对中国文化的污染，反而是文化百花园中的一种重要文类。但之所以它未能持续繁荣，是中国社会文化环境使然。次年 10 月，文化部少儿司在安徽屯溪举办全国少儿科学文艺创作座谈会，刘厚明、萧建亨、吴岩、宗介华等出席。面对科幻的荒芜状况，会议希望大力复活这个儿童喜闻乐见的文学品种。在会上，14 家刊物和出版单位共同决定，举办中国科幻小说星座杯征文活动。这次征文的选集《科幻大王》最终于 1992 年被新蕾出版社出版。与此同时，刘兴诗也选编了《死亡星球的复活》（安徽少年儿童出版社，1991）。上述两书成为那个年代罕见的科幻原创作品结集。

1989 年，《科学文艺》发行量每况愈下。考虑到那个年代中报告文学的异军突起，《科学文艺》改变了原来的办刊方针，在出版第 56 期时更名为《奇谈》，希望以报告文学吸引读者。但这个努力也宣告失败。

读者逐渐感受到科幻作品的缺乏，开始有人零星在报刊上呼吁科幻的回归。这给中国科幻未来的新发展创造了基础。

3 收获和遗憾

从1976年到1990年，这个时段是中国科幻小说的创作和理论的发源时期。新中国成立前的零星尝试，虽然在中国科幻的精神气质方面有开创之功，但在具体的实践成果和理论探索方面还是相对零散、简单的；新中国成立之初的科幻发展，也基本局限在儿童文学和科学普及领域。只有在这一时期，中国的科幻小说才开始表现出明确的文类意识，开始按照文学的基本规范来创造文本，开始认真思考这一文类真正的社会功能。虽然在后期，它遭受了社会变化中各种力量的掣肘，但成功的经验和失败的教训都很值得借鉴和吸取。特别重要的是，这一阶段积累起来的丰富作品和多元化思想，给90年代乃至新世纪的各种创新变革都埋下了伏笔。对于这一时期诸多成果的继承发展，直到今天尚未有效完成。总结起来，这一时期的探索还在以下两个方面产生了深远影响：科幻的学术研究开始萌芽，以及科幻影视创作进入初步尝试期。

在学术研究方面，随着科幻文学的普及和社会上激烈争论的发展，科幻理论建构也从过去的作家感悟、读者批评的初级状态，逐渐发展为专业化研究。研究者开始整理、汇总前期的各种成果，并尝试从国内外文学理论或跨学科前沿学说中寻找资源，进行理论建设。热潮，特别是争论，引发人们对文类性质的关注，并催生了早期的科幻理论著作。此前国内科幻理论探索主要是一事一议，散乱且无系统。从叶永烈出版《论科学文艺》（1980）开始，具有学术意义的专著正式出现。《论科学文艺》用充足的篇幅对科幻文类的根本特征和创作定位进行了系统论证。作者认为，科幻小说是一种瞩望科学未来的小说，是把明天才能实现的一些科学技术成就当作今天已经实现的现实来描写；但同时也有少数科幻小说是幻想过去的。此外，“科学幻想小说”这一名词，便充分说明了这种文学类型的三个特点：它是“小说”，具有小说的特点；它是“幻想”小说，不是描写现实的；它是“科学”

幻想小说，幻想的内容有一定的科学依据，符合科学发展规律，不是胡思乱想。科学幻想小说通过小说的形式，向读者普及科学知识。一些立场有所差异的理论专著或论文集也在这一时期出版。如章道义、陶世龙、郭正谊主编的《科普创作概论》（1983），更加强调科幻小说与当时科普理念之间的背离，这种强调是通过改稿完成的，连章节的原作者都无法控制。此外，这一时期各个大学学报和各类学术期刊上发表了一些符合学术规范、对科幻或以科幻为主的科学文艺进行探讨的论文。这些论文的作者多数拥有更为清晰的理论学术背景。在研究内容方面，以对国外科幻影视的关注最为集中，而对国内外重要作家如爱伦·坡、郑文光、冯内古特等的总结性分析也较为深入。但这方面的研究囿于刚刚起步，难免流于表面化。在郭建中主持下，杭州大学外语系于 1989 年成立了中国首个“科幻小说研究中心”。该中心试图在译介、对外沟通、对外交流等方面开展工作。这是中国科幻领域的第一个高校专门研究机构。

在电影方面，1958 年北京电影制片厂拍摄的根据田汉同名话剧改编、金山执导的《十三陵水库畅想曲》，包含科幻元素。1962 年上海科教电影制片厂拍摄、王敏生执导的《小太阳》是一部片长不到正常影片长度一半的科幻电影。但 1980 年，由童恩正和沈寂编剧、张鸿眉执导的《珊瑚岛上的死光》，则是一次科幻长片的完整尝试。该影片由于受到小说成功的影响而备受期待，并一度引发作家投身电影剧本创作的热潮。同年，由上海美术电影制片厂制作、戴铁郎和马克宣导演、刘兴诗编剧的《我的朋友小海豚》获 1982 年意大利第 12 届吉福尼国际儿童电影节最佳荣誉奖、意大利共和国总统银质奖章。影片对人和海豚关系的描述，充满自然的美好。1983 年，黑龙江省科学文艺研究会还编辑了内部书刊《电影剧本选》，收集了萧建亨、任志勇、杨北星、孙传松、秋升、刘森、梁广顺、张国坤等的科幻电影剧本 13 部。此后，《科学文艺》也发表了一些科幻影视剧本，其中包括《最后一个癌症死者》等。这些作品虽然受到了广泛欢迎，但真正投入拍摄的很少。1986 年，黄建新导演机器人题材影片《错位》，但在上映时未标明“科幻”类型标签。《错位》是一部艺术追求独到的电影，导演在画面、色彩、声音等方面都进行了颇具先锋性和本土化的探索。此后，《异想天开》（1986）、《男人的世界》（1987）、《合成人》（1988）等影片同样并未标明“科幻”类型。1988年中国儿童电影制片厂公映了张之路编剧、宋崇导演的儿童科幻片《霹雳贝贝》（1988），获得巨大成功。《霹雳贝贝》由于特别贴近孩子的生活，且注重特效运用，在那一代少年中产生了持久影响。1990年由冯小宁执导、中国儿童电影制片厂出品的《大气层消失》，将童话跟科幻融合，探讨环境问题，也引起观众的反响。

这一历史时期的作家们筚路蓝缕的艰辛探索过程，在今天还远远没有得到足够的重视。蕴藏在这一时期科幻发展中的“80年代精神”，在进入90年代乃至新世纪之后怎样成为中国科幻后续发展的重要资源，并最终为世界科幻的繁荣与革新带去支持，理应成为今天的一个重要话题。

第三节　代表性作家作品

在1978年至1982年之间，各地科协恢复，科普创作协会纷纷成立。与出版事业的发展相适应，中国科幻作家首先是在上海、北京、四川和东北形成了四个人才较为集中的创作中心。虽然在1984年之后中国科幻受到很大打击，但也还有作者在各地坚持创作。这里只能对几位具有代表性的作家进行简介。

1 童恩正与《珊瑚岛上的死光》

童恩正是这一时期科幻小说最大的变革者，他大胆用自己的作品和观点挑战并最终否定了此前中国科幻的基本定义。在他之后，科幻小说应该且必须普及科学知识的观点不再被视为理所当然，从鲁迅开始奠基的中国科幻理论大厦的基石被彻底重构。

在“文革”结束之后，童恩正“归来”较晚，但他很快便因为在《人民文学》杂志上发表了《珊瑚岛上的死光》而闻名。童恩正在这一时期的科幻小说创作大致分成三类：第一类是对过去作品的改写，代表作品是《古峡迷雾》；第二类是在原有的科幻创作路径上的深化，代表作品是《雪山魔笛》《追踪恐龙的人》《石笋行》；第三类则是跳出以往科幻创作的疆域进行的各种探索，这些作品包括《遥远的爱》《珊瑚岛上的死光》《西游新记》等。

童恩正早期的旧作改写并不成功。他将曾经在60年代风靡一时的小说《古峡迷雾》改写成一部长篇小说，情节基本没有变化，但增加了一些故事细节和人物。考虑到新时期国际关系的变化，背后操纵中华考古队、想要带偏中国文化的某国专家的形象，也有了一些背景设置上的变化。由于整个故事的基本构建仍然是建立在阶级矛盾和阶级斗争基础之上的，因此这部改写的小说并未产生太大的社会影响。

《雪山魔笛》（1978）是童恩正在这一时期的第一部原创作品，基本延续了此前的创作思路。小说讲述一个深入西南边陲的考古队白天在庙宇中发现了一个人骨笛，夜宿湖面时将它吹响，结果引来了“山精”。故事沿袭了作者在《五万年以前的客人》《古峡迷雾》中的创作方式，将文化、历史和当地习俗用一支骨笛贯穿，并最终以发现喜马拉雅山雪人作为结尾。故事从扑朔迷离到皆大欢喜，展现了通过科技跟考古的结合破解人类社会未解之谜的可能过程。《雪山魔笛》获得全国少年儿童文艺创作（1954—1979）科学文艺类二等奖。

随后发表的《珊瑚岛上的死光》彻底更新了中国科幻的写作模式。这部小说将技术创新、科学发现的知识细节彻底推向边缘，而将核心放在人物形象的塑造方面。小说极富深度地塑造了一批华人华侨科学家的群像，他们身在国外，始终热爱祖国，各自在专业上献身科学，同时又具有将知识资本供给全人类而不是为自己赚取利润的想法。他们是具有高度政治觉悟的正义华侨，用自己的行动直接参与了反对资本主义文化与帝国主义霸权的行动。虽然一些人在故事的开始还明显有些幼稚，对那些披着虚伪外衣的资本家抱有幻想，但他们很快被事实所教育。为了维护世界和平，他们宁可打破自己不将发明作为武器的信条，将自己制作的激光器对准了敌人的军舰，坚决地阻止了大规模杀伤性武器的商业运转。小说告别了对海外华侨的诸多刻板印象，也摒弃了怀疑、拒绝接触的陈旧态度，而成为淋漓尽致展现华人华侨爱国热情的先声。

《珊瑚岛上的死光》获得了巨大的社会影响。一方面，作者对科技细节的删减，降低了阅读门槛；另一方面，异域风光、海外华人的生活、孤岛仙境的设置、资本主义社会中暗藏在科技争夺后的商业较量等内容，对当时的国内读者来说极具吸引力。在次年举办的第一届全国短篇小说评奖活动中，《珊瑚岛上的死光》高票获奖，童恩正受邀参加了第四届文代会。这些都被当成科幻小说已经获得文学界认可的标志。

在获得1979年全国优秀短篇小说奖后，童恩正的获奖感言以《谈谈我对科学文艺的认识》为题在《人民文学》（1979年第6期）上发表。该文认为，作为包括科幻小说在内的科学文艺，在中国漫长的历史中试图作为传播科学的工具的做法，可能并非科幻写作真正的目的所在。如果说传播科学，至多只能传播一些科学的人生观。以科学人生观代替科学，看起来虽然只是文字的变动，但这却从实质上扭转了自梁启超、鲁迅以降给科幻小说附加诸多功用的做法，实际上表明了中国科幻小说功利主义时期的完结。童恩正以《珊瑚岛上的死光》为案例，在中国科幻领域开拓出了一片指向“文学性”的全新天地，同时他又通过自己的创作感悟改变了科幻的创作目标和创作方向。他的这些努力在作家中获得了极大的反响和呼应，为中国科幻逐渐走向文类自觉、建立自身文学文化传统起到了极为重要的作用。

童恩正的理论观点直接引发了当时中国科幻文学领域所谓“姓科还是姓文”之争。这场争论从 1979 年持续到 1982 年，催生了大量的理论探讨，当时几乎所有科普科幻作者、从业者都卷入其中。萧建亨认为，童恩正的文章说出了众多科幻作家想说的话，但他将科幻跟科学文艺等同也造成了一些概念模糊的麻烦。

在童恩正的革新式创作中，有另一部小说值得一提，这就是他的“准神话”《西游新记》。故事以他出访美国的经验为模板，将唐僧引导孙悟空、猪八戒和沙和尚去西天取经的故事，转变成去西方的极乐世界美国访问。这些人在美国的所见所闻跟他们小说中所处的神话世界颇有类似之处，也因此导致他们误将美国当成了奔赴西天之路上的某个国家，频频闹出乱子。《西游新记》在科幻跟神话、古典小说之间建立的联系，使得它与传统科幻作品相偏离。对于这篇作品是否属于科幻的问题，多数人的答案是否定的。

1984 年之后，童恩正聚焦一直没有放弃的考古学教学和科研，基本没有发表过科幻作品，只在 80 年代后期再次去国离乡后以“谈笑客”为名发表了小说《在时间的铅幕后面》。这部作品没有跳出《古峡迷雾》的考古和敌对的框架，因此未能引起人们的重视，但被他自己视为达到了另一个创作高峰。此后他不再有新作问世。

2 叶永烈与《小灵通漫游未来》

由于在科幻文学创作、研究、推广等方面的许多工作，叶永烈成为他那个时代中国科幻小说的代言人。他是这一时期最出名的儿童科幻小说作家，他的《小灵通漫游未来》等作品成为一个时代的标识。

叶永烈（1940—2020），新时期最具有代表性的作家。他的创作数量丰富，种类繁多，涉及许多题材和文类。其中"以科普为目的的科幻小说""惊险科幻小说"和"道德与社会主题小说"是他有意开发的三类作品形式。统一起来，他的小说往往能为读者提供未来世界的整体风貌，并希望在引导读者认知科技进步的同时了解人性和社会的变化。倡导科学传播以及科技跟伦理同步发展，是叶永烈前期和后期关注的两大主题。

"以科普为目的的科幻小说"是叶永烈早期作品的重要类别。这类作品一般采用他自己倡导的"层层剥笋、篇末揭底"的方式展开。具体来说，这类作品一般是以神秘事件作为开头，但随着层层揭秘，读者最终会发现所有秘密都是由科技进步所造就的。《世界最高峰上的奇迹》是这类小说中最重要的一篇。故事讲述了珠峰探险队发现巨型古生物的脚印，而后循着脚印找到了这种生物被琥珀类物质包裹的成活的卵；古生物学家跟玉石雕刻家、养鸡养鸭的农民以及以放牧为生的"翻身农奴"共同将卵孵化，最终养大了一个可以展示的活恐龙。小说所造就的紧张气氛完全由科技探索本身所携带，而故事最终将一个从自然界的偶然残存中找到的远古生物活灵活现地呈现在读者的面前。不但如此，作者还试图通过整个故事的科技探索主线，提出关于恐龙的新品类及其生态环境的假设。由于科技内容介入作品较深，读者感到非常真实；但与此同时，小说中的许多假设也让一些相关领域的科学工作者感到不满，以至于这个作品最终引发了一系列争论。同属于这个类别的作品还包括《演出没有推迟》《海马》《一只奇怪的小蜜蜂》《飞向冥王星的人》等。这些故事背景都被放置在近未来，其中的社会发展、人物生活与现实之间的差距并不大。

与这些只鳞片爪地展示未来的故事相比，叶永烈也并未放弃对未来的全景式想象和描绘，《小灵通漫游未来》正是这一创作思路的集大成者。这部作品不但造就了中国原创科幻作品出版历史上的一个销售奇迹，让叶永烈成为科幻的代名词，同时也让科幻文学成为当时大众文化的一个重要组成部分。《小灵通漫游未来》首次出版于 1978 年 8 月。作者回忆说作品原名为《小灵通的奇遇》，是在 1961 年创作的科普书稿《科学珍闻三百条》被退稿之后利用相关材料改编的小说，但在当时并未发表。1977 年，少年儿童出版社沙孝惠询问能否以《在庆祝国庆五十周年的时候》为书名创作展望祖国在 2000 年时工农业、科技等方面的新成就的作品，叶永烈旋即想到了这份原稿。故事的情节主线，是少年记者小灵通受少年朋友的委托，去一个与我们在同一时间节点但科技状况却远远高出现实的“未来市”采访，具体内容即围绕在未来市旅行过程中的一系列新奇体验和观感展开。小说出版后引发了巨大的社会反响，第一版就销售 160 万册。《小灵通漫游未来》在中国科幻发展史上具有重要意义。它既标志着此前以科普为目的的科幻小说的最终成熟，也暗示着对它的超越。

“未来漫游”的创作思路可以上溯至晚清时期诸多“未来记”式的创作。在新中国成立之初，《科学画报》《知识就是力量》等刊物上也发表过一些翻译作品。黄友三的《共产主义社会旅行记》（1959）、郭以实的《在科学世界里》（1958）已在 50 年代末采用过这种方法。但“文革”十年早已经让这些作品消失了痕迹。此时，叶永烈重新捡拾起这种写法，并且在长期科普科幻的创作中自觉地完善，可谓会逢其适。《小灵通漫游未来》的出版一方面恰逢科幻书荒，另一方面也契合了青少年对“四个现代化”实现之后科技高度发达的未来社会蓝图的渴望。与此同时，由于作者主动采用了极具时代性的创作方式，人物基本是配合着对新兴事物、科学原理的讲解而行动的，因此在整体上呈现出采用故事手法撰写的新技术说明书的独特观感。在多年之后故事中的科技未来大半变成现实时，小说本身的新奇性和吸引力都显得相对贫乏。但如果从科幻文学的整个发展来看，《小灵通漫游未来》对明天的呈现确乎展示了某种未来学的视角。首先，城市作为一个整体出现在小说之中。虽然作为对立的乡村也用新型农业的方式得以展现，但显然这种跟城市对立的形式已经消亡。这种对城市功能和作用、现在和未来的描写，在作品中是如此清晰，确实让人看到了那一代人对世界未来发展路径的想象。其次，科技本身以碎片化的、分科的形式被呈现，代替了基本原理的述说。这样的创作手法对长期以来困扰科幻创作的"知识硬块"问题提供了一种解决的思路，非常适合于对科学不甚了解的读者阅读，也更能让他们形象化地看到未来世界的各种侧面。对于正在大力提倡的四个现代化，小说无疑凸显了一种具象感召力。最后，科技发展作为一种文明的象征，以孩子在异域狂欢的形式得以表达。这种创作方法恰恰是儿童幻想文学的重要内核：从现实中复杂框架跳出，捕捉繁复运动中短暂的瞬间，感受到生活在无责任的未来空间中的喜悦。

事实上，在创作《小灵通漫游未来》的时候，叶永烈已经真实感到了小说在广泛的未来探索过程中需要一定深度的内在焦虑。因此，他特别加上了"未来市的历史"这个最后的章节。在这一章中，他用在白纸上画画、地球上本来没自由路、路都是人走出来的这样的具象图景和想象图景，为稍显平面化的小说增加了深度。一旦引入了历史，小灵通对未来的探索就不会停留在一个简单的平面化基础之上；一个以共时性探索为底板、以历时性追寻为支柱的新的未来观就凸显出来。

《小灵通漫游未来》被视为七八十年代转型期的重要文化符号。作品获得全国少年儿童文艺创作（1954—1979）评奖科学文艺类一等奖。在那样的科幻书荒年代，作品不但被小学生所阅读，中学生甚至成年人也会找来翻看。因此，称这部作品为一代人的共同记忆，是毫不过分的。在《小灵通漫游未来》获得成功之后，叶永烈还创作了《小灵通再游未来市》和《小灵通三游未来市》等续集。

叶永烈的“惊险科幻小说”，是他在主动的思考和探索中找到的第二个创作方向。在那个时段，日本推理小说和阿加莎·克里斯蒂、埃勒里·奎恩等人的作品在中国产生了影响，《福尔摩斯探案》也被重新出版。一时间，推理和侦探小说成为热门读物。叶永烈从中受到启发，开始尝试将惊险小说与科幻小说相结合，从1979年的短篇集《飞向冥王星的人》开始转向。《欲擒故纵》是转向后的试水之作，而后的“金明”系列和1981年的“惊险科学幻想小说”系列全面反映了他在这一时期的探索。

叶永烈的“惊险科幻小说”涵盖了推理、侦探、犯罪、探险、谍战等多种通俗因素，这些因素与科幻小说彼此结合，呈现现实之下的惊险情节和高科技破案。其中“惊险情节”强调以危机取代悬念；“高科技破案”主要是指犯罪、探案过程当中使用的高科技工具；而“现实”元素主要以大背景的谍战为主。叶永烈的这一界定，一方面串联起国内自晚清以降强调通俗情节的科幻作品，另一方面也接续了欧美科幻作家如爱伦·坡、柯南·道尔等人在故事结构、幻想奇观等方面的传统。

“惊险科幻小说”的提出，不但使那些质疑科幻文类的人感觉不满，也使叶永烈的一些同道感到失望，他们认为这是放弃了科幻作品的高贵品格，转而寻求刺激。为了自我证明，叶永烈主动进行了一些理论探索。例如，他将顾均正的《和平的梦》、叶至善的《失踪的哥哥》、童恩正的《珊瑚岛上的死光》、王晓达的《神秘的波》等作品统统纳入“惊险科幻小说”系列，使得自己的创新不但具有历史承接，也具有现实的同道。叶永烈作品与这些作品的不同之处，是对“福尔摩斯”系列小说模式的遵从模仿。按照他的设计，自己作品中的福尔摩斯的对应者是侦察员金明，华生的对应者是金明的助手戈亮。“金明”等于“精明”，“戈亮”与《三国演义》中的诸葛亮谐音。“金明”系列将刑侦文化跟科幻文化相互融合，拓展了科幻创作的题材，也丰富了类型模式。但由于文类之间确实存在评价上的高低差异，因此这一尝试在很长时间内不被同行和理论界看好，但与此同时在销售上却能创造奇迹。后来有的地区公安系统甚至用叶永烈的这套小说作为辅助教材培训干警。但必须说明的是，在那样的年代追求“流行”“娱乐”“票房”都是被正统文化界不齿的。

随着“惊险科幻小说”系列创作逐渐成熟，包括“金明”系列在内，其模式化的倾向也越来越明显。当作家跳出“新发现 / 新发明—采访调查—科学家揭秘”的旧套路之后，“案件—调查—欲擒故纵——网打尽”的新套路很快成型，且一旦完善便几乎没有突破。此时恰逢金涛、郑文光等作家大力提倡“社会派科幻”和“科幻现实主义”，叶永烈也开始尝试探索“加强社会性，着力写人物的命运”，这就是他的第三类小说——“道德与社会主题小说”的产生。在这方面，长篇小说《黑影》（最初以《鬼山黑影》为题连载于 1981 年 1 月 1 日至 3 月 27 日的《羊城晚报》，收入选集时改名为《黑影》）和短篇小说《腐蚀》是较有代表性的作品。

《黑影》在内容上仍属于“金明”系列，但其叙事则摆脱了此前的套路，情节走向也从破解谜题、抓获间谍等内容转向“讲述科技发明及其背后的人”。故事将个体命运与宏大的人类社会走向形成彼此对照，在情节中将人物的命运推演到了极点，由此引发了强烈的艺术感染力。而作者和人物都无力从这样的叙事语境中超脱，由此产生的巨大绝望感令人极为震撼。与此同时，这一探索也遭受到批判。《腐蚀》以一种较为圆融的笔法，书写了具有腐蚀性的外星微生物进入地球后在极端环境中演变所造成的人性碰撞。小说中的主人公为了破解外星微生物的谜团，在沙漠中坚守科研第一线，一方面要展现他们用大无畏的“泰坦”精神去直面危险，另一方面也毫不留情地表达出他们在荣誉面前的脆弱和愚蠢。作家想要说的是，被“腐蚀”的既是科学意义上的金属，也是人的心灵。以一个核心同时囊括不同层面的情节、理念这一手法在当时科幻创作中较为常见，《腐蚀》是最具代表性的一篇。除了上述两个作品，叶永烈的道德与社会系列小说还包括《爱之病》《成人之美》《并蒂莲》《巴金的梦》《五更寒梦》《正负之间》等。这些作品特别注重科技或社会道德的书写，对科技构思比较潦草或刻意淡化。这明显是文学领域的风尚变革在科幻创作中的反映，是科幻寻求走向纯文学道路的一种尝试，叶永烈自己对这个阶段的创作评价很高。

对叶永烈三个方向创作的评论历来分歧较多。一些人肯定以科普为目的的小说，认为科普和未来漫游是叶永烈遵从科幻小说创作路径的尝试。他采用“跟少年同行”的方式，将纯真的少年置于科幻作品的核心观察者位置，这种做法让他的小说深受青少年读者的喜爱。他前期对科普的执着，对科幻与展望、科学思维之间关系的坚信，让作品在许多问题上成为对未来的有效指示剂。但也有人认为，他的作品存在科学硬伤，甚至污染科学。对他的侦探小说的评价也是褒贬不一。有评论认为，将科幻引入推理小说是希望达成一种新的、读者喜闻乐见的形式，这种形式并非坏事。另一些人则认为，叶永烈将科技当成“小道具”的做法贬损了科幻，让科幻小说变成廉价的流行小说。对道德与社会主题小说的看法是，有人认为这类作品呼应了当时科幻界的普遍趋向，构成了对传统的、50年代到60年代以科普为核心的小说的反抗，让科幻小说具有了现实意义，但也有人认为这些作品比他其他两类的创作显得更为单薄。

除了创作之外，叶永烈在中国科幻的研究方面做出了不可磨灭的贡献，这些贡献集中在科幻史挖掘、文类辨析、词条编纂、科幻信息传播等几个方面。他跟日本学者武田雅哉共同将中国科幻起源的历史拓展到晚清，并随后编辑了《大人国》，收录了这一时段的重要作品，成为新中国成立之后第一个系统展现晚清民国科幻成就的学者。《论科学文艺》作为国内第一本将科幻作为主要内容的专著，辨析了科幻的文类特征。他参与编撰《中国大百科全书》，撰写的科幻词条影响了更多圈外人的科幻理念。叶永烈为科学文艺委员会编辑的《科幻小说创作参考资料》（1981—1982，共5期）曾经在作家中传播，对创作者和编辑更好地熟悉整个科幻创作环境起到了十分积极的作用。

在作品受到批判且出版受阻之后，叶永烈将创作重心转向了报告文学，直到去世基本没再真正回到科幻小说写作上来。

3 郑文光与《飞向人马座》

郑文光是以文字来描写宇宙之美的硬科幻大师。他的人与人之间关系必须充满温情的想法让作品带上了强烈的理想主义色彩。这种理想主义促使他后期成为现实的批判者，并试图加入文化反思的洪流，用科幻小说介入当代生活。

早在20世纪50年代就活跃在科幻文坛上的作家郑文光，在新时期到来后虽然“归来”较迟，但发力后扶摇直上，很快成为这一时期在小说创作、理论阐述方面最为重要的代表作家。在这一时期，郑文光的小说可以分成两类。第一类是沿袭50年代到60年代的创作方法，让科学跟文学有效融合，在具有美感的文字中展现波澜壮阔的宇宙。这类作品包括长篇青春小说《飞向人马座》、长篇儿童小说《神翼》和短篇小说《太平洋人》等。第二类作品是科幻现实主义创作，包括《星星营》《地球的镜像》《命运夜总会》《哲学家》等。这类作品特别强调科幻小说介入现实生活，要同时考虑过去和未来。两类作品发展融合的极致是他的最后一部长篇小说《战神的后裔》。

从早年学习天文学，到回国从事天文科普，然后跨界进入中国文联，郑文光的工作一直在科学和文学领域转换。1966年以后，他一度失去工作，后痛定思痛，决定跟文学告别。1971年郑文光进入中国科学院北京天文台（现在的国家天文台）从事天文学史的研究。在此期间，他与自己中山大学的师弟席泽宗合作撰写过《康德星云说的哲学意义》等专著和论文，在科普期刊《科学实验》和少儿期刊《北京少年》上发表过少量有关天文学和数学方面的科学小品。

感受到改革开放的春风之后，郑文光重操旧业，再度开始科幻文学创作。1978年，他在科研之余，修订、重写了一批过去的作品。1979年末，他的少儿作品集《海姑娘》和《飞上天去的小猴子》出版。前者收纳了他过往撰写的一些科幻小说，后者则包括一些科学童话和科学小品。《海姑娘》本来是一个关于人工腮的微型小说，但重新发表时作品内容已经被扩充。作品不再像过去的儿童科幻那样情节简单，而是充满语言的魅力，已经发育成完善的优秀儿童小说作品。但这一时期最具震撼力的作品还是《飞向人马座》（人民文学出版社，1979）。

《飞向人马座》具有硬科幻的典范性，它提供了一个长篇科幻小说的标杆。在小说中，郑文光继续保持科幻小说作为一种科普读物的性质，但在语言、情节、人物塑造等方面着意加强，使一种以科学普及为目的的作品真正成为一个文学上能够给人提供享受、思想上能够给人启迪和激发的艺术作品，成为“青春和理想的赞歌”。

从某种意义上看，《飞向人马座》是郑文光创作于1954年的短篇小说《从地球到火星》的提升版。《从地球到火星》是一个紧张的太空救援故事。一群小学生误触开关，驾驶飞船从地球飞向火星，地球上的科学工作者随即乘坐第二艘飞船前往救援。在观赏了火星风光之后，两艘飞船合并返航。《飞向人马座》则在此基础上进行了提升，主人公是三名宇航学校的实习生，他们乘坐的东方号飞船具有全球最先进的推进、导航、数据库、虚拟现实系统。飞船在恶劣的国际关系之下被敌方启动，带着三个青春期的不速之客飞向太阳系的边缘。七年半之后，地球上科学家制造的第二艘飞船与第一艘飞船汇合，将离家出走、浪迹天涯的孩子带回故土。小说在科学技术方面所呈现的大推力航天器、语音识别、虚拟现实、人工智能、中微子通讯器、微粒黑洞等在那样的年代远远超出人们的想象。更重要的是，作者并不满足于表现科技奇观，而是要发掘学习和发展科技知识的过程当中所蕴含的勇气、力量和创新精神，并将它们通过作品传达给读者。小说强调的正义、勇敢、友谊、爱情观念，在那个物质仍然很不丰富的年代，给人们带去的是关注自身成长和对科学事业产生热爱的理念。

《飞向人马座》在一定程度上参考了苏联作家薇拉·凯特琳斯卡娅描写在远东地区建设共青城的长篇小说《勇敢》，着力展现一批乐观向上、投身建设的青年群像。主人公邵继恩和邵继来，从谐音上可以看出，是对已故的周恩来总理的怀念。这对兄妹在遥远的旅途中充满乐观精神和追求科学的意志。钟亚兵作为哥哥的同学、妹妹的崇拜者，情感含而不露，具有那个年代人们追求爱情时的含蓄特点。在地球上的人，虽然多数是匆匆带过，但在只言片语中也具有典型人物的特征。《飞向人马座》作为一部青春成长小说，在当时对带动科幻作家跳出儿童文学窠臼起到了积极作用，小说获得了全国少年儿童文艺创作（1954—1979）评奖科学文艺类一等奖。

创作于同一时期的《太平洋人》集中反映了郑文光塑造“80年代的社会主义新人”的理念，具体到作品中即是“为现代科学技术武装的人”，“一种掌握现代化科学思维方法的人”。小说的构思仍然是复合式的，从3017号小行星被发现开始，到对轨道进行细致计算后证明这颗小行星曾经是地球的一个组成部分，再到从太空中捕捉小行星返回地球，并从中发现了人类的远古祖先并命名为太平洋人。小说的科学构思一波未平一波又起，一气呵成。而故事中的双胞胎兄弟为爱成仇后的情感化解跟科技和道德不断发展的未来又息息相关。

郑文光是童恩正革新的热心支持、拓展和身体力行者。早年他曾经在中国文联工作，跟五六十年代的一批作家来往甚密；而正在兴起的伤痕文学和反思文学能否被纳入科幻小说的创作范畴成了郑文光思考的问题。为此，他提出应该以“科幻现实主义”来统括科幻文学与现实之间的关系，后又将这一文类界定为一种“以科学方法来创作的小说”。他自己的创作，也整体转向对于社会现实的反思和置于其中的人性书写。

科幻现实主义是 1981 年 11 月 12 日郑文光在参加文学创作座谈会时提出的。他指出：“科幻小说也是小说，也是反映现实生活的小说，只不过它不是平面镜似的反映，而是一面折光镜……采取严肃的形式，我们把它叫作科幻现实主义。”为了践行这种创作原则，郑文光撰写了《星星营》《命运夜总会》《地球的镜像》《哲学家》等作品，其中《命运夜总会》和《地球的镜像》是影响最大的两篇。《命运夜总会》脱胎自作者本人的香港生活、政治活动经验，故事情节的排布极为精巧。反派徐国甡是个白面书生，在“文革”中整人无数，而后又奔赴香港淘金，是一个外表风度翩翩、温文尔雅，内心极度复杂的形象。他一方面将“命运”视为推诿的对象，因而对利用万能超声仪作恶丝毫不以为意；但另一方面又极度依赖机器带来的短暂慰藉，以至于过度使用，如其他受害者一样精神崩溃。“甡”有“众多”之义，作者给主人公起名“国甡”有明确的暗示意味，他甚至在文中直陈：“戴眼镜的白面书生，不是很多、很多吗？”

跟《珊瑚岛上的死光》类似，《命运夜总会》中的科幻设定，没有什么技术含量，只是一种隐喻。“SS—万能超声仪”直接作用于人的精神，在低强度时能够给人以慰藉，稍微加强或者长期使用，便会致人疯狂。这种疯狂的后果并不可控，每个人都处在危险当中。这一科幻构思被作家鲍昌认为是“对于现实生活本质的概括”。在作者的类似作品中还有诸多灵药、机器，作者往往毫不掩饰其对于现实的隐喻目的。作为预设虚构属性的科幻文类，这一手法实际上彰显了它针对社会现实展开“思想实验”的强大力量。尽管当时国内在这方面的探索还较为初步，但仅就隐喻这一手法本身来说，在《命运夜总会》之后，还有魏雅华、叶永烈等人使用。

《地球的镜像》是改革开放早期被译成多国语言且被选入多个选集中的作品。这部作品本身几乎没有情节，仅仅叙述宇航员到达地球的镜像星之后发现外星人通过全息电影记录了中国历史。但“就像人们去参观笼子里的动物，未必总是选它最威武、最美丽、最生气勃勃的一瞬间”。有趣的是，外星人切割到的中国历史，有郑和下西洋，也有火烧阿房宫，甚至混乱年代的相互斗争。在对“文革”进行道德化评价的同时，这部作品将其放在更为宏大的历史进程当中进行考察，并提供了一个具有充分超越性的历史评判姿态。此时的“伤痕”便不再仅限于具体的、碎片化的表达方式，而被放在了文明与野蛮之复杂关联的宏大尺度当中，一个外在于历史事件、更具有时空跨度的意义框架隐约浮现出来。这种手法即是以“科学幻想构思”来提供一个超越性的视角，对现实事件做出评价。郑文光在谈论这些作品的时候，将其总结为“以科学的手法来写小说”，科幻由此也成为一面突破现实表象、比一般文学更能抵达现实本质的“折光镜”。

在郑文光的前述两类作品中，前者在新时期创造了硬科幻的巅峰，后者则代表了当时社会派作品的典范。在完成了这些探索之后，他开始尝试向早先的创作思路回归，系列儿童小说《神翼》和《战神的后裔》是这一阶段的成果。《神翼》讲述的是借助一副神奇的翅膀，让人类能够在空气中飞行的故事。小说以少年为主人公，讲述了他们使用翅膀跟歹徒劫匪搏斗、抢救遇难的登山队员等故事。《神翼》让郑文光继续在儿童科幻创作领域占据重要的位置，获得第一届（1980—1985）全国优秀儿童文学奖（科幻小说类）和第二届宋庆龄儿童文学奖（二等奖）。《战神的后裔》是作者因中风停止创作之前完成的最后一部长篇小说。作品是对1957年发表的短篇小说《火星建设者》的重新改写，且当时的创作环境充满了争议和思考，因此将这部作品视为作者对他整个创作生涯的呼应和总结也不为过。作者一方面尝试以“哲学家的角度”，探讨极端环境下新社会体制的建构及其合理性，这种直达社会规律的做法是更高层面上的“科幻现实主义”；另一方面，小说对硬科幻中“知识硬块”的处理更加圆融，某些物理知识甚至在一定程度上获得了其自身独立性，成为极具科幻文类特征的审美形象。此外，郑文光还在该作中深沉地推进了此前曾涉及过的科幻在地化、民族化命题，尝试将传统文化中的一系列母题置入科幻背景当中，以之突破以传统文化元素作为点缀的粗糙做法。

从整体上看，郑文光的科幻创作中蕴含了他在香港生活的所见所闻，也蕴含了他对天文学和宇宙本身的美感的深度挖掘。他深受凡尔纳和苏联科幻的影响，但他不认为科幻是简单的科普作品，而是力图把这种创作造就成一种真正的美感的文学。

中风之后，郑文光虽然不能写作，但仍然继续关心科幻的发展。他多次参加《科幻世界》举办的各种活动，在各种场合为年轻作家打气，支持他们的创新。在他70岁寿辰的时候，由《科幻世界》杂志举办的中国科幻银河奖特别给他颁发了终身成就奖。这是中国科幻领域的第一个终身成就奖。他去世之后，陈洁根据他的回忆录整理发表了《亲历中国科幻——郑文光评传》，全书深度介绍了郑文光一生的创作和经历。

4 萧建亨与《沙洛姆教授的迷误》

萧建亨是这个时期科幻小说重要题材的开拓者，他在人工智能、外星生命、心理学和本土健康医学等方面的创作尝试，获得了重要成果。1979年，萧建亨在修订60年代的作品《奇异的机器狗》时，将其中提到的逻辑机改为人工智能机，创始了这一新领域的写作。作为“文革”后最早“归来”的科幻作家之一，萧建亨在继续少儿科幻写作的同时，也开始写作非少儿作品。此时萧建亨已是中国作家协会会员，并任中国科普作家协会第一、第二、第三届理事，科学文艺委员会副主任，江苏省科普作协副理事长，苏州市科普作协理事长。

萧建亨的作品可以分成两类。第一类是沿袭五六十年代自己开创的写作方式针对儿童进行的创作。这类作品对标真正的儿童文学杰作，强调人物的塑造和童趣的创建。他一如既往地把科技当成科幻的内核，通过反复尝试和筛选新的技术方向，介入更多有意义的领域。第二类则是以成人为目标读者，将社会生活的议题与科幻构思密切结合的产物。

萧建亨长期致力于儿童文学领域中的科幻写作。这种对儿童生活的重视和亲近，使得他的小说充满真实感，被孩子们广泛喜爱。因为在前面的章节中已经对他的这个特征进行过介绍，这里只是补充进入新时期以后的作品，比较有代表性的是《密林虎踪》《万能服务公司的最佳方案》《金星人之谜》《梦》和《水下猎人的故事》。《密林虎踪》发表于《少年科学》1977 年第 4 期和第 5 期，是萧建亨“文革”后恢复期的最早作品。小说沿袭了《布克的奇遇》的写作方法，但把场景进一步扩大。小说中发展科学技术的目的在于令动物和人类更好地相处，珍稀猛兽得到保护。作品中还提到了类似脑机接口的设备。小说获上海新长征科普读物评奖一等奖。《万能服务公司的最佳方案》是应《我们爱科学》主编郑延慧邀请撰写的。与之前关于电脑题材的小说不同，这篇作品集中在计算机的智能搜索方面。作者试图通过不同的搜索思路，展现不同路径或不同算法对问题解决的重要作用。小说在《我们爱科学》1979 年第 7 期和第 8 期上刊出，并获得了该刊 1980 年评选的优秀作品一等奖。《金星人之谜》在收入《密林虎踪》的同时，刊登在四川《科学文艺》创刊号上，后获得第一届江苏省优秀科普作品评选优秀奖。小说是从作者“文革”前写作的一部关于宇宙探索的长篇科幻小说《卡利斯托人》的开头部分选取的。早在50年代到60年代，萧建亨就在小说中尝试撰写过火星上的生命。这一次，他不但直接撰写了人类跟外星生命的接触，还试图构造出外星球的社会风貌。十分可惜的是，只有这部分开头获得了发表，其他部分已经因故被作者销毁。中篇科幻小说《梦》（1979）是作家参加1978年10月在庐山召开的全国少年儿童读物出版工作座谈会后受到激励，连家也未回就赶到江苏少年儿童出版社租用的江苏省共青团招待所中赶写的。《梦》的核心设定是利用睡梦学习科学知识。在孩子的梦中，他们奔向100年之后，乘坐的飞船被外星人中途闯入，孩子们为此开始了一系列对抗。小说的结尾又回到现实，原来整个过程都处于受控的学习之中。小说中的几个孩子形象非常生动，当出版社进行读者调查的时候，孩子们大呼主人公杨毛头万岁。此文获得江苏省建国三十周年儿童文学读物评奖一等奖，后又获得中国新时期优秀少儿文艺读物二等奖。短篇小说《水下猎人的故事》是作者另一个未能发表的长篇小说《冰海猎踪》的缩写版。《冰海猎踪》最早是关于捕鲸的故事，但考虑到对鲸的保护，《水下猎人的故事》对整个情节都做了修改，在《智慧树》发表时改名为《射击》，后收入选集《特殊任务》（1988）。

为解决全国少年儿童的书荒问题，1980年少年儿童出版社张伯文为萧建亨请创作假，邀请他到少年儿童出版社写作。在这一时期，他创作了《金星人之谜》《重返舞台》和《不睡觉的女婿》等作品，集结收录在个人选集《密林虎踪》（少年儿童出版社，1979）中。正是在这个选集中，有部分作品已经开始转向成人读者：这就是萧建亨第二类创作的开始。

在第二类创作中，《重返舞台》发表得最早。小说讲述如何利用现代科学技术帮助一位失声的歌唱家重返舞台。萧建亨自己回忆说，因为写得太真实，出版社将作品送到上海音乐学院去进行科学审查，经过一年多才被送回。他还因此被咨询能否协助国内著名音乐家恢复嗓音。《不睡觉的女婿》是萧建亨将中国传统文化写入科幻小说的一个尝试。故事中，老教师的女婿因为从事传统医疗健身方面的科研，屡屡做出奇怪举动，令老教师非常狐疑。在冰释前嫌之后，老教师进入女婿正在研究的那个神秘的东方医学世界，感受到了中华文化的神秘、博大和充满魅力。《搏斗》也是一个结合我国传统医学哲学概念讨论攻克癌症议题的故事。故事期待中国传统医学的整体概念在未来的癌症治疗中能发扬光大。作者自述，一旦传统医学被现代科学武装起来，会成为整个世界意义上的一场哲学观念革命。此文在海洋出版社的《冰下的梦》中发表的同时，收入选集《特殊任务》。

此时，童恩正革命性的科幻宣言已经发出。作为童恩正的好友，萧建亨对童恩正观念的阐述、支持和深化极大地启发了当时的科幻作家。他的理论长文《谈谈我国科幻小说的发展——兼论我国科幻小说的一些争论》是国内作家站在全球立场理解科幻创作和这个文类本身奥秘的第一次系统化尝试。作者通过广泛复杂的创作实践来说明问题，与此同时又不忘把这些创作实践的素材置入科幻理论和世界科幻发展的历史图景。这样的论述方式使作者既能见微知著，紧贴真实的发展和创作过程，又能高屋建瓴，占据理论的高点俯瞰当前。他对科幻的陈旧套路、在人物方面给人的刻板印象等问题的点评一针见血。此后，他的小说《沙洛姆教授的迷误》和《乔二患病记》标志着他试图逃离当时种种套路和缺陷的尝试。

《沙洛姆教授的迷误》（《人民文学》，1980 年第 12 期）中表现了作者的多重焦虑和多元探索。故事主线是机器人公司让机器人父母来养育人类的孩子，通过利用这样一个伪造的家庭来宣传自己的人工智能产品。这是萧建亨发明的独特的检验机器人是否已经具备人类思维的非图灵测验，其中暗含着丰富的设计思想。但小说没有停止在这里，而是更多介入机器与人类成长及人机共生、机器人自治、女权主义等内容。小说全方位反映了人工智能在现实生活中的作用和对社会道德伦理等方面的影响。此后他又撰写了《乔二患病记》（《人民文学》，1982 年第 12 期）。在这部小说中，萧建亨提出一种新的非图灵测验，即让机器人参加会议，看可否不被发现。从表面上看，小说是关于机器人用途的展现，但故事的深处仍然聚焦人机差异。作者坦言，构思来源于一次误入“红学”研讨会的个人经验。一种分身在多地出现的想法攫住了作者，他马上构思出一个学者让自己的分身去参加没完没了的会议的讽刺故事。小说批判了那些整天混迹于会场高谈阔论、不讲实效的官僚主义作风。

无论是面向儿童还是成人，现实生活始终是萧建亨科幻创作的源泉和旨归。他的故事平易近人，常常把科学放在我们的日常生活当中。即便是深奥的科学理论，也能够在平凡的故事中让人们容易理解和接受。他还在自己的文论中强调，必须消除科学硬块给科幻阅读造成的阻碍。萧建亨并未陷入过于宏大而显得空泛的道德和社会宣言，他所考虑的社会政治问题总是跟现实具有紧密的关系。

1988 年，作品选《肖（萧）建亨获奖科学幻想小说选》出版。此后他基本没有新作发表。他虽然较少写作，但仍然时常关注这个领域的变化和发展。他最新的一篇文章发表在 2021 年 6 月 14 日，题目是《赋予科幻一种理想的光辉——漫谈吴岩新作〈中国轨道号〉》。

5 金涛与《月光岛》

作为“新入者”中最典型的代表，金涛用自己的现实主义作品直面生活，表达了对未来社会和政治发展的担忧。他是社会派科幻的代表作家。

金涛（1940— ），安徽黟县人，1957 年考入北京大学，《光明日报》高级记者。1980 年，他凭借处女作《月光岛》一跃成为“科幻现实主义”的代表作家之一。

据金涛回忆，《月光岛》（1980）的构思是作者在与郑文光的探讨交往中逐渐成形的，小说创作重新唤醒了自己在科幻方面一度被搁置的兴趣与热情。故事讲述在一个充满浓重政治性话语的年代，生化系毕业生梅生跟从孟教授进行科研工作，但孟教授却被莫名其妙地陷害，梅生因此来到月光岛。岛上仅有36名渔民，梅生在跟他们相处过程中体会到单纯的美好。他用与孟教授共同研制的生命复活素使漂流到岛上的孟教授之女孟薇起死回生，两人相爱。在孟薇的鼓励下，梅生走出月光岛，在T城找到刚刚出狱的孟教授。两人共同去月光岛寻找孟薇时发现那里村庄已经消失。原来，岛上的渔民是潜伏在地球上进行考察的天狼星人，满十年后必须返回自己的星球。而孟薇因为对地球不再抱有希望，决定跟他们一同远走他乡。

《月光岛》的问世具有标志性的意义。在它发表之后，独具中国特色的“社会派”科幻理念逐渐成形。小说一方面反映了当时科幻作家尝试以科幻形式与“伤痕文学”浪潮密切结合，另一方面又以独特的创作手法和情节构思，提供了观察、反思过去经验的全新角度。它不但回答了“科幻要不要正视现实”这一问题，而且在一定程度上提出了以科幻来“反映”或者“介入”现实的优势和必要性。通过设置生命复活素使人起死回生的科幻情节，小说将对现实的批判和反思推向当时一般“伤痕文学”力所不及的更深层次。作者借由外星人之口对“人类”做出了评判：“地球人要进入文明的理想境界，大约需要再经过一百个世纪。根据我们的研究，他们比起宇宙中其他星球的人，无论是科学技术，还是社会公德都差得太远太远。”

这种来自人类文明之外的姿态，恰是独属于科幻文类的特殊观察视角。现实的苦难、社会的复杂纠缠，因此被放置到了人类文明的宏大背景之下；读者也由此得以跳脱出个体化、暂时性的人类经验，进而也打破了较为局限的陈旧审美和意义框架，从一个截然不同的角度来对社会历史现实进行把握。科幻使得科学在此时成为一种独立于“伤痕文学”的话语系统，并能够针对具体现实隐约提供一种特殊的意义和价值。在《月光岛》之后的几年间，以“社会派”为代表的一批中国科幻作品当中，通过科幻设定来提供观察、批判现实视角的做法蔚然成风。

金涛的创作活动并未随着80年代中期的科幻落潮中止。在《月光岛》之后，他转向书写科技产品深刻侵入现实所引发的诸多颇具生活情趣的事件。这种尝试将目标读者群体重新拉回到青少年群体当中，创作目的也回到了传统范式之内。此类作品中的代表是以《魔鞋》《魔盒》等为题的“马小哈”系列。《魔鞋》（《儿童时代》，1980年第11期）是马小哈的第一次出场。马小哈准备代表学校参加长跑决赛，但醒来却找不到自己的球鞋了。当同班同学乘公共汽车赶到场地时，却发现错过汽车的马小哈比他们更早到达。比赛中，马小哈一眨眼跑到终点，由于冲力过大无法刹住，结果从观众头上飞了过去。原来，他穿着的是他爸爸设计的生物电流充电的气垫船魔鞋。作为一个新时代的少年主人公，马小哈脱离了当时的“好孩子”模式。他不是上知天文下知地理的小灵通，相反他对学习和各种规则都不那么上心，每天马马虎虎度日，但对所有新事物都有兴趣。马小哈为人正直，非常善良，而且体现着孩子的童心。能塑造出这样的人物，说明金涛对儿童科幻小说的理解非常深入。

金涛后来的科幻现实主义创作，与郑文光等人对现实社会问题的强调有所差异。他并非脱离科学技术去空谈政治或社会，而是把当前的科学问题当成重要的反思对象。《除夕之夜》等科幻作品就是建立在人类跟自然关系之上的一系列小说。作者常常会提到人们对科技产品的误用，我们可以从大自然的报复的角度去观察他的思想，或者从发明者、生产者、传播者、应用者、受益者等角度去分析小说。

金涛的这些创作实际上是在原本的“科学文艺”的发展逻辑之内，

以一种相对温和的方式将科学置入“现实”的。科技创新因此突破了工厂、实验室等相对的空间，扩大到了整个快速发展变化的现实社会。在这一创作思路当中，科技实践被转化为日常生活经验，因此他的作品必然保存了对科学主义的反抗，在反思科学、批判科学误用、消解科学权威性等方面能够发挥作用。

金涛在50年代就读于北大地质地理系，当时就参与创作过歌剧《骆驼山》和反映大学生活的多幕话剧《冰川春水》。毕业后他长期进行科技新闻的报道。全国科学大会召开后，他在《光明日报》主编《科学副刊》，发表了不少科普与科幻作品。他还与王逢振、孟庆枢等人合作编写选集如《魔鬼三角与UFO：西方著名科学幻想小说选》（欧美）、《在我消逝掉的世界里：苏联著名科学幻想小说选》（苏联）、《冰下的梦》（国内）等，均产生了较大的影响。他是粉碎“四人帮”之后科幻繁荣的重要推手之一。他的科幻作品还包括《人与兽》《台风行动》《暴风雪的夏天》《冰原迷踪》等。1993年，《魔盒》获首届全国优秀少儿科普图书奖大奖——周培源奖。1990年，他被中国科普作家协会评为“建国以来特别是科普作协成立以来成绩突出的科普作家”。金涛结束记者生涯之后，担任科学普及出版社（暨中国科学技术出版社）社长兼总编辑多年。他也曾经担任中国科普作家协会副理事长兼科学文艺委员会主任委员。

6 刘兴诗与《美洲来的哥伦布》

刘兴诗也是“归来者”中的重要代表作家。他在新时期创作的科幻小说沿袭以往的思路，强调科幻小说应该成为科学研究的补充和拓展，认为自己是“姓科派”的代表。

刘兴诗在这一时期的科幻小说可以分成三类。第一类是探险为主题的作品，这类作品尤其以水手所进行的海洋探险为多；第二类是各种童话式的传奇；第三类则是一系列以社会生活，如足球运动等为主题的科幻。

“归来”之初，刘兴诗延续了50年代以降的创作思路，首先在科学探险的方向上做出了一系列尝试，《陨落的生命微尘》《海眼》和《美洲来的哥伦布》等，都是其中的典型代表。短篇小说《陨落的生命微尘》是刘兴诗在这一时期发表的第一部作品。小说通过几代科研工作者的努力，试图解开42年回归一次的流星群中带来的宇宙生命的奥秘。作者的雄心不单单是提出宇宙中存在生命的假说，还想通过故事展现科学工作者在不同历史时代的遭遇。长篇小说《海眼》让他开始对科幻创作进行全方位的思考和实践。《海眼》的故事来自作者在广西寻找水源的科考实践。他回忆说，当地水源稀缺，“一水三用”。但老百姓还要把仅有的一点点水沉淀后给他们喝，并希望他们不要为找不到水而懊丧。就在这次考察的现场，受到感动的刘兴诗开始了《海眼》的创作。他在该书的后记中说，科幻有两种类型，瞩目遥远的未来是一种，另一种则是科研工作的延伸。按照刘兴诗自己的想法，科学研究在资料齐全的基础上可以顺利进行，但如果资料不全则可提出种种猜想。科幻小说就是这些猜想的文学表达。他还在作品后面附加了一系列参考文献以证明其中的若干内容的确可以找到资料的支持。

虽然前述长篇和短篇小说的尝试没有取得大的成功，但刘兴诗在创作中逐渐树立起了信心，并开始强化自己的创作理念。接下来发表的《美洲来的哥伦布》全面展现了他作为一个主流科幻作家的强大实力。与前面作品不同的是，《美洲来的哥伦布》的主题从科研探索转变为个人成长，背景也被放在了国外。小说主人公是英格兰水手威利。他在幼年时曾和小伙伴一起在家乡苔丝蒙娜湖的泥潭中发现过古代印第安人的独木舟。这个发现并不被当时的科学界所接受，因为人们并不相信在英国土地上会出现美洲的原始文物。威利在当上水手后深入美洲印第安人古国遗址，在此发现当地土著的确曾使用过自己找到的独木舟。虽然这一次发现引发了学术界的争论，但科学家们出于不同想法，总是否认印第安人到过欧洲的想法。为了证明这种推测是可能的，威利进行了一次惊心动魄的独木舟横渡大西洋的壮举。在没有充足食物和水的情况下，他战胜风暴、暗礁和鲨鱼，成功到达英国。历史因为他的这次航行而改写。《美洲来的哥伦布》成功地突破了儿童文学的创作模式。在语言方面，刘兴诗延续了此前喜欢用华美辞藻撰写异域风情的风格，这正好跟国外生活类作品的主题相互契合。对地理学和地质学的熟知让他很好地把握了宏大的探险过程，而艰苦的旅行给人物性格的塑造创造了条件。整部小说的政治主题是讽刺"白人至上主义"，小说试图为被压迫的殖民地民族寻找民族自豪感。这种尝试恰好能展现作者作为年轻一代的反抗性。

在刘兴诗的回忆中，他早在 60 年代的科研实践当中就开始构思这一作品，相关的资料查阅和考察研究持续到了 80 年代初期。他不但参考了大西洋的海流图来考虑主人公的横渡地点，甚至还考察了上岸地的峭壁质地与颜色。在正式发表之前，他曾将小说刻写为油印稿，广泛寄送，征集意见。在小说问世的同时，刘兴诗还发表了一篇同一题材的科普文章《马丁湖底的神秘独木舟》，两者彼此印证，切实反映了作者的科幻理念。评论家饶忠华称它为"中国科幻小说中重科学流派的代表作"。

在《美洲来的哥伦布》之后，他又创作了《扶桑木下的脚印》，试图证明 1500 年前中国和尚慧深曾经到过美洲。可能因为基本模式的相似性，该作品影响力相对有限。

《死城的传说》描写主人公小艾桑曾听爸爸说死城里有一口被魔力封禁的宝井，找到它塔克拉玛干就会变成一片绿洲。在寻找古井的过程中，主人公发现了神秘的古城。小说中塑造的少数民族人物令人印象深刻，阶级斗争的印痕也同样存在。但故事中防止水分流失的乳化剂却具有非常鲜明的未来科技色彩。凭借这种独特的科学发现，塔克拉玛干变成绿洲的梦想最终得以实现。这也是中国科幻作家撰写的重要的“丝绸之路”作品。

在创作科学探险类作品之余，刘兴诗还书写了不少与现实科学研究相距较远、更具有童话色彩的科学传奇故事。这类作品的代表是《辛巴达太空浪游记》。故事讲述辛巴达在宇宙中一次次漫游，在不同星球上看到的世界和社会都有所不同。小说的风格仍然是异域探险，但没有那些强烈的科学羁绊。这类作品跟作者的童话、异域小说相互跨界。

80年代后期，刘兴诗撰写了一系列关于社会生活的故事，例如《中国足球狂想曲》《三六九狂想曲》《雾中山传奇》等。这类作品中的一些极具讽刺性，讨论的主题也是足球的发展或住房改革。而《雾中山传奇》的基本情况，则是他与童恩正交往过程的个人回忆。

创作的这些转向，让刘兴诗的作品相当丰富多彩。早期他主张科幻小说应在切实可靠的科学基础上萌发幻想，后期他虽然仍然反复强调这一点，但自己的创作已经脱离这个轨道。他提出科幻要注意反映现实生活，书写人民大众心声。他反对闭门造车、胡思乱想，反对脱离现实生活和人民大众的纯娱乐性创作。他还提出中国科幻作品应该具备的四个要素：科学性、文学性、民族性和联系现实。刘兴诗批判当时的中国科幻，说它看起来非常繁荣，但是给人的印象基本上没有脱离校园文学的框框。对于儿童科幻，刘兴诗认为它应该符合真善美原则，即美的意境和语言、真的情感和知识、善的性灵和追求。

刘兴诗的小说还有《喂，大海》《失踪的航线》《雪尘》《柳江人之谜》等。《雪尘》被中国福利会下属剧团于80年代初改编为多场话剧《山野的故事》，在上海上演。他的动画片《我的朋友小海豚》在国外获奖。鉴于对科学普及的贡献，刘兴诗获得过国家科学技术进步奖二等奖。

7 王晓达与“海陆空”三部曲

王晓达是“新人者”中全情投入技术创新型科幻探索且成绩斐然的作家，是那个时代技术硬科幻的代表。

王晓达(1939—2021),本名王孝达,1961年毕业于天津大学机械系，先后在成都汽车配件厂、成都工程机械厂从事技术工作，1979年后任教于成都大学。他是新时期涌现出的最著名的硬科幻作家，展现了工程学工作者介入科幻创作后可能的风貌。他对各种科技和科学家的描写，细节丰富且极具真实感。代表作有以张长弓为主人公的“海陆空”三部曲（《波》《冰下的梦》和《太空幽灵岛》），以及《复活节》《莫名其妙》《电人历险记》《无中生有》等。

“海陆空”三部曲是王晓达的科幻创作的代表。第一部《波》(《四川文学》，1979年第4期)是他的处女作，发表四个月后即被收入《科学神话：1976—1979科学幻想作品集》，且被放在显要位置。故事讲述军事科学记者张长弓奉命到88基地采访“波-45”防御系统。该系统由枫市大学物理系王凡教授在波理论的基础上发明建造，是利用高能武器导致敌机行动失常的强大防御系统。在采访中，主人公遭到敌特暗算，被挟持为人质，敌特要求教授交出设计图纸，教授通过自己布置的视听幻象令主人公化险为夷。

《波》有着惊人且新奇的科学幻想构思，作者成功摆脱了所谓“三种人”（即机器人、克隆人、外星人）或者时间隧道、恐龙复活之类在当时已然较为套路化的素材，而从身边的科学现象、前沿的科学研究出发,选取新颖的写作素材。正是通过着重突出这种“科学幻想构思”，作者一方面跳出科普工具论，获得了更加广阔的创作空间，另一方面也保留了科幻小说的文类特征。作品把波理论和虚拟现实等创意融入实验室和厂房，推动惊险情节的发展，让人感到真实可信。小说语言朴实，没有华丽辞藻，但对人物、场景的描绘注意个性化和意境展现，不“刻意”的做法使人感到亲切清爽。

继《波》之后，《冰下的梦》于1980年由海洋出版社出版，这是“陆海空”三部曲中的第二部。小说沿用了《波》的主人公张长弓，在故事结构、人物塑造和语言方面都比《波》更胜一筹，其科幻构思也更为宏大。故事的背景为中国完全开放、走向世界，并深度参与世界各大洲的建设之时。张长弓在北非某国帮助改进合成水及液氢生产系统时遭受宇宙线辐射，医生为他头部换了钛合金头盖骨。这次手术使得他在后来遭遇异常事故、被神秘海底基地俘获并洗脑之时，免于失去全部记忆。“洗脑”后的主人公以编号RD-229的奴隶身份参观了海底基地南极冰下的RD中心。这个中心的最高长官雷诺是崇拜尼采哲学和希特勒的科学家，因海上意外事故被困在海底，却顺势建造了这一中心。他通过制造海难、运用洗脑技术获得奴隶员工，还企图盗取地球上各地的先进知识，对澳大利亚及南美巴西高原以南发动袭击，进而占领全球。张长弓侥幸未被洗脑，而后尝试通过联络、唤醒RD中心的部分员工，阻止雷诺的阴谋。在冲突中，雷诺被仪器洗掉了脑中的信息，成为白痴，RD基地同时毁灭，而奴隶员工们则陷入速冻。张长弓的回忆在独自一人逃出基地时戛然而止。《冰下的梦》在故事结构上巧妙地运用了倒叙、插叙和故事嵌套来设置悬念和营造氛围，在展现硬科技主题同时，也将“洗脑”“告密”“统治世界”“奴隶员工”等社会文化概念加入其中。

该系列的第三部《太空幽灵岛》于1981年由黑龙江科技出版社出版。以上三部曲奠定了王晓达在科幻界的“新秀”地位，而主人公张长弓还继续出现在更多其他作品之中。

王晓达的科幻小说创作观集中反映在《科学幻想小说与科学》当中。他在这篇文章中旗帜鲜明地指出，科技进步是科幻小说发生发展的源泉。回顾世界和我国科幻发展历史，我们发现科幻的发生发展和其他的文学艺术和各种文化现象一样，并不是理论概念先行，而是历史发展社会进步的产物，科幻小说的发生发展与科学技术的发展休戚相关，科幻小说是社会发展、科技进步的文学反映。

王晓达曾任《成都大学学报（自然科学版）》常务副主编、编辑室主任、编审。1982年，王晓达加入中国作家协会和中国科普作家协会，担任过中国科普作家协会科学文艺委员会荣誉委员、四川省科普作家协会副主席、成都市作家协会副主席。

8 魏雅华与《温柔之乡的梦》

魏雅华是科幻小说中最为重视从底层社会生活发掘题材并通过科幻形式进行展现的作家。他是那个时代批判现实主义科幻作家的代表。

魏雅华（1949— ），长期生活在西安，从事过小说、报告文学等创作。科幻小说是他成就最大的一个领域。他的故事往往充分利用科幻文学的虚构形式，讲述科技发明导致社会发展脱离原始轨道。这种独属于科幻文类的社会现实思考方式，在当时引发了激烈的讨论。而他直接呈现婚姻、人性、社会意识形态等内容在哲学理念上的冲突、表现对社会新旧伦理的关注、强调人对自身悲剧所负的责任、讥讽男权社会等内容，让他的作品常常引发争议。

魏雅华从1978年开始发表作品。在科幻创作之初，他基本还遵从“发明/发现”模式，《“飞毯”的风波》是这一时期的代表。但他很快就展现出了对新写法的掌控能力。1980年，《特别案件》就已经呈现出鲜明的个人特征，其中的科技原理不但超越了科技知识、社会影响的层面，而且直指隐藏在日常现象底层的“独立思考”“民主契约”“法制社会”等命题。这些理念在他后来的创作中一以贯之，其中《温柔之乡的梦》在国内外均引起了较大反响。《温柔之乡的梦》描写青年科技工作者在环球机器人公司购买并迎娶了高级机器人丽丽。丽丽是为应对男女比例失调这种特别具有中国特色的人口分布状态而研制的婚姻机器人。机器人以阿西莫夫“机器人学三定律”为基本道德准则，具备天然女人的所有优点，除了美貌和温柔、贤惠，还有很强的顺从性。由于夫唱妇随，主人公逐渐厌恶并排斥外界社会，对周围的人显示出厌倦、蛮横与自私，开始自我崇拜和自我欣赏。丽丽服从主人的命令，特别是在主人公酗酒后，按照他的命令，烧掉了他多年全部心血凝成的重大科研成果。主人公被捕，送交特别法庭，被判罚巨款。大难后的主人公竟然以不应该有绝对权威去总结这一阶段的人生。小说以主人公跟机器人妻子的离婚而告终。

《温柔之乡的梦》发表在 1981 年元月号的《北京文学》上。有人认为这是惊世骇俗的优秀之作，也有人说这部作品宣扬了人性论，还有人莫名其妙地从“维护美国名家阿西莫夫名誉”的角度对作者进行批判。当时正值粉碎“四人帮”之后不久，思想界依然春寒料峭。多数人认为，小说提出了许多发人深省的问题，是一篇高举思想解放大旗、大胆跳出原有科普模式的创新性作品。小说在社会上引起了强烈反响，被《小说月报》《小说选刊》《新华文摘》先后转载，并获得 1981 年北京文学奖。《阿西莫夫科幻小说》杂志迅速翻译了《温柔之乡的梦》并重点介绍了魏雅华，认为他的小说提出了对僵化的思想不应亦步亦趋的问题。

作者并没有因为社会上对《温柔之乡的梦》的讨论而却步，他很快推出了这篇小说的续篇《我决定和机器人妻子离婚》。在续篇中，主人公作为“人”的代表受到了“机器人”的代表丽丽以及辩护律师陈冰的控诉。法庭上，机器人妻子丽丽逐渐“觉醒”并控诉了“我”的罪行。此时，妻子丽丽大量阅读了孔孟老庄为代表的东方哲学作品，也饱读了从亚里士多德、苏格拉底到黑格尔、费尔巴哈、尼采的西方哲学著作。文化启蒙和思想解放使丽丽走向新的人生。从《温柔之乡的梦》到《我决定和机器人妻子离婚》描绘丽丽从人工智能机器到加入人的阵营的演变过程，表达了作者对机器人知识结构的建构观点。

魏雅华在这一时期的重要作品大多以梦为标题。除了《温柔之乡的梦》，还有《飘来的梦》和《丢失的梦》等。这些梦贯穿了同一主题，即先进技术的发展不一定是人类美梦的实现，更可能是人性丑恶一面的张扬。《天窗》是一篇关于自然灾害影响扩大后人类感到束手无策的小说。故事中社会秩序跟自然秩序的颠倒展现出生活本身的不公，而正常人对灾难的反应反而不如精神病患者来得真实。在《神奇的瞳孔》中，主人公是一个人事组织工作者，借助新发明的眼镜能够看到对其他人不可见的事物，这些事物直接关系到人的隐私和人性中的丑恶。最终，眼镜不但没有让他的事业更加辉煌，反而导致善良人的自杀、自残和自虐，爱人也弃他而去。不过，魏雅华的作品也并不都是鞭挞丑恶，也会对优良文化进行褒扬。《钟楼丢了》是一篇以他所生活的城市西安为模板撰写的小说。故事中，科技奇观与中国传统建筑、音乐诗词彼此融汇，建立了独特的风貌。

魏雅华的其他重要科幻作品还包括《天火》《晶种》《女娲之石》《远方来客》等。其中《女娲之石》荣获青春文学奖，《远方来客》荣获中国科幻小说首届银河奖，《天火》荣获中国科幻小说第二届银河奖，不少作品在主流文学期刊上刊登。在作者自述中，他由于青睐法国批判现实主义作家的作品，因而更乐意从福楼拜、梅里美、左拉、莫泊桑、都德、小仲马以及罗曼・罗兰等人的作品中寻找营养。80年代后期，他逐渐离开科幻创作，开始撰写通俗小说和报告文学，有多部作品获奖。

9　宋宜昌与《祸匣打开之后》

宋宜昌是最先采用全景式全球视角描写未来危机和通过国际努力超越灾难的作家。他的小说具有战争小说、末日小说等类型的特色。他是那个时代使中国科幻小说的内容和形式双重国际化的代表。

宋宜昌（1948—　），笔名伊长，情报学者，著名战争史小说作家，风暴式英语单词记忆法的发明人。宋宜昌在70年代即开始介入长篇科幻创作，发表了中国最早专门面向成人读者的长篇科幻小说。他的作品主要包括长篇小说《V的贬值》《祸匣打开之后》和一系列短篇小说。宋宜昌的科幻小说具有全球化的宏大视野，他将对未来国际关系的发展以及人类跟宇宙中其他智慧物种之间接触问题的敏感性，通过冷静的文字和变幻莫测的情节展现出来。此外，他的作品还包含了对战略、战争、社会动荡、东西方文化、宇宙中存在多种智慧生命等方面的思考。作者主动吸收当代国外战争小说的写作方法，把全球塑造成一种人类命运的共同体，而来自东方国家特别是中国的文化、科技，都在这个共同体中起到十分重要的领导作用。

《V的贬值》是作者应邀为香港长城电影公司撰写剧本过程中创作的小说。故事发生在美国，讲述的是巴特利克教授发明的一种称为AB-S的粉末，这种粉末能够控制皮肤生长、调控色泽，是一种“活性酶”。该发明用于整形之后，丑女海伦变成了美女。发明彻底改变了容貌决定人生这种在“过往上万年”中存在的社会规则。美丑界限的消失就是小说所说的“V”（美神维纳斯）的贬值，而“V”的贬值又导致了社会秩序的重塑。在小说中，作者认为如果把人们对美的技术追求当成一种乌托邦世界的建立过程，那么真正的结果是这个乌托邦将迅速转向恶托邦。作品的宏观社会背景是高度全球化的资本主义环境，其中资本对利润的追逐、人类的贪欲构成了毁灭的根源。故事讨论了美丑、财富、地位、性解放、民族差异、国际政治、科学家的社会责任等许多问题。面对新技术对金元帝国的颠覆，美国国家安全局和中央情报局没有坐视不管，他们积极行动，希望扭转这场科技发展造成的社会改变。在小说的结尾，作者一针见血地指出，科技跟文明的不同步，是造成灾难的原因。《V的贬值》撰写于1977年，1979年在香港正式出版。但由于整个故事都发生在国外，也鲜有中国人登场，特别是关于美丑等方面的话题在那个年代还比较敏感，因此直到20年后的1999年才被《中国科幻小说世纪回眸》收录。

《祸匣打开之后》的故事发生在22世纪初。小说从中国物理学家汪静跟日本地震学博士力武淑子的通讯开始。力武淑子根据有超自然感知力的尾上眉幸的感受，确认将有一次超大地震发生。他们将这场地震称为莱拉克，是英文“紫丁香”一词的音译。为减轻地震灾害，来自中国、日本、美国、巴西的科学家决定采用核弹轰爆方式释放地心能量。虽然核爆减弱了地震的毁灭度，但早已在地心休眠的来自大麦哲贝娅塔星球发达智慧种族的十三个西米被唤醒，地球的祸匣被打开。西米对人类发动了战争，在扫荡南极和太平洋岛国斐济之后移师中国，发动广州战役，摧毁了香港和广州，迫使广州市民移入地下生存。之后，飞碟又发起绿色战争，用病毒对地球上的植物和人类进行系统性的破坏。面对这一种族大战，国际行动协调委员会诞生，人类利用集体思维网络进行科技创新，力图消除各种病毒的威胁。此时，各国都为应对西米攻击制定了措施。美国决定飞向太空，苏联决定进入海底，欧洲继续跟病毒对抗；多数小国采取防御姿态，大国则出击抵抗。在中国，人们与来自其他星系的外星人短暂结盟，共同对抗西米，但却使得外星人决定彻底消灭人类。他们转移到美国进行攻击。此时，曾经死里逃生的印度人通过组织各种资源并阅读来自不同国家、不同历史时期的科研文献，跟美、苏、日等国协作，开发出强大的武器。在小说的结尾，地球人暂时得救，地球上的西米被消灭。但这些西米的死亡，却又唤醒了石斑星上另一批休眠的西米。人类的敌人仍然没有消除，整个宇宙中布满的各种生命仍然在威胁着地球人的生存。

《祸匣打开之后》是宋宜昌科幻小说的扛鼎之作。作品中塑造了在大时代变迁中沉浮的人物群像，对科学家、军官、难民的日常生活的描述可谓淋漓尽致。小说采用极为贴近现实战争的笔法，故事的情节跌宕起伏。人类与外星人之间旷日持久的战争并非你死我活，而是引来更高级的文明参与，这种写法沿袭中国古语“螳螂捕蝉，黄雀在后”

的模式，开中国科幻小说全方位描写人类跟外来物之间的战争的先河，也为中国后来的宇宙战争科幻小说创造了一种多层次的复调模式。除了《祸匣打开之后》，作者还创作了一系列其他小说，如《北方的孤独女王》《北极光下的幽灵》《沙漠之狐隆美尔》《燃烧的岛群》等，它们共同构成了作者横跨过去、现在与未来的战争小说系列。

宋宜昌的这些创作是科幻未来主义的典范之作。他在两部长篇小说和一系列短篇小说中，提出了一种在当时看来较为独特的未来发展观念，并且做了细致的描绘。在他看来，东、西方不同的文明道路和文化追求与科学技术的发展、科技思想的融会贯通密切相关；许多颇具深意的思考，正是建立在这样的未来观念之上。故事中讲述的未来生活的变化、生物技术的突破、虚拟现实的出现、各种全新的武器等，至今仍然具有启发性。他对科技发展必将出现裂变的预感，跟今天所谓的“奇点到来”的想法非常类似。他的作品和思想值得更多深入的研究。

宋宜昌曾在甘肃省科技情报研究所任职，后在科学普及出版社担任编辑，还参与编发该社《科幻世界》杂志，策划编辑了未能出版的《科幻译林》杂志。他也是中央电视台军事频道的时事评论员。

第五章　世纪之交科幻的发展（1991—2000）

导言

经历了20世纪80年代中后期的低谷，中国科幻在20世纪90年代迎来了新的繁荣。这十年间无论是国外科幻作品的译介和国际交流，还是本土科幻作品的创作和出版、科幻理论研究、科幻迷文化，都前所未有的丰富。科幻作家们亦在这样的氛围中不断对新的题材、形式、主题与风格进行百花齐放式的探索。可以说，90年代一方面对20世纪中国科幻的过往进行了总结，另一方面通过继承与发展也为21世纪这一文类的新崛起奠定了基础。

第一节　创作背景

1　全球化与现代化

20 世纪 90 年代是中国科幻文学重新复苏的时期。长期停滞的状况引发的科幻书荒，导致读者投书报刊，询问怎样能找到久已失去的科幻读物的踪迹。而一些富有责任感的作家、编辑、文化管理单位的领导也通过会议等形式，呼吁科幻的回归。此时，国内外环境正在改变，冷战终结，加入世贸组织的谈判和走向“全球化”的进程正在中国全面开启。

上述中国社会的变革也带来了思想的转变——其实这种转变在 80 年代就已经引发了讨论，在彼时的知识界中曾经有过对中国的探索和发展与所谓“西方 / 世界 / 现代”关系的想象和思考。而到了 90 年代，随着世界格局的变化，人们对未来的思索则变得更加审慎。在这一历史进程中，中国科幻文学也展现出新的面貌。特别是随着世纪末的临近，科幻小说这种焦点常常放在未来的文学类型，也必然呈现出不同的样式。

90 年代的科幻文学生态，主要在以下几个方面与之前的年代有所不同。

其一，由于多年来外国科幻文学的翻译和引进，此刻的中国作家和读者关于“世界科幻”的视野已经从凡尔纳和苏联转向欧美。一种以美国“黄金时代”为中心的科幻史观开始被中国科幻界所接受，并以此为参照建立起一套新的评判和学习标准。作家们提倡向“西方科幻”学习，“与国际接轨”，使中国科幻从一种落后且不成熟的“欠发达”

状态，迅速“成长 / 进化”为一种“现代化 / 国际化”的文学形式。50—70 年代的科幻创作观念，包括“科学文艺”“儿童文学”“为科普而科幻”等，被视作陈旧僵化的教条，科幻作家甚至集体向科普告别。

其二，一些科幻作家和研究者尝试以美国为参照对象来研究科幻文学在中国的发展。90 年代的科技与产业革命，以及好莱坞科幻大片的全球流行，令“科技与想象力”变成一个社会各界普遍关心的问题。一种观点是将美国的经济实力和科技水平与其科幻文化产业的繁荣联系在一起；而中国的科幻文化、科技水平“欠发达”，则需要进一步提升民族文化中的“科学精神”。于是，在新世纪来临之际大力发展中国科幻，也就顺理成章地承担着发展中国科学精神，并为国家赢得未来的历史使命。

其三，在科幻创作内容方面，一些作品中出现了“高级文明”与“低级文明”之间的冲突，其中“高级文明”往往科技水平更高，却丧失了情感、道德、审美、文化记忆等代表“人性”的要素，而“低级文明”恰恰与之相反。在一些故事中，“高级文明”试图去“低级文明”那里寻找自己丢失的“人性”，而在另一些故事中，“低级文明”则迫于生存竞争的压力，不得不为了“进化”而放弃“人性”。这些故事可以被视作全球化时代的民族寓言。

其四，在科幻创作的形式上，则出现了关于本土化和外来物之间的争论，一些人提出对“洋故事”的批评，呼吁探索“民族化道路”，创造“中国风格的科幻小说”。但也有作家认为，强行追求“中国特色”只会制造出“披着科幻外衣的神怪小说”。这一时期的科幻创作中也出现了对于“民族化道路”的各种探索。作家们或在科幻故事中加入中国元素，或在神话和历史中寻找幻想资源，或继续尝试触及中国当代现实问题与中国人的日常生活，在一种“古 / 今 / 中 / 西”相互参照的视域中重思历史与未来。

2 市场经济与大众文化

伴随出版发行体制改革，文学与文化的生产机制向市场转型。原先的国有文化单位相继实行“事业单位，企业管理”的双轨机制，同时大批文化商人、私营企业和跨国资本涌入文化市场。文化产品的工业属性、媒介属性、商品属性和娱乐属性日益凸显。大众文化及其相应的文化产业形态依靠市场获得支配性地位。受众的文化趣味和消费欲望，成为主宰文化产品生产与传播的主要因素。

科幻的生产机制在此过程中发生了复杂变化。一方面，科幻作家依旧期盼与科协、作协、科普作协等体制内的组织机构建立联系，但由于地位边缘和80年代发生的争论，这些努力效果有限。另一方面，科幻在适应市场的过程中，又不免与其他通俗类型文学（包括武侠、言情、神怪、历险、情色、恐怖灵异、俗史演义、公安刑侦、犯罪纪实等）相互竞争、相互渗透。对科幻文化的生产经营者而言，科幻的“科学”标签能够为其宣传推广提供便利。但从出版发行角度考虑，最受读者欢迎的，往往是通俗属性最明显的作品。

与此同时，伴随阅读市场的分化，经营者们逐渐发现，科幻其实难以进入纯文学读者群的视野，其主要受众仍然是青少年。这其中，“中小学生课外阅读”占据了一个相当重要的份额。其市场导向不仅由读者的趣味决定，也极大程度上受到来自学校和家长的引导与监管；对于后者而言，科幻比武侠、言情、动漫等类型更具有正面价值。因而在这样的时代，采取恰当策略，譬如强调科幻具有一定教育功能，就能将“科幻”与其他“非科学的通俗类型”区分开来，从而提升科幻的读者数量。

与市场和媒介发展同步的，是90年代中国本土的科幻迷文化的产生。科幻迷群体不仅仅被动地消费和接受文化产品，同时也通过分享、传播、评论、引用、拼贴、建立联系、创建组织等一系列实践活动，积极参与科幻文化的生产与建构，并反过来影响市场与媒介。90 年代的中国科幻只是参差多元的大众文化市场中一个相对小众的类型，但却因为科幻迷文化的高度活跃与凝聚力得以保持生命力并发展壮大。

这一时期科幻文化生产机制的独特性与复杂性，令其始终在“小众”与“大众”的张力之间呈现一种暧昧状态。虽然“软与硬”“科与文”“儿童或成人”的争论还在继续，但其语境已不同于 80 年代。这些争论的焦点在于，是否存在某种能够将科幻与其他类型区分开来的、“科幻之为科幻”的“核心”或者“本质”，从而使科幻能够不再被视作任何一种文学或文化形式的附庸，或者通向任何一种文化与政治目的的手段。如果的确存在，那么这一“核心”应该由谁来定义，它与其他各种文学类型之间的关系是什么，背离“核心”的创作方向又应该如何评价。这些争论尝试说出“科幻不是什么”，却又难以说清“科幻是什么”。正是在这些激烈的争论和实践过程中，科幻的文化主体性开始浮现并成型。

3　科技革命与科学文化

90 年代是知识经济与信息革命的时代。计算机、互联网与手机的普及飞速改变着中国人的日常生活经验与想象世界的方式；克隆羊、人类基因组计划、环境污染、全球变暖、臭氧层空洞、千年虫等科技新闻，也借由大众传媒而不断制造热点话题。与此同时，人体科学、气功热、飞碟热与各种民间科学思想，《飞碟探索》《奥秘》等专门刊登奇闻逸事的通俗类刊物，以及关于史前文明、百慕大三角、诺查丹玛斯预言等内容的信息传播，都深刻渗入 90 年代大众文化的肌理中。科幻想象不断被现实赶超，而“关于科学的叙事”亦混淆了“科学”与“幻想”之间的界限。这些变化为科幻创作提供了灵感，也为科幻的传播与接受创造土壤。

一方面，90 年代的社会文化中，萦绕着一种忧患与狂喜交织的千禧年 / 世纪末情结：一边是迎接 21 世纪的挑战，另一边是反思人类文明发展的弊端。这一时期的科幻作品普遍表达出面对科技与未来的复杂态度：新技术、新发明给人们生活带来混乱，人工智能觉醒后试图消灭人类，生态与环境恶化带来灾难，信息化时代的“真实”被“虚拟”取代，未来都市中的人情冷漠，科技发展对于“人伦”的挑战，以及形形色色的“世界末日”想象，都是其中最为常见的模式。

另一方面，1995 年的“科教兴国”战略、1997 年的“可持续发展”战略，以及 90 年代末“科学传播”概念的普及，都对科学文化产生了深刻影响。科普教育的宗旨，从培养劳动者生产技能，转向提高劳动者综合素质，其中包括对创新的鼓励、对环保意识的培养、对前沿科技的关注等多个方面。科普内容除了此前的单纯“科学知识”之外，还大力强调对“科学精神、科学思想、科学方法”等的宣传。公众对于科学的理解，从科学知识与实用技术转向思想文化领域，从“科学技术是第一生产力”，到“想象力比知识更重要”。“科学”代表着一种人文素养，一种创新精神，一种面向未来的视野，甚至是一种文化时尚。这种转向，为“科幻”中的“幻”提供了更加广阔的空间。

在破除科学普及的符咒之后，90 年代的科幻想象呈现出一种天马行空的丰富样貌，“科幻”与“非科幻”之间的界限也开始变得模糊。尽管关于“科技硬伤”的话题在科幻界内部还时有讨论，但这些“硬伤”很少会像过去那样被外部的人扣上“伪科学”或“封建迷信”的帽子。科普界本身的换代，加上整个社会不再把科幻当成一个重要的文化现象，使得科幻文学在远离主流文化的独立空间中自我浇灌、茁壮成长，最终走向一种独立的繁荣。

第二节　基本面貌

1　杂志与出版

20 世纪 90 年代，中国科幻从沉寂重新走向繁荣，与《科幻世界》杂志有着密不可分的联系。《科幻世界》的前身是创刊于 1979 年的《科学文艺》，由四川省科学技术协会主管、四川省科普创作协会（1990 年更名为四川省科普作家协会）主办。80 年代后期，伴随中央主导的一系列出版发行体制改革，期刊出版业向市场方向转型。《科学文艺》杂志社在主编杨潇带领下，不断摸索期刊的经营管理方法，在自负盈亏的情况下坚持办刊。1989 年，《科学文艺》改名为《奇谈》，从原先泛泛地刊登各种科学文艺文相关内容，转向以科学报告文学为主。但这次改版以失败告终。此后，编辑部对科学文艺的各种类型再做分析，认为抓报告文学只是跟风和赶时髦，应该聚焦于文类中最主干、读者最多的类型。这一决策奠定了成功的基础。

1991 年，杂志改名为《科幻世界》，决定重点打造“科幻”这个文化品牌，并向国内科幻作家进行重点约稿。这一年，编辑部跟四川省外事办公室与四川省科协联合，共同举办了世界科幻小说协会年会。世界科幻小说协会是冷战时代东西方爱好和平的作家结合成的跨国组织，意在缓和东西方之间的紧张局势，让更多科幻迷能相互沟通。1991 年，史上最后一届世界科幻小说协会年会在四川成都召开，来自海外的 17 位作家和上百位中国科幻作家与爱好者到会。这次年会成功扩大了《科幻世界》的影响力。1993 年，《科幻世界》由双月刊改为月刊，读者定位以初中生为主。杂志发行量开始迅速上升，1993 年为 3 万多册，到 1995 年突破 15 万册。1997 年 7 月，科幻世界杂志社举办“97 北京国际科幻大会”，除中外科幻作家外，还邀请到五位美、俄宇航员参会。中央电视台对这次大会进行了为期一周的跟踪报道，并将其列为当年“十大新闻事件”之一。同年，杂志社还举办了“四川国际科幻夏令营”。1999 年 1 月，青年作家阿来接替杨潇成为杂志社主编，同时开始调整办刊方针，强调向主流文学学习。同年第 7 期杂志上，由阿来撰写的刊首语《长生不老的梦想》中，恰好出现与当年高考作文题目《假如记忆可以移植》相关的内容，全国多家媒体争相报道这一“高考作文撞题事件”。随后第 9 期杂志上刊登专题报道文章《99 高考作文冲击波》以及名为《假如记忆可以移植》的封面故事。2000 年阿来小说《尘埃落定》获茅盾文学奖，媒体对阿来的报道又进一步提高了《科幻世界》的曝光率。这一年杂志销量达到平均每月 36 万册，创历史最高水平。

总体来看，《科幻世界》的成功，得益于杨潇和副主编谭楷等提出的办刊理念：将“科幻”当作一个文化品牌，将杂志作为一种文化产品来进行市场化经营。杂志社从选稿、配图、栏目设计、编读互动、征文比赛，到相关的发行、销售、推广宣传活动、周边产品开发等，都以不断扩大和培养市场为目标。科幻作为一种小众文化，通过这样的方式逐渐在大众文化市场中占得一席之地。

在培养作者方面，《科幻世界》的重要贡献是承办“中国科幻银河奖征文”。这一奖项最初设立于 1986 年，第一届由《科学文艺》和《智慧树》两家刊物合办。《智慧树》停刊后，《奇谈》杂志于 1989 年举办了第二届。自 1991 年起，“中国科幻银河奖征文”成为《科幻世界》杂志每年的固定栏目。作为 90 年代大部分时间里中国唯一的科幻奖项，银河奖为这一时期的科幻创作树立了一个标杆。此外，杂志还设立有“校园科幻”栏目，并举办了数届面向全国的校园科幻征文，着力从中学生中培养作家。

除《科幻世界》之外，90 年代中后期还陆续出现了一些以科幻作品为主要内容的刊物（或以书代刊的丛刊），如山西省科普作家协会主办的《科幻大王》（1994—2014）、海洋出版社短期复刊的《科幻海洋》（2000—2001），以及科幻世界杂志社主办的《科幻世界画刊》（1996—2001）、《科幻世界·译文版》（1999—　）、《科幻世界·惊奇档案》（2000—2004）等。此外，还有多家期刊先后开辟过刊登科幻小说的专栏，这些刊物包括《知识就是力量》《我们爱科学》《中国儿童》《红蕾》《中学生阅读》《科技潮》《少年科学画报》《家用电脑与游戏机》《大众软件》等。

科幻文化市场的繁荣也带动了图书出版。据不完全统计，90年代的科幻图书出版每年都在几十种至上百种不等，其中仅1999年的图书出版就有近三百种（包括再版），达到新中国成立以来的最高峰。这一时期图书出版的特点是翻译引进作品居多，经典作品再版居多，面向低幼读者的通俗读物居多，有影响力的原创作品数量有限。

2　“新生代”崛起

90年代，一批被称为“新生代”的作家开始崭露头角，成为科幻创作的主力军，其代表人物包括王晋康、刘慈欣、韩松、星河、柳文扬、何夕、凌晨、苏学军、杨平、刘维佳、潘海天、赵海虹等。这批作家以出生于70年代的青年为主，多在大学期间开始创作，通过在《科幻世界》上发表作品并获得“银河奖”而得到承认。个别作家虽然出版了长篇作品，但影响力往往不如其短篇代表作。这一点主要是由90年代科幻杂志与图书市场的状况所决定的。与前辈作家相比，“新生代”作家在作品主题、表现手法、语言风格等方面均呈现出新颖性；与此同时，作家们的专业背景和年龄阅历各不相同，创作理念与风格也体现出较大差异。

按照“新生代”的发展脉络，可以将这十年间的科幻创作划分为三个阶段。

首先是1991—1992年的“过渡期”。《奇谈》杂志更名并改版为《科幻世界》（双月刊），摸索调整办刊定位。这一阶段发表作品的主力，主要是从80年代甚至更早就开始创作的一批作家，包括刘兴诗、金涛、吴岩、谭楷、绿杨、刘继安、宋宜昌、晶静、姜云生、杜渐、舒明武等。他们的创作具有承上启下的重要意义。一些人积极探索新的主题和风格，并逐渐形成自己的特色，如绿杨的“鲁文基探案系列”、晶静的中国神话+科幻、姜云生的中国历史+科幻等。

其次是1993—1997年的“发展期”。《科幻世界》改为月刊，办刊定位趋向青春化、校园化，销量逐年攀升。“新生代”作家开始陆续发表作品，体现出各自特色，其中王晋康、星河等高产作家连续获奖，成为“新生代”代表性人物。作家们开始通过信件、同人刊物、网络论坛、笔会和大小聚会等方式建立联系、展开交流，形成良好的创作氛围。

最后是1998—2000年的“成熟期”。由于1997年北京国际科幻大会与1999年“高考作文撞题事件”的影响，开始出现全国范围的科幻热潮。期刊与图书出版呈现繁荣局面，许多“新生代”作家都在这几年间发表了经典佳作，出版了长篇小说或个人选集。刘慈欣作为“新生代”中最晚登场的重量级人物，从1999年开始接连发表作品，迅速引发关注。星河主编的《中国科幻新生代精品集》，标志着“新生代”创作走向成熟。

除“新生代”之外，这一时期涉猎科幻创作的还有一批儿童文学作家，如郑渊洁、张之路、刘苗虎、杨鹏等，他们的作品深受小读者喜爱。来自主流文学界的作品，则有朱苏进的《绝望中诞生》《四千年前的闪击》和梁晓声的《浮城》等。科学家潘家铮也出版了《一千年前的谋杀案》。

3 科幻迷文化

科幻迷文化是一种自发成长起来的、跟科幻相关的青年亚文化。早在1982年，作家郑文光就曾以《科幻迷》为题在《新观察》杂志撰文介绍国外科幻迷文化、科幻俱乐部、创作组（即“工作坊”）等形式。遗憾的是，这篇文章并没有被广泛传播。

中国本土科幻迷文化完全是在未经干预和鼓动的情况下自然出现的。1988年，黑龙江伊春市林场工人姚海军创建了“中国科幻爱好者协会”，并开始印制协会会刊《星云》。《星云》的创办宗旨是为科幻迷之间的交流提供平台，内容包括作家创作谈、书评影评、国内外科幻资讯、图书邮购信息、科幻迷活动报道、会员来信以及会员创作的短篇科幻小说与科幻画等。每一期稿件由会员们邮寄给姚海军，经他编辑、抄写、刻版之后，再将印好的刊物寄送到会员手中。所有资金都来自会员们缴纳的会费和捐款，相关账目在每期刊物上公布。早期《星云》为手刻蜡纸油印，从1994年总第10期开始改为机打蜡纸油印，增加了封面和目录，每年出刊三期，1995年总第14期改为胶版印刷。1997年北京国际科幻大会后，姚海军辞去林场工作，先后前往《科幻大王》与《科幻世界》杂志社担任编辑工作。《星云》最终转型为一份以《科幻世界》内刊名义发行的科幻文学理论刊物，至2007年共出刊40期。

除《星云》之外，90年代中后期还相继出现了一些地方性的科幻迷组织与同人刊物。其中北京科幻迷群体创办的同人刊物《立方光年》（1995—1997，共7期）以刊登原创作品为主，很多“新生代”青年作家都曾通过这份刊物练笔，此外还有天津的《超新星》（1996—1997，共4期），河南的《银河》（1995—1996），山东的“第十号行星科幻迷俱乐部”会刊《TNT》（1995—1997）和《第十号行星》（1996—1997），四川的《上天梯》（1996），以及《宇宙风》（1995—

1998）、《科幻乐土》（1995—1996）、《科幻文摘》（1995—1996）、《星龙》（1996—1997）等，共十余种之多。由于资金和人员等方面的问题，大多数刊物都未能坚持出刊。《科幻世界》与《科幻大王》也分别创办了自己的读者俱乐部刊物《异度空间》和《无限地带》，其内容以刊登各地科幻迷组织的讯息及会员通讯录为主。

这一时期的科幻迷活动还包括成立高校科幻协会和创建科幻网站。其中较为活跃的网站包括水木清华 BBS 科幻版（1997—　）、科幻桃花源（1997—2016）等。随着互联网发展，这些网络平台逐渐取代同人刊物，成为科幻迷交流的主要场所，并开始出现一些跨地区的大型科幻迷组织，如“飞腾科幻军团”“中国高校科幻联盟”“中国网络科幻协会”等。

90 年代科幻迷文化的核心人物是吴岩。吴岩于 1962 年出生于北京，从中学阶段开始发表科普与科幻作品，并与郑文光、叶永烈、金涛等一批重要作家建立联系。1991—2001 年，吴岩在北京师范大学教育管理学院任教的同时，开设了面向全校本科生的“科幻小说评论与研究”公选课，并为课程编写了《科幻小说教学研究资料》。这是当时全国唯一关于科幻的大学课程，许多北京的青年作家通过在他的课堂上旁听学习从而走上创作之路。作为中国科普作家协会科学文艺专业委员会的委员，吴岩在体制内与体制外、老一辈与青年一辈、作家与出版机构之间扮演了桥梁和纽带的角色。在科幻研究方面，吴岩撰写和组织翻译了多篇文章，并积极推动关于科幻的理论探讨及科幻研究团队的培养。除此之外，他还担任了多项与科幻有关的社会兼职，并广泛参与国内外交流活动。

科幻迷文化在 90 年代的繁荣，意味着“科幻”作为一种文化共同体获得新的生命力。正如刘慈欣在一篇名为《我们是科幻迷》的随笔中所写：“80 年代对科幻小说的一场大围剿过后，科幻在国内成了科学和文学的弃儿，几乎绝迹。不可思议的是，中国的科幻迷群体就在这时悄然诞生了，我们收养了这个奄奄一息的弃儿，使它活下来，并脱离了文学和科学的脐带，成为独立的自我。”

4　国际交流与译介

90 年代以来，中国科幻在国际交流方面进一步深入。科幻世界杂志社于 1991 年和 1997 年组织的两次国际大会，令中外科幻作家有机会深度接触。除此之外，科幻作家和编辑也常有机会赴欧美、日本等地参加科幻活动，与国外科幻界的重要机构和人物建立联系。《科幻世界》和《星云》上经常刊登专栏文章，介绍国外的科幻作家、作品、杂志、出版社，以及科幻迷组织、科幻奖项等相关资讯。

对国外科幻小说的译介达到一个新的高峰。据不完全统计，1991—2000 年的翻译引进图书近 600 种。其中凡尔纳、威尔斯和别利亚耶夫的作品集占了极大比例，其他被首次译介的作品则主要来自美国，包括多部获得“星云奖”和“雨果奖”的作品。许多出版社都以丛书形式推出译作，如福建少年儿童出版社的“世界科幻小说精品丛书”、安徽少年儿童出版社的“世界科幻名著文库”、江苏少年儿童出版社的“外国科幻小说译丛”、河北少年儿童出版社的“当代世界科幻小说精品文库”等。这些作品都极大丰富了国内读者的阅读视野。

杭州大学外语系的郭建中教授组织翻译了多部外国科幻丛书，其中最有影响力的是六卷本的《科幻之路》。该丛书是由美国科幻作家、研究者詹姆斯·冈恩按照科幻史发展脉络所编选的一套科幻作品选集，具有重要的史论和教学价值。南京的孙维梓自 1990 年退休后开始从事科幻翻译，在《科幻世界》等杂志上发表外国科幻短篇小说译作近百篇，并编译了《跨越三维空间——数学科幻故事精选》一书。

《科幻世界》的“科幻之窗”栏目成为20世纪90年代译介外国科幻短篇的重要平台。其中美国科幻作家大卫·赫尔（David Hill）刊登于1995年第4期杂志上的《天幕坠落》，是一篇以臭氧层破坏所引发的生态灾难为背景的短篇小说。同年9月16日，为宣传国际保护臭氧层日，该文被作为普及臭氧层知识的教材大量印发。同年《读者》杂志第12期也转载了这篇小说，引起很大反响。

除期刊和图书之外的其他媒介，在国外科幻的接受与传播方面扮演了重要角色。自1995年开始，中国每年引进10部海外分账大片，其中《未来水世界》（1996，引进时间，下同）、《勇敢者的游戏》（1996）、《侏罗纪公园2：失落的世界》（1997）、《蝙蝠侠与罗宾》（1997）、《天地大冲撞》（1998）、《星球大战前传1：幽灵的威胁》（1999）、《黑客帝国》（2000）等科幻片都曾引发观影热潮。《科幻世界》杂志从1993年第9期开始增设“科幻影视”栏目，以剧情梗概加剧照的形式向读者介绍最新科幻电影。与此同时，通过其他各种途径进入中国的科幻影视、动漫、游戏作品，都深刻影响了一代青少年。很多人都是通过接触这些作品而开始了解科幻。

5　代表性题材

（1）*虚拟世界*

随着电子游戏、电脑与网络的普及，90年代出现了大量关于虚拟世界的科幻小说。其中较有代表性的作品包括星河的《决斗在网络》、宋宜昌和刘继安的《网络帝国》、王晋康的《七重外壳》、杨平的《MUD-黑客事件》、柳文扬的《断章：漫游杀手》、刘维佳的《爱做梦的小鸟》等。这些作品的主人公多是大都市中的小人物，他们在现实社会中感觉到压抑、苦闷和无聊，渴望逃往“别处”。虚拟世界为他们提供了现实之外的另一种迥然不同的感官体验，后者的光鲜亮丽更反衬出前者的平庸单调，这种反差为主人公带来复杂的心理体验。

这方面最具有代表性的是星河的作品。《决斗在网络》中意气风发的游戏高手，《网络渣滓》中遭到同伴背叛的校园网络领袖，《大脑舞台》中因为网络决斗而大脑受损的昔日传奇英雄，《的哥手记》中沉迷于游戏世界无法自拔的玩家，《讯问后等待裁决》中试图挣脱网络却发觉现实中亦无处可逃的囚徒，《网络游戏联军》中在网络游戏里合作杀敌的“联军战士”……作者通过这些作品和人物形象对虚拟与现实之间的关系进行了多重探讨。

（2）后人类

随着生物与计算机技术发展，90年代出现了丰富多样的“后人类”题材作品，包括机器人、仿生人、克隆人、人机合体的“赛博格”、人工智能、意识上传等。在这些故事中，人与非人、身体与意识、有机与无机之间的界限开始变得模糊；人类的身体形态，乃至于人格、意识、情感或记忆，都可以因为技术手段而发生改变。对于“何为人/何为人性”的质询，对于个体身份和自我认同的怀疑，对于自然人与改造人、碳基文明与硅基文明之间紧张关系的探讨，都是这些作品中最常涉猎的主题。

后人类题材在王晋康的作品中得到最为丰富多样的展现。《亚当回归》《义犬》和《天河相会》中，一部分人通过大脑改造获得超级智力；《生命之歌》中，获得“生存欲望”的机器人将成为威胁人类的新物种；《斯芬克斯之谜》中，实现长生不老的科学家为人类进步封存了这一技术；《三色世界》中，获得心灵感应能力的黄种人将取代白种人，建立支配性文明；《豹》中，植入猎豹基因的“豹人”无法控制自己与生俱来的野性。这些作品在探讨前沿科技的同时，也触及了种种文化政治议题。

（3）外星文明

在90年代关于外星文明的作品中，外星种族的形象设定丰富多样，不再局限于“邪恶侵略者”或“和平使者”的传统套路。譬如赵如汉的《绿星居民》中，形态像树的绿星人具有改造、同化其他种族的能力；星河的《同是天涯沦落人》中，地球人与来自不同外星种族的“绿皮”和“水晶”团结协作摆脱困境；王晋康的《星期日病毒》中，形似袋鼠的利希人在自己脑中植入电脑病毒从而沉溺于享乐；柳文扬的《冰盖》中，生活在木卫三上的液态甲烷生命体尝试用“共振”与人类交流；小谷的《蝶》中，能够穿越星际的外星彩蝶靠寄生人体而繁衍后代；姚鹏博的《三十六亿分之一》中，彗星生命体为了创造生命而在太阳系中周而复始地旅行；郝微的《母亲》中，特里普人靠母亲的血肉养育下一代；杨平的《瞬间加速度》中，地球赛车手在火星上的一座山洞中，发现了上古火星文明留下的遗迹。

这些故事展现了外星文明的未知、神秘与多样性，探讨了跨文化交流与和平共处的可能性，同时也对人类想象和对待“异类”的方式进行了反思。譬如在王晋康的《解读生命》中，一位科幻作家和他的儿子分别对一起外星飞船坠落事件做出不同解读。在儿子版本的故事中，章鱼状外星人遭到另一种昆虫状生物的寄生和控制，最终二者被地球军人一起消灭；而在父亲版本的故事中，昆虫状生物其实是章鱼状外星人的后代，地球人因为不了解外星人的繁衍方式而误杀了它们。这篇带有“元科幻”意味的作品最终并没有提供“正确答案”，而是将问题留给读者去思考。

（4）历史科幻

90年代科幻的一个热门题材，是将中国历史或神话故事与科幻元素相结合，其代表作包括刘兴诗的《雾中山传奇》，姜云生的《一个戊戌老人的故事》《长平血》，晶静的《女娲恋》《织女恋》《夸父追日》《盘古》，王志敏的《无际禅师之谜》，海子的《精卫填海》，朱海龙的《梦断敦煌》，韩治国的《忆秦娥》，苏学军的《远古的星辰》，韩建国的《泪洒鄱阳湖》，江渐离的《伏羲》，曹毅的《静女》，潘海天的《偃师传说》《永生的岛屿》等。

这些作品体现了作者们对于“科幻民族化”道路的各种探索：或用科幻元素来改写神话传说中的超自然情境，从而赋予熟悉的故事以陌生化效果；或借用虚构的“西方 / 现代 / 高级文明”视角，来寻找和赞美失落的“东方 / 古典 / 民族文化”；或对历史中的战争、罪恶与封建愚昧进行反思，并进一步探讨“民族劣根性”和“中国为何不能现代”等历史文化议题；或将那些来自中国古典文化中的词汇、意象、诗词、哲学思想等放在现代科技语境中重新阐释。

（5）近代物理

近代物理学方面的理论与猜想，为科幻创作提供了丰富灵感。这类作品大多围绕某个玄妙的物理奇想展开，包括相对论、量子力学、基本粒子、宇宙大爆炸、黑洞、反物质、多维空间等。相关代表作有王晋康的《科学狂人之死》《天火》《失去它的日子》，刘慈欣的《微观尽头》《宇宙坍缩》，绿杨的《失落的影子》《黑洞之吻》，周宇坤的《穿越时间的勇士》《会合第十行星》《心灵密约》，柳文扬的《圣诞礼物》《旋涡与大船》，王海兵、萧川的《致命的夸克能》，李成的《超越光速时》等。

这方面最有代表性的是何夕的作品。《光恋》中，生活在“快子世界”里的反物质女孩跨越障碍与人类相恋；《漏洞里的枪声》中，相对论佯谬造成了一桩发生在近光速太空列车上的悬案；《平行》中，主人公通过“时间本质”理论回到公元前7000年；《小雨》中，女主角通过“分时系统”将自己一分为二，徘徊在两个男人之间；《本原》中，研究量子力学的科学家将自己变成介于“存在”与“非存在”之间的不确定状态；《盘古》中，宇宙以百亿年为周期，在收缩与扩张之间反复摆动；《异域》中，科学家利用“时间尺度守恒原理”改变任意区域的时间快慢；《缺陷》中，微观粒子的波粒二象性实验颠覆了因果律，令主人公得以预测未来。

第三节　代表性作家作品

1　王晋康与《七重外壳》

王晋康是90年代最具影响力的硬科幻作家。他的作品意蕴苍凉，他对科学事业充满执着。

王晋康（1948—　），生于河南镇平，1966年高中毕业后下乡当知青，1978年考入西安交通大学动力二系，1982年毕业后进入河南南阳的石油部第二石油机械厂从事技术工作。1993年开始涉足科幻创作，现为中国科普作协会员、中国作协会员。90年代共发表科幻中短篇作品35篇，其中《亚当回归》《天火》《生命之歌》《西奈噩梦》《七重外壳》《豹》获银河奖。另有长篇作品《生死平衡》《追杀K星人》，作品集《生命之歌》《七重外壳》等。

王晋康的早期创作聚焦于科技改造之后的“超人类”与“自然人”之间的冲突。这些作品中往往流露出一种纠结态度：叙事者一方面不得不承认，前者对后者的取代是某种历史进步和“自然规律”，另一方面又不免站在后者的立场上表达出自卑、焦虑与愤懑之情。这种“自然人”与“超人类”之间的紧张关系，往往会与中国和西方、传统和现代、本族和异族、禁欲和纵欲、守节和背叛等一系列二项对立联系在一起，从中折射出90年代社会转型之际中国人的复杂心态。

在王晋康的处女作《亚当回归》中，青年科学家王亚当经历200多年的星际旅行后返回地球，发现彼时人类普遍在大脑中植入名为“第二智能”的生物电脑变成“新智人”，而“自然人”则濒临绝种。第二智能的发明者钱人杰深感后悔，委托王亚当接受改造，打入新智人内部以寻找克敌之道。改造之后的王亚当却立刻意识到，新智人消灭自然人，就像自然人消灭猿人一样是不可逆转的进化规律。因此他“顺应天意”放弃了抵抗。《生命之歌》中的老科学家孔昭仁穷尽毕生之力研究生物“生存欲望”的本质，发现这种欲望竟以遗传密码的形式隐藏在DNA结构中。如果将密码读解出来，转化为音乐旋律输入机器人，使其获得繁衍后代以及与人类竞争的意识，那么人类必将遭遇淘汰。为避免这一恶果，孔昭仁不惜将自己的研究结果封存多年。但在故事结尾处，随着“生命之歌”的秘密被女婿解开，他终于接受了人类必将被新物种取代的事实。

与此同时，王晋康还偏爱在作品中触及现实中的民族与地缘政治议题。《豹》讲述2004年雅典奥运会上，美籍华裔运动员谢豹飞夺得男子百米短跑金牌并打破世界纪录，引发举世震惊。但很快人们得知，谢豹飞是体内被植入了猎豹基因的“豹人”。不久之后，谢豹飞因为体内“兽性”爆发，强暴并咬死了恋人田歌。小说在探讨“自然人”与“超人类”冲突之余，也展现出体育比赛背后的文化政治维度。中国运动员在百米赛场上的失利，唤起的是“大国崛起”之路上挥之不去的“东亚病夫”阴影，而其原因则被归结为“文明之邦”不敌“野蛮种族”。谢豹飞体内的猎豹基因，正象征着一个世纪以来中国人苦苦追寻的那种代表西方“民族精神”的神秘“野性”。当它被植入中国人的身体时，必然会对既有的伦理道德造成灾难性冲击。

《生死平衡》则对现代西方医学体系提出疑问，认为其基本思路是“绕开人类免疫系统与病原作战”，从而“干扰和延缓了人类免疫力的进化”。在此基础上，作者提出“平衡医学”的设想，认为：“人类应回到自然中，凭自身的免疫功能和群体优势去和病原体搏斗。在这场搏斗中，应该允许一定比例的牺牲者，只有这样才能把上帝的自然选择坚持下去。”小说主人公皇甫林是一位恃才放旷的中国民间医生。他在 C 国旅游期间，对首相独生女儿艾米娜一见钟情。与此同时，邪恶的 L 国总统萨拉米精心策划了“新月行动”，向 C 国及其他大国施放特别培养的变异天花病毒。由于天花病毒早已在全世界范围内被消灭，人类已丧失对天花的特异性免疫力，世界卫生组织的专家们对于新型病毒一筹莫展。关键时刻，皇甫林用自己祖传的“人体潜能激活剂”救治了上百万名 C 国百姓，证明了“平衡医学”相对于现代医学理论的优越性，并最终赢得艾米娜的芳心。

《七重外壳》是一篇涉及虚拟现实题材的小说。故事主人公甘又明是一位中国大学生，他接受美籍华裔姐夫斯托恩·吴的邀请，来到美国 B 基地，体验能够让人完全融入虚拟世界的电子“外壳”。按照约定，进入虚拟世界的甘又明如果能够找到系统漏洞，分辨出真实与虚幻，就能得到一万美元奖金。实验中，甘又明一次又一次脱下外壳，自以为返回“真实”，却一次次发觉自己仍在幻境之中。实验结束后，甘又明逃回老家，一个荒僻的中国小山村，见到多年未曾谋面的年迈父母。但小说最后揭示的一处小细节，令他再一次陷入怀疑。

小说中所描写的虚拟现实，正反映出我们对于这个已被信息、媒介与金融资本高度编码的后工业社会的矛盾态度：它能够营造出无比美妙的幻象，但毕竟是不真实的，所以主人公必须抵抗幻象的诱惑，回到不那么完美的现实中来。但可怕的是，“外壳”可以将每个使用者独一无二的欲望、隐私与记忆提取出来，天衣无缝地组织到幻象中去，使人彻底丧失辨别真伪的能力。小说最耐人寻味的地方，在于主人公对自己文化身份的焦虑。甘又明所对抗和恐惧的不仅仅是“外壳”，更是姐夫与B基地所象征的一整个“美国梦”。这个梦里既有来自金发美女和金钱的诱惑，也有暴力、吸毒、滥交等种种乱象。它像一个永不餍足的怪物，企图吞下这个中国青年的心灵世界。因此小说结尾处，他执意要回到故乡，通过一场“文化寻根”之旅来确认自己究竟是谁，却发现故乡未必就是远离幻境的最后一方净土。从这个角度来说，《七重外壳》折射出的是中国人在90年代社会转型期间一种噩梦般的心理症候。“现实”与“虚拟”之间的张力，生动地勾勒出“乡土中国”与“全球化之梦”之间的深刻裂隙。这种裂隙一直是王晋康科幻创作中最为核心的议题，他笔下那种沉郁苍凉的色彩正是由此而来。

进入21世纪以后，王晋康又有大量作品问世且多次获奖。

2　韩松与《宇宙墓碑》

韩松是采用先锋手法彻底改造科幻小说的代表性作家。

韩松（1965—　），生于重庆，1984—1991年先后就读于武汉大学英文系和新闻系，1991年进入新华社对外新闻编辑部工作，现为中国科普作家协会常务理事兼科幻专业委员会主任委员、中国作家协会会员，除新闻与科幻创作外也从事科幻评论与编辑工作。自80年代开始发表科幻作品，并凭借《天道》获第二届银河奖优秀作品奖。90年代共发表科幻中短篇作品25篇，其中《宇宙墓碑》获1991年首届世界华人科幻艺术奖科幻小说首奖，《没有答案的航程》《深渊：十万年后我们的真实生活》获银河奖。另有科幻长篇《在未来世界的日子里》《让我们一起寻找外星人》，作品集《宇宙墓碑》《2066年之西行漫记》。

韩松的写作风格晦涩而诡异，在同时期科幻作家中独树一帜。这种诡异感首先来自其作品中虚构的“异物”或者“异境”。通常在科幻作品中，所有看似超自然的神秘事物，最终都能得到清晰的“科学解释”。但在韩松笔下，对于“异物”所引发的悬念，或者完全不予解释，或者不断给出种种彼此相悖的荒诞猜测。读者在阅读过程中，非但未能解惑，反而对科学理性自身也产生了怀疑、恐惧和不确定的感觉。另一方面，科幻中的科学技术，通常联系着一整套关于“文明进步”的宏大叙事，主人公往往需要通过个人选择来为整个人类的命运负责。但在韩松笔下，历史却如同一座鬼魅出没的迷宫，看不到清晰的线性时间观，也没有建立在进化观念上的终极目标。对历史和文明的一切阐释努力都会遭遇挫败。

《宇宙墓碑》作为韩松早期代表作，通过“墓碑”这一意象，以一种诗意而悲凉的笔调，展开对历史记忆与文明进步的质疑和反思。小说由上、下两篇构成。上篇讲述在“宇宙大开发”时代，人类在每一颗星球上都修建了大量墓碑，用来掩埋和祭奠牺牲者。但在此之后的“技术决定论”时代，墓碑的意义却被遗忘。叙事者“我”痴迷于研究墓碑，希望借此理解“整个人类文化及其心态”，却直到垂暮之年也未能取得任何进展。此时，一个更加浮躁的“新时代”已到来。人们重新对墓碑产生兴趣，希望从中挖掘出对当下有用的东西。“我”反对这种做法，却无力阻止，只能眼看墓碑毁于后人之手。小说下篇则通过一位修建墓碑的营墓者死后留下的手稿，从另一个角度对墓碑的意义提出了更多问题。“我们在宇宙中的地位如何？进化的目的何在？人生的价值焉存？人类的使命是否荒唐？”这些问题都联系着对于死亡的阐释方式。营造墓碑就是营造人类存在的意义，然而这一举动本身却是为了掩盖存在本身的无意义，以维系“全宇宙的自信心和价值观”。小说结尾处，散布于群星上的墓群突然消失。但营墓者反而从中获得慰藉，最终他放弃了追寻答案，从而获得心灵救赎。

“地铁”和“红色海洋”是韩松作品中反复出现的两个重要意象，二者都可以被解读为对于中国现代化进程的寓言式表达。《末班地铁》中，即将退休的老王乘坐末班地铁回家，却发现乘客们全都变成了似有实无的“空心人”。一群儿童般矮小的怪人，将昏睡的乘客们装入一个个盛满绿色溶液的大玻璃瓶中，排队运往隧道深处。老王试图追查真相，却发现城市的繁华表象之下隐藏着太多无法言说的秘密。最终他自己也被装进玻璃瓶中被送去火化，从而“圆满地完成了他的末班任务”。《深渊：十万年后我们的真实生活》讲述未来人类移居到海洋中，忘记了历史与文明，过着兽群般原始野蛮的生活，乱伦、吃人、杀戮、掠夺。主人公海星从出生起就质疑这样的生活，却只能眼睁睁看着人类文明随着环境恶化而不断堕落。

中美关系是韩松作品中另一个重要主题。长篇小说《2066年之西行漫记》（又名《火星照耀美国》）采用“未来完成式”手法，通过叙事者唐龙写于2126年的一本回忆录，讲述发生于六十年前（2066年）的一段“往事”：彼时美国已全面衰落，中国成为世界第一强国，文化风靡全球。年仅16岁的围棋天才唐龙，跟随中国围棋代表团去往美国交流访问。不料掌管全世界中微子–生物网络的中央处理程序“阿曼多”陷入崩溃，世界各处相继发生动乱。唐龙与队友失散，在美国辗转漂泊，见证了第二次南北战争。美国毁灭后，唐龙回到上海的家。之后火星人的到来使地球成为“福地”，人类进入新时代，却也从此丧失了历史记忆。小说中对2066年中国崛起和美国衰落的想象，并非从民族主义角度所做出的乐观展望，而是包含着对于“大国梦”和西方文明神话的深刻反思。这一点与韩松在《妖魔化中国的背后》一书中对于中美关系的思考彼此相通。

通过诡异的想象力与暧昧的语言，韩松向我们展现出一幅幅现代文明的颓废图景：历史一面循环往复一面沉沦，逐渐走向混乱无序，走向覆灭和虚无，而一切看似充满希望的解放或逃逸之道，却不过是于冥冥之中完成了轮回的宿命。故事中的人物被囚禁在迷宫中，不断否定现状，质疑权威，以科学和理性解决旧问题，制定新计划，做出大踏步前进的姿态。然而这幅欣欣向荣的“进步”幻象背后，却是一次又一次的循环和对循环的遗忘，永远没有救赎的希望。

进入21世纪以后，韩松的创作又发生了一系列变化，产生了大量有影响的新作。

3 星河与《决斗在网络》

星河是中国赛博朋克科幻小说的创始者，在90年代对科幻领域进行过多方面的探索。

星河（1967— ），本名郭威，生于北京，1990年大学毕业，1991年在北京师范大学旁听“科幻小说评论与研究”公选课，从此走上科幻创作道路。1998年成为北京作协合同制作家，除科幻与科普创作之外，还从事科幻评论、科幻编辑与影视策划等工作。90年代共发表科幻中短篇作品70余篇，其中《朝圣》《决斗在网络》《潮啸如枪》获银河奖。另有科幻长篇8部，作品集4部，是“新生代”中最多产的作家之一。

星河的早期作品多采用第一人称叙事，主人公多以“星河”或“张星河”命名。在不同故事中，“星河”的身份各不相同，但大多是外表玩世不恭、内心有所坚持的小人物。他们一方面为肩头的重任可以牺牲一切，另一方面却又并不确定自己的选择是否有意义。在一些作品中，甚至同时出现“星河”与“郭威”两个角色，二者围绕各种问题争辩不休，却始终无法说服对方。这一类人物形象折射出社会转型期都市青年的典型心理症候，并被吴岩命名为“青春期心理科幻”。

星河擅长创作背景宏大、冲突激烈、人物个性鲜明的灾难和冒险类故事。《月海基地》中，两个地球孩子被游乐园中的“旋转飞碟”带往月球基地；《残缺的磁痕》中，地磁极倒转将会导致人类丧失记忆，记忆超常的主人公被选中成为拯救计划的执行人；《太空城》中，几位宇航员被火星生命基因感染，为太空城带来一场混乱；《潮啸如枪》中，一颗行星因为双星系统之间的潮汐力而产生周期性的大潮，一次又一次毁灭人类辛辛苦苦建立的文明；《十三分之一》中，“千年虫”导致废弃的苏联军事卫星对地球造成威胁，来自中美双方的技术员必须相互协作以解除危机。

除此之外，星河还创作了大量围绕某个科幻点子而展开的超短篇小说：《生存空间》描绘了一种寄生在电脑文档中靠“吃”汉字为生的病毒；《桥殇》中，立交桥因为桥下的“桥穴”接二连三倒塌；《多彩锦缎》中，水分子里的“萨拉色子”使水体变得五彩缤纷；《一则报道》中的外星人用一根魔棒上的刻痕来传送海量信息。这些故事都展现了作者天马行空的想象力。

《决斗在网络》是星河最有影响力的作品。故事以当代大学校园为背景，主人公“我”是一位心高气傲的电脑高手，与素未谋面的“情敌”相约在网络上通过游戏对战一决高下。决斗进行到白热化时，“我”为了求胜，擅自使用能够将人脑与电脑相连的“CH 桥”，令自己的意识进入网络空间，却不慎将对手的意识也一同卷入。此时“我”才发现，“情敌”竟然是位女生。经过一番厮杀，两人最终化干戈为玉帛，回到现实中。

小说发表时，互联网尚未在中国普及，与之相关的“赛博朋克”科幻作品也并未得到完整译介。如吴岩所说：“《决斗在网络》让中国读者第一次真正通过视觉看到了互联网风行的世界将是一种怎样的模样。许多人表示，他们正是从阅读了星河的《决斗在网络》，才开始真正了解了网络时代，并迷恋上网络世界。”小说主人公“我”是一个在现实生活中无所事事，在游戏中叱咤风云的“赛博英雄”。与同时期其他科幻作品中心怀天下的科学精英相比，这样的形象可谓别具特色。这个“我”与化名为“星河”的作者之间具有一种奇妙的镜像关系，仿佛前者是后者在科幻世界中的分身。与此同时，小说中关于大学生活的生动细节，关于电子游戏对战的精彩描写，以及“我”贫嘴滑舌的叙事口吻，都极大拉近了青少年读者与主人公之间的距离。小说高潮处，“我”通过“CH 桥”进入网络空间，觉得自己变成了一只电脑病毒，与其他病毒“亲密无间，形同挚友”，甚至意识一分为三，可以同时体验过去、当下与未来。这正是游戏和网络能够带给年轻人的“精神分裂式”后现代体验。可以说，《决斗在网络》标志着中国科幻开始进入一段躁动不安的“青春期”，科幻小说逐渐成为年轻人抵抗现实和表达自我的一种文化载体。

进入 21 世纪以后，星河又创作出大量作品。他目前是中国科普作家协会科学文艺专业委员会主任委员。

4　柳文扬与《断章：漫游杀手》

柳文扬是纯美科幻故事的创造者。

柳文扬（1970—2007），生于北京，毕业于北京工业大学。90 年代发表科幻中短篇作品 24 篇，其中包括为《科幻世界》撰写的“封面故事”10 篇。《戴茜救我》《圣诞礼物》《毒蛇》《一线天》获银河奖。另有作品集《闪光的生命》和长篇小说《神奇蚂蚁》。

柳文扬善于创作悬疑类科幻故事。他的小说往往围绕一个矛盾事件和三五个人物展开，结构精巧凝练，情节设计别具匠心。他的语言诙谐幽默，善于化用口语、京味俚语和网络语言，充满生活气息。故事主人公都不是什么高大全的英雄，却能够以其机智幽默、真诚善良的性格魅力赢得读者喜爱。在《闪光的生命》中，大学毕业生刘洋暗恋一位姑娘，一直不敢开口表白。他意外造出的复制人却利用自己仅有半小时的生命，不顾一切向姑娘表达了爱意。《一线天》中的女主人公 G-56，乍看之下是个满嘴没有一句正经话的不良少女，却在故事结尾处才交代出自己原来是身负重任的警方卧底。这些人物形象为当代中国科幻增添了一抹亮色。

柳文扬特别关注语言与交流议题。他的很多故事都设置在多元文化背景中，并让人物的语言带有明显的地域特色。在《戴茜救我》中，电脑专家林太白的助手戴维将林太白的意识关入电脑，并用自己的意识占据了他的身体。林太白的孙女林珊珊成长于一个使用中英双语的家庭，当她特意用北京话向爷爷道晚安时（“爷爷明儿见您哪！”），“爷爷”却用西方式的语言回答：“再见宝贝！”正是这句话令珊珊发现了破绽。《去告诉她们》以一场发生在太空城的悲剧为背景。两位幸存者回到地球，先后前往美国、英国、韩国、中国山东和北京的逝者家里报丧。作品通过展现不同家庭的文化背景与家庭成员关系，刻画出每一位逝者鲜活生动的形象。在《只需一个字》中，地球女教师林明梅被凶残的沃冈人抓住，成为俘虏。不久后她发现，沃冈人的语言中没有“我”这个字，只有“我们”。原来这是一种模仿蚁群而建立起来的社会形态，只有集体而没有个人的概念。当林明梅教会沃冈人说“我”之后，这个庞大的帝国在一年之内就分崩离析了。在《冰盖》中，一种生存于木卫三上的液态甲烷生命体，试图通过“共振”与人类女宇航员之间建立交流。这些作品体现了作者对于文化差异和跨语际交流命题的宝贵探索。

《断章：漫游杀手》是一篇以虚拟现实为背景的悬疑故事。男主角“大陆”在现实中是碌碌无为的小职员，在虚拟世界中却可以随心所欲地扮演百万富翁和花花公子。有一天大陆在虚拟世界的分身被神秘杀手谋害，网络警察介入调查，却找不到杀人动机。这一案件最后以近乎荒诞的闹剧方式收场：杀手在网络上一再失手，气急败坏之下端着一把古董枪闯入大陆的真实住址，却连开枪的勇气都没有。大陆则根据杀手无意泄露的信息，发现杀手背后的雇主原来是成天为卫生间水管这类小事与他吵闹的楼上邻居。当杀手和邻居双双被警察带走后，大陆忽然感觉到虚无和幻灭。他意识到，虚拟世界中的浮华人生不过是一个“巨大、光怪陆离、飞速旋转的城市之梦。每个人都不可抗拒地成为这彩色旋涡中的一条小鱼”。

小说中有一处精彩的设计：网络杀手谋害大陆的方式，是利用心理暗示侵入他的内心，令他丧失活下去的意愿，“自愿死亡”。而网络警察则鼓励大陆：“这仍然是个年轻的世界。就像你一样。看上去似乎劳累不堪，但是在内部还充满了活力。”在警察帮助下，大陆通过重温青少年时代的美好记忆击退凶手，保住性命。如果说贫瘠乏味的现实生活与消费社会所提供的华丽幻象二者共同构成一种消磨生命力的杀人机制，那么能够与之对抗的，只有来自人性自身的积极力量。这一点正是贯穿在柳文扬许多作品中的深层主题。

进入 21 世纪以后，柳文扬的创作逐渐减少，他的因病早逝是中国科幻文学界的重大损失。

5　何夕与《异域》

何夕是在科幻小说中创造新异感的大师。

何夕（1971—　），本名何宏伟，生于四川郫县，毕业于成都科技大学电气自动化专业。1991 年开始涉足科幻创作，1997—1998 年停笔两年，1999 年复出后开始用“何夕”作为笔名，现为四川省作家协会会员。90 年代发表科幻中短篇作品 12 篇，其中《光恋》《电脑魔王》《平行》《异域》《爱别离》获银河奖。

何夕善于将玄妙的科学奇想融入情节曲折、情感动人的故事中。故事主人公往往是具有殉道精神的“圣徒”，出身平凡却聪明绝顶，心怀天下苍生，会为了崇高的目标牺牲自我；他们孤僻冷傲，甚至有几分道德洁癖，因此在现实社会中总像个无处容身的“多余人”；他们向往纯洁的爱情，其爱慕的姑娘也都是冰清玉洁、不食人间烟火的“圣女”，比男性更有慈悲心肠。

在《光恋》中，男主角邓峰因飞船失事掉入一个黑洞，遇见一位来自反物质宇宙的美丽“仙子”，两人虽然相恋却无法相互触碰。邓峰回到地球遭遇众叛亲离，之后失落地返回黑洞与“仙子”重聚，两人冲破束缚激情相拥。他们湮灭所产生的能量，将原本正朝地球飞去的黑洞推开，拯救了芸芸众生。《本原》中的欧阳严肃在量子理论研究中窥破了世界本原，不确定性取代了决定论，而这一发现将会“摧毁这个世界上的全部秩序”。为了避免这一恶果，他不仅销毁了全部研究资料，还制造了一台仪器，将自己变成介于“存在”与“非存在”之间的不确定状态，只剩下“一片平常的充满秩序的世界”。《盘古》中的天石与楚琴是一对科学家夫妇。为拯救世界，他们用技术孕育了一个身高十米、具有超凡智慧的巨婴“盘古”，让他回到时间原点去完成开天辟地的使命。由于恶人欧纵极作祟，天石夫妇死于一场暴乱。盘古完成使命后，将天石夫妇和他们的好友欧洪送回到一万年前的神话时代。欧洪将天石夫妇拯救世界的事迹编成歌谣传唱。“现实不能容留的也许神话会容留，现实里只能死去的将在神话里永生。”

《异域》是何夕停笔复出之后的第一篇作品。故事中的科学家蓝江水发现了“时间尺度守恒原理”，可以改变任意区域的时间快慢。这一成果被他的学生西麦盗用，建造了与世隔绝的“西麦农场”。农场里的时间是正常世界的四万多倍，每十分钟便完成一次收获，从而向全世界 500 亿人源源不断地提供粮食。然而在这片疯狂的土地上，动物也以不可思议的速度进化为恐怖的“妖兽”，它们一旦冲出农场，将会给人类带来灭顶之灾。小说男主角林川与蓝江水的女儿蓝月一起闯入农场，启动巨型机械“采集者”将妖兽赶尽杀绝。然而危机并未得到真正解决：如果关闭西麦农场，地球上的 500 亿人口将大半死于饥荒和动乱。正如林川所说：“人们对自然界的索取自古开始就没有停止过，而到了创建西麦农场这一步更是在向自然界的未来索取。如果原本没有西麦农场，世界上根本就不会有这么多人。现在死于饥荒和将来死于妖兽是两枚滋味相同的苦果，人类必须咽下其中的一枚。”

小说通过人口和粮食议题，对现代文明无节制的“滚雪球”式发展逻辑提出批评。故事中一名叫戈尔的中年男子，“好烟酒，爱吃肥肉和减肥药，不到五十岁的人居然已经有了十二个孩子，而且听说其中有三个还是特意用药物产生的三胞胎”。这种贪婪无度的生活方式正是导致人类末日的最根本原因。为了给这一无法解决的困境提供一种想象性解决，小说中的主要矛盾被转移到“蓝江水—西麦”这一组二元对立模式中。蓝江水为了人类，忍痛放弃自己的科学成果；西麦则出于政治野心，逾越了科学家的“道德底线”。后者的不合理欲望被视为万恶之源。这正是20世纪西方科幻小说与影视中的经典叙事模式。小说结尾处，蓝江水举枪与西麦同归于尽。林川则决定与蓝月一起留在农场中，与所有生物按同样的节拍进化，以保证未来不再有其他“妖兽”产生。这样的牺牲和拯救，实际上是一种“别无选择的选择”。

《爱别离》中，男主角叶青衫因一次纵欲感染艾滋病（HIV）病毒，并传染给妻子小菲，但他自己却因为某种先天基因突变而对HIV终生免疫。他的血液因此成为世人眼中的稀世珍宝：感染HIV的亿万富翁裴运山想抽干他的血给自己换血以延续生命；科学家何夕希望用他的血研制出HIV疫苗，从此功成名就。叶青衫怀着对妻子的愧疚配合何夕的科学研究，希望疫苗研制成功后能够救小菲一命，却发现何夕一直在欺骗自己，进入发病期的小菲早就无药可治。在写给叶青衫的绝笔信中，小菲不仅原谅了丈夫的不忠，更要求叶青衫不要为了救她而给她换血，因为“你的生命现在已经关系到无数人的幸福”。叶青衫被妻子的圣洁打动，选择抽出自己的全部血液供科学研究使用，以干净身躯去另一个世界与妻子相会。在留下的绝笔信中，他指责裴运山、何夕等人虽然健康，但他们的血已经变臭、变冷了，只有小菲，“虽然感染了 HIV 但她体内流淌的血却是世界上最干净的”。

《异域》和《爱别离》基本上建立起何夕中后期创作的主导模式：科技在解决人类问题的同时也带来危机，而这一切的根源都在于人类自身的欲望和贪婪。野心家为了一己私欲踏破道德底线，甚至不惜将世界推向毁灭边缘；内心纯洁的圣徒则挺身而出，对抗邪恶，通过自我牺牲解除危机，维护脆弱的现世安稳。

进入 21 世纪以后，何夕的创作量逐渐减少，但仍时有重磅作品发表。

6 凌晨与《明月几时有》

凌晨是这一时段最具有代表性的女性作家，她的作品专注女性感受，对科技变化抱有积极态度。

凌晨（1972— ），本名余蕾，生于北京，毕业于首都师范大学物理系，曾任中学物理教师和《大众软件》杂志编辑，现为专职作家，从事幻想文学、时尚言情与影视剧本创作。90 年代发表科幻中短篇作品 15 篇，其中《信使》《猫》获银河奖。另有作品集《天隼》《提线木偶》，长篇小说《鬼的影子猫捉到》。

凌晨的早期作品多涉及太空探索和环保题材，主人公往往是敏感而倔强的青少年男女，在追逐梦想的道路上艰难成长。长篇小说《鬼的影子猫捉到》中，天才少年肖潇厌倦学校生活，却为了治理被污染的清水河而没日没夜地把自己关起来搞发明创造。中篇《深渊跨过是苍穹》中，出生于航天世家的戴琰遵循父母的意志，不情不愿地成为一名宇航员。一次意外令他的飞船坠入一颗陌生星球的内部。为了求生，他不得不振作起来，寻找通往外面世界的出口。小说结尾处，戴琰终于离开深渊，看到星光灿烂的苍穹。“他内心燃起炽热的情感，沸腾着他的血液，将以往的消极懈怠一烧而尽。”短篇《天隼》围绕三位青年宇航员之间的爱情和友情展开。男主角舒鸿与女主角流云曾是一对恋人。舒鸿主动退出航天事业并离开流云，坚持理想的流云不久后在一场事故中为搭救队友牺牲。两人的好友任飞扬心灰意冷，放弃宇航事业。几年之后，任飞扬得知舒鸿死亡的真相，才明白他并不是贪生怕死的懦夫，而是为了全人类的幸福选择牺牲。

在另一些故事中，凌晨则用冷漠疏离的笔触，刻画出游离于社会边缘的个体（特别是女性）孤寂无依的身心状态。《信使》描绘了一个衰颓的未来世界，“女人只要一百元就可以换个人造子宫”，人们情感淡漠，终日在“撞车场”中追求刺激。女主人公叶子是一位出身卑微的撞车场售货员，爱上了秘密反抗组织成员李国安。为了爱情，叶子选择抛下一切，最终在替组织送信的路上中弹身亡。小说通篇都由叶子写给国安的信组成，细腻地刻画出她飞蛾扑火般的心灵状态。《无处躲避》的女主人公温迪妮是海底异族在人类中的情报收集员。在任期结束之际，她发现自己只是一个被植入了虚假记忆的生物机器人，注定不可能返回海底。她所爱上的人类男子林霖，在发现她的真实身份后对她开枪。最终，温迪妮选择杀死林霖，将自己的意识植入对方身体，以林霖的身份开始新的生活。《猫》以一只黑猫作为主角。在千禧年到来之际，猫为了寻找丢失的记忆独自在城市中流浪。最终它找到了自己的主人——独自流落地球的外星智慧生命071。但071却为拯救一个失明女孩而牺牲自己。猫失去了唯一的朋友和灵魂伴侣，只能独自活下去。

《明月几时有》是一篇环境题材的恶托邦小说。未来小行星撞击地球，地表环境全面恶化。人类移居地下城，资源紧缺，鼠患横行。孩子们通过人工授精方式出生，在寄宿学校接受知识技能培训，成年后由人力资源部分配工作，过着高度组织化的生活。小说通过女主人公江心月的第一人称叙述展开。14岁的江心月被选中参与110年前制定的返回地面计划，成为第一批回到地表的先驱之一。她的恋人海涛却是“退出地面”秘密团体的骨干，安排她破坏返回计划。江心月被动地接受别人为她所做的安排，内心对一切都不在乎。“我只是缺乏激情，如果我有选择的权利，我宁愿躺在床上和电脑玩虚拟故事。”小说结尾处，江心月跟随同伴回返地面，看到因小行星撞击而破碎的月亮。在一种莫名的冲动下，她独自跳入湖里，游向月亮的倒影。这一刻，江心月终于明确了自己的人生方向：“有朝一日我将重返地面。我是江心的月，我该在真正的江河里生长。”她不再是父辈和恋人的附庸，而开始成长为独立的个体。

进入21世纪以后，凌晨大量撰写科幻小说和儿童科普作品，还与他人共同成立了工作室。她目前是中国科普作家协会科学文艺专业委员会副主任委员。

7　苏学军与《远古的星辰》

苏学军是使用华美语言建构虚构科幻场景的大师。

苏学军（1972—　），生于北京，毕业于北京理工大学电子工程专业，1996年前往新疆工作，2004年回到北京。90年代发表科幻中短篇作品5篇，其中《远古的星辰》《火星尘暴》获银河奖。另有长篇小说《星星的使者》《冰狱之火》。

苏学军曾在一篇名为《重溯时光源头》的散文中回忆自己的成长经历，感慨随着社会飞速发展，人们在得到很多东西的同时也丢失了曾经拥有的梦想与激情。这种情结反复出现在他的科幻作品中。故事主人公或在寂寞中老去，或通过“重溯时光源头”寻回失落的英雄梦。

《远古的星辰》讲述了一个星际尺度下的“文化寻根”故事。小说中，未来的火星文明科技水平高度发达，却没有自己的历史，因此爆发严重的“心灵危机”，社会濒临崩溃。为了争夺资源，火星与地球之间发生战争。一位火星战士奉命驾驶一艘满载定时核弹的飞船去消灭地球。出发前他却无意间得知，火星文明其实来自地球。两千年前，作为地球殖民地的火星宣告独立后，有意抹除来自地球的文化传统，并让子孙后代们相信，“地球人是一个人口过剩，素质低下，资源贫瘠并且与火星毫不相干的外星种族”。因为意外，飞船穿越时空回到两万年前的战国时代，遇到正在蓝田交战的楚军和秦军。楚军将领赤比搭救了火星人。后者被前者身上的英雄气概折服，从而产生对于地球“祖先”的认同。为避免飞船上的核弹毁灭古老的地球文明，他请求赤比帮忙，用楚军的金属冶炼技术协助修复飞船外壳。为了“人类大义”，赤比选择牺牲小我。他带领全军将士将武器投入熔炉中，彻夜奋战修复飞船。最终火星人在核弹爆炸之前成功驾驶飞船离开地球，赤比则率领士兵踏上战场去赴死。通过二人的牺牲，人类文明的血脉得以延续。

进入 21 世纪以后，苏学军的创作由单一科幻转入科幻与奇幻并进，他还投资创办过幻想文学辑刊《阿飞幻想》。

8　杨平与《千年虫》

杨平也是中国赛博朋克科幻小说的创始作家之一。

杨平（1973—　），生于北京，就读于南京大学天文系，后任职于清华大学计算机系培训中心。90 年代发表科幻中短篇作品 11 篇，其中《为了凋谢的花》《MUD–黑客事件》获银河奖。另有长篇小说《冰星纪事》。

杨平的早期作品致力于对科幻小说的形式展开探索，带有强烈的实验色彩。这些作品多使用非常规叙事手法，情节简洁抽象，语言冷峻诗意。《为了凋谢的花》是一篇以诗性思维“反科学”的科幻作品。小说以没有姓名的“他”和“她”作为主角，二人在一艘飞船里展开对话。

他告诉她，自己曾是一位科学家，为军事目的参与研发“重生液”，成为唯一的人类实验品，之后因战乱被困在一艘围绕木星旋转的飞船中，独自生活了二十年。他试图通过漫长的学习“发现真正唯一的真理”，最终却放弃科学理性的思维方式，用一种顿悟的眼光重新看待世界。在《裂变的木偶》中，一个行星考察站中的人类个在该星球智慧生物“逐日鸟”的精神操控下杀死了其他同伴。小说全篇使用第二人称“你”作为叙事视角，通过大量回忆、幻觉和内心独白，制造出噩梦般支离破碎的叙事效果。

此外杨平还创作了数篇与电脑和网络有关的作品，并将自己作为计算机从业人员的经验与思考融入其中。《MUD-创世纪》中，未来人们可以通过“MW 头盔”进入虚拟世界。一群理想主义的技术精英计划共同创建带有无政府主义乌托邦意味的网络虚拟社区“MUD”。“这些人雄心勃勃，试图建造未来人类社会的模板。”各大科技公司为了利益，用尽办法阻止用户加入 MUD。小说结尾处，MUD 创始人“不在乎”被大公司派出的杀手当街枪杀，但他所点燃的星星之火已成燎原之势。《MUD-黑客事件》的故事发生在 MUD 创建五十年后。此时的 MUD 由一群高级技术骨干组成的“MUD 巫师协会”管理，“登记用户达 40 多亿，日常在线人数一直在 10 亿以上”。由于黑客组织的攻击，MUD 陷入混乱。主人公“我”作为一个“初级巫师”临危受命，带着手枪前往黑客首领现实中的住址实行暗杀。当“我”举枪瞄准对方后脑勺时，黑客依旧戴着头盔沉浸在网络世界中，对身后的死亡威胁毫无察觉。这一刻“我忽然落下泪来，手颤抖着”，放下枪，退出黑客房间。小说结尾处，“我”和女友坐在路边，感慨道：“我以前怎么没发现外面的世界这么美？”

《千年虫》以 1999 年的中国为背景。主人公胡图是一位生活在北京的程序员，受一家跨国公司雇佣，参与一个制造人工智能“智能虫子”的秘密项目。与他一起参与项目的朋友黑子，因为公司制造的车祸变成植物人。国家安全部门的侦查小组将黑子的大脑与电脑相连接，令其意识能够在网络中行动。胡图也加入侦查小组，与黑子一起工作。圣诞之夜，各国政府统一行动，抓获公司项目负责人并销毁了电脑主机。但最后一条“智能虫子”却于12月31日夜里潜入研究所，占据黑子的意识，与胡图展开对话。胡图识破了“黑子”的真面目。为阻止人工智能掌控世界，他选择用消防斧将黑子浸泡在营养液中的身体砍成一摊血肉，消灭了虫子，迎来人类的新千年。小说从一个普通小人物的视角展开，将各种日常生活细节与北约轰炸南联盟、中国大使馆被炸、民众反美示威游行、千年虫恐慌等新闻事件插入叙事中，营造出一种真实而沉郁的世纪末氛围。

进入21世纪以后，杨平一直坚持写作。目前他是蓬莱科幻学院首席科幻作家。

9　刘维佳与《高塔下的小镇》

刘维佳是擅长创造和描绘主人公在压抑状态下生存斗争故事的一位独特的科幻作家。

刘维佳（1974—　），生于湖北宜昌，1992年高考失败后踏入社会谋生，2002年进入《科幻世界》杂志社从事编辑工作。90年代发表科幻中短篇作品19篇，其中《我要活下去》《高塔下的小镇》获银河奖。另有科幻作品集《时空捕手》《使命：拯救人类》。

刘维佳笔下的世界多呈现出压抑绝望的色彩。与其他同龄作家相比，他更关注那些被大时代抛弃的小人物，以及造成小人物不幸命运的冷酷法则。在这些法则面前，没有善恶是非之分，每个人都别无选择。《我要活下去》描绘了一场生存竞争的冷酷游戏。故事中两位探险队员被困在与世隔绝的火星考察站中，因为食品匮乏而陷入生存危机。为了求生，队员阿米尔提议从考察站生物体“莱文”身上挖取“肉块”

充饥。站长戈里姆特却坚决反对，认为吃莱文就像吃人一样违背道德伦理。在等待救援的过程中，阿米尔因为吃莱文的肉逐渐精神崩溃，最后自杀身亡，只有戈里姆特活了下来。故事结尾处揭示的真相令人错愕：戈里姆特为了自保，不仅偷食莱文的肉，更有意将“不能食用莱文”的道德禁忌灌输给阿米尔，从而将其拖垮。

《高塔下的小镇》描绘了一个弱肉强食的荒蛮世界，不同文明为了争当世界霸主征战不休。其中有一座田园牧歌般安详和平的小镇，小镇中央的高塔可以放射出死光，将一切企图进入小镇的生物当场击毙。男主角阿梓是一位满足于平凡生活的小镇青年，他暗恋多年的女孩水晶却对外面的世界充满好奇。在查阅大量藏书之后，水晶告诉阿梓一个惊人的发现：由于高塔的保护，小镇上的生产力水平在过去三百年中都毫无变化，宛如一颗被“进化”的世界所遗弃的小石子。小说结尾处，水晶下定决心离开小镇，而阿梓却不敢走出高塔的防御圈之外，只能目送水晶独自离去的背影。故事中的“小镇”与“小镇之外”这两种截然对立的空间形象，生动地展现出封闭的地区在全球化时代所陷入的冷酷情境。因为“进化 / 进步”的历史阶梯已先在决定了“内”与“外”这两个世界之间的等级秩序和发展方向，所以前者注定无法避免被后者侵吞的命运。在这个意义上，《高塔下的小镇》虽然篇幅短小，却带有强烈的民族寓言色彩。

进入 21 世纪以后，刘维佳的创作量锐减，但他从《科幻世界》杂志社离职后进入八光分文化公司，编辑了一批重要的作品选集。

10　潘海天与《偃师传说》

潘海天是重建中国古典文化想象魅力的作家。

潘海天（1975—　），出生于福建泉州，毕业于清华大学建筑系，在建筑行业从业十余年后转向专职写作和影视策划，并以“大角”为笔名创作奇幻小说。90年代发表科幻中短篇作品12篇，其中《克隆之城》《偃师传说》《黑暗中归来》获银河奖。

潘海天作品中的一个重要主题是对秩序的反叛。《克隆之城》虚构了一座"美丽新世界"般的城市。每一种人都像流水线上的产品一样被批量生产出来，接受不同的教育和训练，成年之后承担不同职责。主人公"我"是独裁者奥古斯的复制品和接班人，在童年好友珍妮的影响下逐渐觉醒，最终加入反叛军，誓要摧毁"父亲"建造的克隆帝国。《黑暗中归来》设定一艘世代飞船在暗物质中迷失了很多年，飞船上的主控电脑"姑姑"按照既定程序抚养和教育初代船员们的克隆体。这些孩子们对飞船的使命和自己存在的意义产生疑问，不得不学会与"姑姑"的权威对抗，用自己的方式去探求真相，寻找前进方向。

潘海天还善于从幻想文学传统中汲取资源，有意模糊科幻与其他文类之间的界限。星河曾指出："潘海天从一开始喜欢的就不是科幻文学，而是一种天马行空的幻想感觉。"潘海天本人也承认，自己的写作理念是创造"无穷无尽的平行世界"，并且"在其中自由穿梭"。在《生命之源》中，主人公无意间得到一个魔水罐，发现里面的水竟可以联通全世界古往今来任何一片水域。这一构思的灵感来自博尔赫斯的《沙之书》中那本页码无穷无尽的书，而"魔水罐 / 沙之书"的意象也正指向那"无穷无尽的平行世界"。

《偃师传说》是一篇尝试将科幻与"东方幻想"相融合的作品。小说取材于《列子・汤问》中"偃师造人"的传说。故事中的周穆王姬满为了博取宠妃盛姬展颜一笑，召集天下的术士和优伶前来王宫献艺。在大殿之上，一个自称"时间旅行者"的神秘黑袍人突然出现，献上一个能歌善舞的机器人纡阿。盛姬对多情的纡阿动了心。纡阿为了见盛姬一面，最终被嫉妒的周穆王砍下脑袋。作者有意模仿博尔赫斯式的语言风格，并将来自古今中外的文学元素并置一处，其中既有对周朝度量衡单位的详细注解，又有出自纡阿之口的海涅诗句。这些文学技巧仿佛构造出一组组相对而立的镜像，令读者的阅读体验始终在熟悉与陌生、东方与西方、传统与现代、真实与虚构、历史与传说、神话与科幻的多重视域之间来回滑动。在周穆王面前，黑袍人用来自西方科幻中的技术奇观战胜了东方术士们“撒豆成兵”“飞绳上天”的幻术，但他却叹息道：“我们能借机械造就梦幻，却忘记了自己本身曾一度拥有的魔力。”实际上，黑袍人正是代替作者说出了创作这篇小说的意图，即在一种跨文化的视域融合过程中，重新发掘古代东方神话所蕴含的幻想资源，从而探索“科幻民族化”的一种可能性。

进入21世纪以后，潘海天在电影和小说创作领域之间自由穿梭。目前，他已经建立了自己的影视公司。

11 赵海虹与《桦树的眼睛》

赵海虹是擅长使用浪漫主义手法表现女性经验的科幻作家。

赵海虹（1977— ），生于浙江杭州，浙江大学英美文学硕士，现任教于浙江工商大学外国语学院，创作之余亦从事欧美科幻小说翻译。90年代发表科幻中短篇作品11篇，其中《桦树的眼睛》《时间的彼方》《伊俄卡斯达》《异手》获银河奖。

赵海虹善于使用浪漫主义文学手法，通过男性与女性、“脑”与“心”之间的对立，探讨科学技术与现代文明对人类情感世界的冲击。她的早期创作多以女记者陈平作为线索人物，其他重要角色也多为女性。这些角色“经常是一根筋的人。特别形而上，没有一个意义就活不成，为了意义什么都不顾”。在《痴情司》中，一家公司提供服务，通过科技手段将那些令顾客痛苦的情感和记忆抽取出来。女主人公“若若”抛弃了“痴情”，却意识到自己抛弃的其实是“一个最真实、最本质、最纯粹的自己”。最终她决定冒着破坏自己幸福生活的风险，重新找回那份记忆。在《来，跳一跳》中，纯真的女机器人“滴滴”像小美人鱼爱着人类王子一般，爱着自己的男主人“路”。路却与其他人类一样，因为生活所迫变得唯利是图，最终为了换取生活费将滴滴卖掉。《伊俄卡斯达》在现代生物科技背景下重新演绎了古希腊悲剧《俄狄浦斯王》的故事。主人公梅拉妮是一位女科学家，她以未婚之躯孕育了沉睡在大西洋海底的史前人类的克隆体，生下一个名叫“弗尔·欧辛”（Far Ocean）的孩子。多年后，长大成人的欧辛与梅拉妮相识相恋，结婚生子。由于身患无法治愈的绝症，欧辛最终在梅拉妮的帮助下选择自杀，梅拉妮也在被捕之后自杀。如梅拉妮所说：“和他（欧辛）结婚，就像是与亚特兰蒂斯的传说结合，我无法抗拒他就像我无法抗拒科学的终极诱惑。”她对欧辛的迷恋，并非单纯的男女之情，而更是一种对真善美的终极追求。

《桦树的眼睛》以陈平的儿时好友、女科学家许瑟瑟的神秘死亡开篇。陈平在调查中发现，瑟瑟生前投入全部心血，研究能够探测植物情感的技术，却被卷入N国制造生化武器的阴谋中。瑟瑟的未婚夫白朴其实是受雇于N国的科技间谍，利用植物中提取的一种新型病毒谋害了她。陈平发现真相后，也险些被白朴灭口。关键时刻，陈平使用瑟瑟留下的植物兴奋剂“桦树之酒”，令实验室外的白桦林表达出强烈的情绪。愤怒的白桦林跳起复仇之舞，用树干压死了白朴。小说营造出两个世界之间的对抗：一边是以白朴及其N国帮凶为代表的父权制资本主义世界，另一边则是陈平、瑟瑟与实验室外的白桦林共同建构的生态女性主义乌托邦。科学研究的目的，在前者看来是实现支配与压迫，而在后者那里则是为了倾听与交流。瑟瑟希望人类能够理解植物的情绪，“让我们的世界变成一个有更多的声音、更多的情感，更丰富、更快乐的世界”。陈平与瑟瑟心有灵犀，用她们共同毕业的日期解开瑟瑟实验室的密码，更通过实验室里的植物情感变化测定仪，察觉到白桦林会对白朴表达出“极度愤怒”的情绪，从而发现了凶手。

最终，白桦林代替沉默的受害者——既包括瑟瑟，也包括一直处在科学技术宰制下的自然界本身——向为所欲为的男性科学家施以惩罚。

进入21世纪以后，赵海虹继续撰写科幻小说，并进入儿童文学领域，发表了大量作品。

12 刘慈欣与《流浪地球》

刘慈欣是20世纪末出现的最后一位重要科幻作家。由于对东西方科幻小说的内核具有深度认知和领悟，且勤于创作、敢于尝试，他脱颖而出，并在21世纪的中国科幻小说创作中占据了重要位置。

刘慈欣（1963— ），生于北京，在山西阳泉长大，1985年毕业于华北水利水电学院水电工程系，曾任山西娘子关火力发电厂计算机工程师，现为中国作家协会会员、中国科普作家协会会员、山西省作家协会副主席。80年代中期开始涉足科幻创作，从1999年开始发表作品，创作、发表于2006—2010年间的《三体》三部曲被称作中国科幻的里程碑之作。至2000年共发表科幻中短篇作品6篇，其中《带上她的眼睛》《流浪地球》获银河奖。

刘慈欣善于用充满诗意的语言描绘宏大瑰丽的科技想象，从而营造出一种对科学、对未知、对宇宙的惊奇感。这种惊奇感建立在“两个世界”的对比之上：“一个是现实世界，灰色的，充满着尘世的喧嚣，为我们所熟悉；另一个是空灵的科幻世界，在最遥远的远方和最微小的尺度中，是我们永远无法到达的地方。”他的许多作品都会围绕主人公从“现实世界”中挣脱而出，跃入“科幻世界”的某个瞬间展开。这种感受正如同他本人第一次阅读英国科幻作家阿瑟·克拉克的《2001太空漫游》时所受的震撼：“记得二十年前的那个冬夜，我读完那本书后出门仰望夜空，突然感觉周围的一切都消失了，脚下的大地变成了无限伸延的雪白光滑的纯几何平面，在这无限广阔的二维平面上，在壮丽的星空下，就站着我一个人，孤独地面对着这人类头脑无法把握的巨大的神秘……从此以后，星空在我的眼中是另一个样子了，那感觉像离开了池塘看到了大海。这使我深深领略了科幻小说的力量。”在刘慈欣看来，这种“离开池塘看到大海”的惊奇感是“科幻之美”的本源，也是他本人在多年科幻创作中致力去探索和表达的东西。

刘慈欣最早发表的两篇作品《微观尽头》和《宇宙坍缩》，就在极短的篇幅内描绘出这种惊奇感。《微观尽头》讲述一支科研小组用粒子加速器轰击夸克，试图探索微观尽头的秘密。出乎意料的是，超能粒子击碎夸克的瞬间，整个宇宙的样貌都发生了改变，夜空变成了乳白色，全世界的人们因此惊恐万分。科学家亦不禁惊呼：“对物质本原的不懈探索使我们拥有了上帝的力量。”在《宇宙坍缩》中，物理学家丁仪预测出宇宙由膨胀转为坍缩的准确时间。在坍缩到来之前，丁仪与一位省长在国家天文台展开了一场对话。在省长看来，宇宙的命运与普通人的日常生活距离太遥远。丁仪却告诉省长，根据“大统一场理论”，宇宙坍缩同时也是时间反演。这意味着人类的全部历史即将终结于这一刻，“科幻世界”的法则战胜了“现实世界”。

刘慈欣的很多作品都围绕大型科技工程项目展开。在《带上她的眼睛》中，叙事者“我”是一位回地球度假的宇航员。通过一副能够传输图像和声音的眼镜，“我”与一位不知姓名的女孩分享自己看到听到的一切。起初“我”对女孩的多愁善感不以为然，觉得她“对这个世界的情感已丰富到病态的程度”。直到小说结尾处，“我”才得知，女孩是被困在地层探测飞船“落日六号”中的唯一幸存者。飞船因故障无法返航，只能不断向地心坠落，女孩将在不到十平方米、炼狱般闷热狭小的舱室中度过余生。最终眼镜的联络信号因为能量衰竭而中断，女孩再也看不到地面上的花草树木、日月星辰。这段经历让“我”学会用女孩的眼睛来欣赏并珍视这个世界。

在《地火》中，刘慈欣尝试将自己熟悉的中国基层现实融入科幻想象。主人公刘欣是一名工程师，他的父亲是煤矿工人，死于矽肺病。为了促成中国煤矿工业的现代化转型，改变千千万万煤矿工人的命运，刘欣提出将煤层在地下点燃，转化为可燃气体，然后用钻井和管道输送的安全方式开采。由于前期勘测中的疏漏，在实验过程中，火势通过煤带蔓延到附近大煤层中，引发地火，烧得方圆百里寸草不生。刘欣自知罪孽深重，穿着当年父亲留下的矿工服走下喷火的井口。用科技造福人类的崇高梦想，看似在沉重的现实面前一败涂地。然而小说结尾处，作者却通过"一百二十年后，一位初中生的日记"，肯定了刘欣所做尝试的历史意义。日记记叙了初中生们参观"煤炭博物馆"的经历。在看过20世纪中叶煤矿工人们非人的工作条件，以及"气化煤技术"所带来的现代煤矿产业之后，写日记的中学生不禁感叹："过去的人真笨，过去的人真难。"小说中对工程细节和煤矿工人生存状态的细腻描写，流露出作者复杂而深厚的情感。

中篇小说《流浪地球》是一部讲述人类逃离太阳系寻找新家园的悲壮史诗。未来太阳即将爆发氦闪，毁灭整个太阳系。为了生存，人类建造了上万台山峰一般巨大的地球发动机，推动整个地球向4.3光年之外的半人马座比邻星迁徙。全过程分为五步：刹车时代（停止地球自转）、逃逸时代（飞出太阳系）、流浪时代Ⅰ（加速飞往比邻星）、流浪时代Ⅱ（减速）、新太阳时代（泊入比邻星轨道）。"整个移民过程将延续两千五百年时间，一百代人。"小说主人公"我"出生于刹车时代终结时，成长于动荡的逃逸时代，并在流浪时代Ⅰ中度过余生。故事结尾处，年迈的"我"幻想在漫长的旅途尽头，地球将在新的太阳照耀下恢复生机，春回大地，重见碧草蓝天。

作者通过"我"的亲身经历，栩栩如生地描绘出各种令人震撼的宏大奇观，包括地球发动机、火流星、巨浪、海洋冰封、木星临近、太阳氦闪等。甚至连落日、星空和海洋这些自然景观，也在末日氛围中被赋予一种令人战栗的崇高美感。在作者本人看来，这种“全人类的末日体验”，就像一个人被误诊为癌症一样，能够让人类“以一种全新的眼光看待我们的天空和太阳，更珍惜他们以前视为很平常的一切”，“而能够带来这种末日体验的文学，只有科幻小说”。

与此同时，小说也深入刻画了人类集体在迷茫与苦难中追寻希望的心灵历程。刘慈欣本人曾提到，《流浪地球》中蕴含着浓厚的“回乡情结”。“自己的科幻之路也就是一条寻找家园的路，回乡情结之所以隐藏在连自己都看不到的深处，是因为我不知道家园在哪里，所以要到很远的地方去找。在《流浪地球》中所能看到的，就是这样一个行者带着孤独和惶恐启程的情景。”小说中垂死的太阳，象征着失落的精神家园，而遥远的比邻星，则代表寻找家园的微茫希望。这种希望不在此时此地，而必须去“别处”寻找。小说主人公的父亲说：“我们必须抱有希望，这并不是因为希望真的存在，而是因为我们要做高贵的人。”这种信念几乎出现在刘慈欣笔下所有英雄人物身上。在这些作品中，主人公往往不能确定希望是否真的存在，至少在现实世界中，按照常理推断，希望存在的可能性几近于无。然而，看不到希望并不能成为放弃希望的理由，相反，主人公必须离开自己熟悉的地方，必须突破现实世界的边界，去遥远的、不可知的“别处”追寻希望。这种“希望的辩证法”赋予刘慈欣作品以极富感染力的浪漫气质。

2015 年，刘慈欣的小说获得美国科幻小说雨果奖，成就了一代中国科幻作家走向世界的宏愿。

结束语

20 世纪见证了中国现代文学的孕育发展和突飞猛进。在这样的世纪中，科幻小说作为现代化过程的描述者、见证者、预言者和反思者，同样必然在中国萌芽发展，并最终走向壮大。纵观科幻小说在中国的过往百年历史，我们既能看到它对本土文化的吸收，又能看到它对外来经验的接纳。一次次艰难地崛起，一次次悲壮地沉寂，又一次次凭借深邃的思考、坚毅的力量重新走向成熟，这些正是展现着这个时代科技、社会、文化变革的鲜活影像。在整个 20 世纪人类现代化追求与反思的语境中，可以毫不夸张地说，科幻小说史的研究比任何其他类型文学史的研究，更能凸显民族精神、民族文化和民族文学的变迁，也更能把握住时代浪潮发展的过去、现在和未来。

作为一种充满想象力和时代特征的文学，中国科幻在刚刚进入 21 世纪不到四分之一的时间里，就写下了厚重的新篇章。2015 年，由刘宇昆翻译的刘慈欣长篇小说《三体》获得雨果奖。次年，郝景芳的短篇小说《北京折叠》再度获奖。中国科幻小说经过百年的努力，终于以独特的姿态出现在国际科幻文学的舞台上，开始跻身世界最优秀作家作品乃至文化传统的行列。一大批全新作家的脱颖而出，一大批全新作品的闪亮登场，大量乐于将科幻视为基本文化配置的青年读者的出现，更预示了中国科幻小说发展的光明前景。

在这样的时刻重新回望世界各国科幻文学的发展似乎是有价值的。如果说从玛丽·雪莱的《弗兰肯斯坦》到威尔斯的《时间机器》还仅仅是这一文类的萌芽期，那么中国科幻小说漫长的20世纪征程也不过是从无到有、从零到一的第一步，甚至只是某种“史前史”。因为真正波澜壮阔的历史，正在我们的眼前创造、激荡、流传。作为科幻文化的研究者和记录者，我们都恰逢其时。